REBECCA SCHULZ

Die Möwen von Fehmarn

Rebecca Schulz

Die Möwen von Fehmarn

Mord am Südstrand

Band I

Möwenkrimi

Bibliografische Information der Deutschen Nationalbibliothek:
Die Deutsche Nationalbibliothek verzeichnet diese Publikation in der
Deutschen Nationalbibliografie; detaillierte bibliografische Daten sind im
Internet über http://dnb.dnb.de abrufbar.

Deutsche Erstausgabe April 2022
©Rebecca Schulz
c/o Yachttechnik auf Fehmarn
Grüner Weg 57, 23769 Fehmarn
(www.rebecca-schulz.de)

Lektorat: Janika Mielke (www.lektorat-nordgewandt.de)
Korrektorat: Carina Rogaschewski (www.wortverzierer.de)
Umschlaggestaltung: Andrea Baitz (www.andrea-baitz.de)

Herstellung und Verlag: BoD – Books on Demand,
Norderstedt

ISBN: 978-3-7543-5394-3

Für Wolle.

Liebe Leserinnen und Leser,

schön, dass wir uns gefunden haben!
Wenn ihr mögt, hinterlasst mir gern eine
Rezension auf dem Portal eurer Wahl und besucht
mich auf:

www.rebecca-schulz.de
E-Mail: moin@rebecca-schulz.de
Instagram: on_an_island_like_this
Facebook-Seite: Rebecca Schulz
YouTube: Fehmarn-Roadtrips

Viel Vergnügen mit den Möwen!

O mörderische Nacht

- Irgendwo am Südstrand -

Er liebte die Nacht. Liebte ihr tiefes, allumfassendes Schwarz und die Stille, die sich über den Sandstrand legte, sobald die Sonne in der Ostsee versunken war. Die Nacht umhüllte selbst das kleinste Sandkorn mit Dunkelheit und gab denen Schutz, die ihn suchten – so wie ihm.

Wie kleine dicke Glühwürmchen glommen die Sterne über ihm; scheinbar zum Schnappen nahe und doch für jeden unerreichbar, selbst für ihn und seine Schwingen.

Als er die Düne betrat, roch er den salzigen Duft der See, die getrockneten Algen und die köstlichen Miesmuscheln, die überall am Strand verteilt lagen. Der Wind blies ihm durch das Gefieder, streichelte seine Federn, während er geräuschlos einen platten Schwimmfuß vor den anderen setzte und in geduckter Haltung zwischen Strandhafer und Dünenrosen über den Sandstrand schlich. Nur das sanfte Rauschen des

Wassers hörte er, auf dessen Oberfläche Vögel schliefen, sich in Sicherheit wähnten. Sie, die sich nicht an die Regeln hielten. Sie, die er für ihren Frevel bestrafen würde.

Heute Nacht würde er nicht auf der Ostsee jagen. Seine Beute befand sich am Strand, unweit von ihm entfernt, und lief ahnungslos am Rand der Düne auf und ab.

Er wusste um ihre Schlaflosigkeit.

Ihr schmaler, zarter Rücken war mit silbergrauen, hellbraunen und pechschwarzen Federn durchzogen. Bei Tageslicht schimmerte ihr Kopf graublau und ihr Schnabel glänzte in einem tiefen, satten Rotton. Ein Anblick, bei dem sich ihm vor Ekel die Nackenfedern aufstellten und Empörung seinen Puls zum Explodieren brachte – jedes verdammte Mal.

Sie würde sein neuestes Kunstwerk werden. Ein raffiniertes Gebilde aus Verzweiflung und Blut.

Mensch ärgere dich

- Südstrand. Schlafeiche -

Haui schnarchte unerträglich laut. Mattis drückte sich im Halbschlaf näher an den Baumstamm, um den Abstand zwischen ihm und der Zwergmöwe zu vergrößern. Denn wenn Hauke – Haudrauf – Hinnerk anfing, schlecht zu träumen, litten sie alle gemeinsam auf der höchsten Eiche hinter dem Appartementhaus *Strandburg*.

Mattis öffnete die Augen und erspähte die Sonne, die aus dem Wasser stieg und die Ostsee in ein glänzendes, dunkelblaues Schimmermeer verwandelte. Zahlreiche Vögel kreisten bereits über dem Sandstrand auf der Suche nach Frühstück. Aber er und seine Möwengang hatten die ganze Nacht damit verbracht, die Galloway-Rinder auf dem Feld hinter dem IFA Hotel zu ärgern, und würden sich sicherlich nicht vor dem Mittag auf ihrem Schlafast rühren.

»Alter, du schnarchst schon wieder«, knurrte Pit, der den kürzeren Grashalm gezogen und den Platz neben Haui hatte einnehmen müssen. Mattis wartete gespannt, hörte jedoch keine Veränderung. Haui sägte, als fälle er die Eiche, auf der sie zu viert jede Nacht verbrachten.

Lautlos gähnte Mattis, wobei er den dottergelben Schnabel weit aufriss, die Flügel ausstreckte und die silbergrauen Federn mit schwarzen Spitzen lüftete. Er drehte sich zur Seite, zog die Schwingen wieder an den weichen, weißen Bauch und schloss die Lider.

Vielleicht sollte er Muscheln zählen, um wieder einschlafen zu können.

Eine Miesmuschel, zwei Miesmuscheln, drei Mies...

Ein Vogel flog rasend schnell an ihm vorbei, drehte Kreise um ihren Schlafast und landete mit einem vibrierenden Aufprall zwischen ihm und Berti.

Ein genervtes Grummeln entwich Mattis.

»Moin, Jungs. Moin Moin. Moooiiin«, hechelte Fiete aufgeregt und Mattis spürte einen Flügel, der ihm unaufhörlich auf den breiten, weißen Bürzel pochte. »Seid ihr wach? Kann es losgehen? Jetzt? Seid ihr bereit? Die ersten Strandläufer sind auf der Promenade und kaufen Brötchen. Sie ahnen nichts von ihrem Unglück. Sie ...«

Ein schnelles, kräftiges Wischen zischte durch die Luft und Fietes hektisches Gerede verstummte. Mattis öffnete die Augen und beobachtete, wie Berti seinen schwarzen Flügel wieder einzog und den weißen Kopf darunter verbarg.

Von Fiete keine Spur mehr.

»Der Kleine geht mir jetzt schon gehörig auf die Nerven. Den fresse ich zum Frühstück, wenn du ihm keine Manieren beibringst, Klugscheißer.«

Mattis verzog den Schnabel zu einem breiten Grinsen.

»Es ist sein erstes Mal, Fridbert. Kannst du dich noch an dein allererstes *Mensch ärgere dich* erinnern?«

»Nenn mich nicht so. Fridbert heißt mein Vater.«

Berti hob den Kopf und bedachte Mattis mit einem freudlosen Blick, als wäre er höchstpersönlich schuld an der Unruhe.

»Du warst nicht weniger aufgeregt als er, Berti. Ich erinnere mich genau. Mit deinen Blähungen hast du den Böen am Südstrand echte Konkurrenz gemacht.«

»Das sind die Brötchen. Ich habe einen Reizdarm«, erklärte die Mantelmöwe zerknirscht und verkroch sich wieder unter ihrem Flügel.

»Vielleicht solltest du weniger Enten essen, dann wäre die frische Luft auf unserem Schlafast nicht so dünn.« Pit spähte mit einem geöffneten Auge zu ihnen herüber und grinste frech über das schwarzbraune Gesicht.

»Das ist ein Mythos. Niemand kann bezeugen, dass ich jemals eine Ente verspeist habe. Ich esse keine großen Tiere. Das wisst ihr genau.«

»Dafür alles andere, du Furzkanone.«

»Ach, leck mich doch, Pit.«

»Mach ich glatt.« Pit richtete sich auf, drehte sich zu Berti hin und pickte mit dem roten Schnabel in die schwarzen Schwanzfedern seines Kameraden.

Mattis verkniff sich ein Lachen, während er der kleinen Lachmöwe dabei zusah, wie sie die große Mantelmöwe provozierte. Für gewöhnlich dauerte es nicht lange, bis Bertis Geduldsfaden riss und er Pit über die Promenade jagte.

»Lass das oder ich rupfe dich! Aber nicht auf die sanfte Weise, Langfeder.«

»Solange du mich nicht anfurzt, ist mir alles recht.«

Mattis lachte so laut, dass er ins Wanken geriet und beinahe vom Ast gefallen wäre. Berti hingegen sprang auf, breitete die schwarzen Schwingen aus, schüttelte den weißen Kopf, als müsse er wach werden, und schnellte auf Pit zu, der sich kopfüber in die Tiefe fallen ließ. Erst im letzten Moment, kurz bevor er den Rasen erreicht hatte, öffnete Pit die hellgrauen Flügel für seine Flucht. Elegant segelte er über die grüne Wiese, die Büsche und die Hasen hinweg, während Berti sich vom Ast abstieß und ihm verbissen hinterherjagte.

Eine Weile beobachtete Mattis das Spiel der beiden, wie der eine dem anderen schnell nachsetzte und sie kreischend ihre Hetzjagd durch die Lüfte genossen. Schließlich raffte er sich mit einem wehmütigen Seufzen auf. Keinen einzigen Tag wollte er mehr ohne seine *Wilden* sein – seine Gang. Und vielleicht würden sie heute ein weiteres Mitglied aufnehmen, sofern Fiete sich nicht allzu dumm bei *Mensch ärgere dich* anstellte.

Während er das Manöver seiner beiden Freunde verfolgte – Pit flog gerade besonders schnell über das rote Dach der *Strandburg* hinweg und Berti folgte ihm schwer nach Luft schnappend –, schlenderte Mattis an das Ende des Schlafastes und stupste Haui an.

Sofort verstummte dessen Schnarchen und die Zwergmöwe öffnete mit einem gequälten Ausdruck das linke Auge. Sein rechtes Auge hatte Haui vor Jahren in einem lebensbedrohlichen Kampf gegen fünf *Dunkle Ritter* eingebüßt. Die Raben hatten ihn überrumpelt, als er ein Küken retten wollte, das aus seinem Nest gefallen war.

Jedenfalls war das die offizielle Version.

»Was'n los? Habe ich geschnarcht? Tut mir leid, Mattis, aber diese Fische ...« Er bewegte den schwarzgefiederten Kopf von links nach rechts und ließ die Knochen knacken. »Sie waren groß, weißt du? Echt riesig. Hatten fiese, spitze Reißzähne und wollten mich fressen.«

»Waren sie erfolgreich?«

Während Mattis auf eine Antwort wartete, fiel sein Blick auf Berti und Pit, die in diesem Moment nach unten glitten und neben Fiete auf einer Silberlinde bei der Bäckerei *Börke* landeten – ihrem Stammplatz. Pit missbrauchte die junge Silbermöwe sofort als Schutzschild gegen Bertis Schnabelangriffe.

»Wer?«, fragte Haui irritiert.

»Na, die Fische. Haben sie dich gefressen?«

Haui kicherte – ein viel zu tiefes Kichern für seinen gedrungenen, aber kräftigen Zwergmöwenkörper.

»Ne, ich hatte mir gerade ein Katapult gebaut, um sie mit Muscheln abzuschießen, als du mich geweckt hast.«

Mattis' schwefelgelbe Augen funkelten vor Belustigung. Das letzte Konstrukt, an dem Haui sich versucht hatte, lag noch immer halbfertig auf dem Parkplatz nebenan und ähnelte eher einem zusammengefallenen Lagerfeuerstapel als einem Katapult.

»Steh auf, Haui.« Mattis stieß ihn mit der schwarzen Flügelspitze an. »Es geht los.«

Haui blinzelte, als wäre er noch immer im Land der Träume versunken. Lautstark gähnte er.

»Jetzt schon? Hast du nicht gesagt, wir dürfen heute ausschlafen?«

»Fiete will sich beweisen, damit wir ihn bei uns aufnehmen. Er wartet mit Berti und Pit am Startpunkt und winkt uns zu, als kämpfe er mit einem Mückenschwarm.«

Mattis beugte sich über den Ast und blickte zur Bäckerei im Erdgeschoss des Appartementhauses. Zahlreiche Strandläufer bildeten bereits eine lange Schlange auf der angrenzenden Promenade, spielten mit ihren Smartphones oder unterhielten sich.

»Heute ist Pfingstsonntag. Die ersten Strandläufer holen sich Brötchen. Du weißt, was das heißt.«

Haui riss das linke Auge auf und nickte eifrig.

»Mensch ärgere dich!«

Die Morgenluft roch nach Meerwasser, Frühlings-
blumen und frischen Brötchen, als Mattis mit
ausgebreiteten Schwingen durch die Luft schwebte
und kreischend den gleißenden Feuerball am
strahlend blauen Himmel begrüßte. Verstohlen hielt
er Ausschau nach Svea und drehte extra große
Runden über die Wiese, um einen Blick auf die junge
Möwe zu erhaschen. Sie musste längst wach und mit
den anderen *Seidenfedern* auf Frühstückssuche sein.
Doch er konnte ihre silberschwarzen Federn weder
am Strand noch auf der Promenade ausmachen.

Frustriert setzte er zum Sinkflug an, flog auf zwei
Strandläufer zu, die außen an der Bäckerei an einem
der Seitentische ihr Frühstück aßen, und segelte ganz
knapp über ihre sonnengebräunten Köpfe hinweg.
Ihre lautstarken Beschwerden linderten seine Unzu-
friedenheit, während er sich auf dem höchsten Ast
der Silberlinde gegenüber der Bäckerei niederließ.

»Wen suchst du?« Neugierig hüpfte Haui zu Mattis
hoch und nahm neben ihm Platz.

»Niemanden. Wieso?«

»Weil du dich umschaust, als hätte dir jemand ein
Fischbrötchen vor dem Schnabel weggeschnappt. Mit
leckerem Matjes darauf.«

»Mach dich nicht lächerlich«, murrte Mattis. »Lasst
uns lieber anfangen. Das Knurren von Bertis Magen
ist bestimmt bis zur Kohlhof-Insel zu hören.«

»Stimmt nicht«, wetterte Berti, der mit Pit und Fiete
einen Ast tiefer hockte. »Der Klugscheißer da oben
will nur davon ablenken, dass er sich nach der
schönen Svea sehnt.«

Pit wandte sich zu Berti und Fiete, wobei er drama-
tisch mit den Schwingen fächerte. »O geliebte Svea.

Meine wunderschöne Svea.« Theatralisch erhob er die Stimme und rieb sich über die weiße Brust. »Ich verzehre mich nach deinen sanften Federn, deinem wohlgeformten roten Schnabel, wie er mich liebkost und du dein weiches Gefieder an mich schmiegst.«

Lautes Gelächter brach aus, und Mattis spürte, wie ihm heiß wurde. »Halt die Klappe, Langfeder. Das Thema ist tabu.«

»Jaja.« Pit drehte sich demonstrativ zur Bäckerei, woraufhin sich ein unangenehmes Schweigen zwischen die Zweige legte.

Sobald Mattis die harschen Worte ausgesprochen hatte, taten sie ihm leid. Aber zurücknehmen wollte er sie nicht. Die tiefe Wunde in seinem Herzen war noch nicht verheilt und der Schmerz zu groß, als dass er den Hohn und Spott seiner Möwengang mit erhobenem Haupt ertragen konnte.

Stumm betrachtete er die *Strandburg* von der Silberlinde aus, die sie täglich für *Mensch ärgere dich* in Beschlag nahmen. Mit seiner sandsteinfarbigen Fassade, den vier Stockwerken und den Turm-Suiten direkt gegenüber dem Strand war das Appartementhaus die ideale Unterkunft, um viele Strandläufer mit oder ohne Kinder anzulocken. Sie versammelten sich auf den Balkonen oder unten in der Bäckerei und boten den Möwen jede Menge Unterhaltungspotenzial.

»Achtung, Freunde!«, rief eine raue Stimme von gegenüber und lachte dabei dreckig. »Fridbert, das Mopsgesicht, hält nach Frühstück Ausschau. Holt die Küken aus der Luft, sonst verspeist der Dicke sie im Flug.«

Mattis' Blick schnellte auf den Balkon direkt über der Bäckerei. Zwei Lachmöwen und eine Zwergmöwe saßen auf dem eisernen Geländer und starrten feindselig in ihre Richtung: Raudi und seine beiden

15

Leibwächter, Tillmann und Klaas – die *Biester*. Drei dämlicheren Möwen war er noch nie begegnet.

Die *Biester* waren ihm ein Dorn im Auge, seitdem er sich den *Wilden* angeschlossen hatte. Sie hielten sich für die Könige vom Südstrand und demonstrierten ihre vermeintliche Macht mit Provokationen und Prügeleien.

Raudi fehlten am weißen Hinterkopf bereits zahlreiche Federn, Klaas litt unter einem gerupften Rücken und das schwarzbraune Gesicht von Tillmann zierte eine lange Narbe, weil er bei der Flucht vor der Entenpolizei in einem Dornenbusch hängengeblieben war.

»Warum suchst du dir nicht eine andere Ecke zum Lästern, Raudi?« Mattis stöhnte. »Fehmarn ist groß genug.«

»Mir gefällt mein Reich, außer das niedere Volk, das sich hier überall ohne meine Erlaubnis tummelt.«

Mit seinem krummen Schnabel deutete Raudi auf den Balkon schräg über der Bäckerei. Mattis stockte der Atem.

Da saßen sie, die *Seidenfedern*. Hilda, Alina, Stine und … Svea, deren bernsteingelbe Augen auf ihm ruhten und jede seiner Bewegung beurteilten. Eine Möwe hübscher als die andere. Doch die Sonne ließ nur Sveas silberschwarze Federn glänzen wie die See und ihr schmaler, elegant gebogener Schnabel schimmerte rötlich – verlockender denn je.

Ein Stich fuhr Mattis durch die Brust und ihm wurde übel, als sie ihm höflich, aber kühl wie eine Zitroneneiskugel zur Begrüßung zunickte. Er schluckte schwer und unterdrückte den Kloß, der langsam seinen kurzen Hals hinaufkroch. An die neue Situation würde er sich wohl nie gewöhnen. Svea so weit von ihm entfernt. Svea, die nicht mehr neben ihm schlief und sich in rauen Nächten an ihn kuschelte. Svea, die ihm kein Lächeln mehr schenkte.

Vielleicht sollte er den Strand wechseln? Am Grünen Brink im Norden der Sonneninsel, gab es nicht nur Sand und Ostsee, sondern ein richtiges Naturschutzgebiet mit zahlreichen Bäumen, Büschen und Wiesen.

Nur keine Bäckerei. Keine Fischbrötchen. Und weniger Strandläufer zum Ärgern.

Ob die *Wilden* ihm trotzdem folgen würden?

»Geht es los? Darf ich jetzt? Bitte, bitte, bitte.« Fiete blickte flehend zu Mattis hoch und hüpfte in seinem graubraunen Gefieder aufgeregt auf und ab. »Ich habe tagelang geübt. Ich schwöre.«

Mattis betrachtete erst Haui neben ihm, dann Pit, Berti und Fiete unter ihm. Gespannt warteten sie auf seine Zustimmung, endlich *Mensch ärgere dich* spielen zu dürfen. Er wusste, dass seine Möwen ihm folgen würden, wo immer er hinflog, was auch immer sein nächster Plan war. Aber ihr Leben am Grünen Brink wäre mit den wenigen Strandläufern – mit eindeutig weniger Spaß – nicht mehr dasselbe.

Mattis seufzte schwer und zwinkerte Fiete zu.

»Dann mal los, Kleiner«, brummte Berti und stieß die junge Silbermöwe mit dem Kopf an. »Zeig uns, was du kannst.«

Fiete atmete schwer und Mattis hörte, wie er leise zählte: »Eins. Zwei. Drei.«

Dann breitete er die graubraunen Flügel aus und sank von der Silberlinde auf die Terrasse der Bäckerei, auf der sich bereits die Vorhut der *Piepmätze* vergnügte.

Mattis verabscheute die Gang voller draufgängerischer Spatzen, die keine Ehrfurcht kannten und sogar in den Bäckereien und in den Fischläden auf Raubzug gingen.

»Der Kleine ist mutig, Mattis. Geht gleich zum Angriff über.« Anerkennend nickte Haui, und er hatte recht.

Mattis dachte an seine ersten Versuche, sich den Strandläufern zu nähern, und ein kurzer, eiskalter Schauder überfiel ihn. Das Gezeter und Geheule der jungen Strandläuferin, der er vergeblich das Fischbrötchen hatte stehlen wollen, jagte ihm noch heute eine Gänsehaut unter die Federn.

Fiete stand auf dem Geländer an der Terrasse, die dunklen Augen schweiften rastlos über die Tische. Offenbar suchte er nach geeigneten Strandläufern, während sein Bürzel wackelte, als wollte er die Glaswand unter sich zum Einsturz bringen. Dann öffnete er den schwärzlichen Schnabel und ein lauter Krächzer dröhnte über die vollbesetzten Tische. Die junge Silbermöwe setzte zum Angriff an.

Mattis und seine *Wilden* standen ihm bei und hüllten die Promenade um die Bäckerei in ein krächzendes Möwenkonzert, das einer wehklagenden Orgel glich. Unter den schrillen Tönen seiner Freunde visierte Fiete sein Ziel an, kippte von dem Geländer und segelte direkt auf einen Tisch zu, an dem zwei sommersprossige Kinder saßen und Kakao tranken. Auf ihren Tellern lagen angebissene Wurst- und Käsebrötchen. Den frischen Obstsalat in der Mitte hatte keiner von beiden angerührt.

Für einen Augenblick eierte Fiete im Flug, wirkte unentschlossen. Dann zog er die Flügel schnell an und steuerte über die strohblonden Köpfe der Kinder hinweg, um auf einem Balkon über der Terrasse recht unbeholfen Halt zu finden.

Raudi und seine Leibwächter gackerten wie betrunkene Hühner. »Das schafft der nie!«, schrie Raudi lauthals über die Promenade. »Seine Angst rieche ich bis hier drüben.«

»Dem wird sein gehässiges Lachen gleich verge-hen«, knurrte Haui und Mattis spürte, wie die kleine Zwergmöwe neben ihm unruhig mit dem rötlich-braunen Schnabel knirschte – stets ein Zeichen dafür, dass sein innerer *Haudrauf* an die Luft drängte.

Doch dieser Tag, so hoffte Mattis zumindest, sollte nicht mit einer Rauferei beginnen, zumal er Sveas Abscheu gegen Gewalt kannte und verhindern wollte, dass er sie noch mehr verärgerte.

»Nicht, Haui.« Mattis hielt seinen Freund zurück und strich ihm zur Beruhigung mit dem Flügel über den Rücken. »Raudi ist ein Dummschwätzer und die Mühe nicht wert.« Außerdem wusste er aus eigener Erfahrung, was für ein Verräter Raudi war. Und eine weitere Konfrontation mit dem Ältestenrat in dieser Woche wollte er unbedingt vermeiden.

Haui grummelte unzufriedene Worte, die Mattis nicht verstand, denn seine volle Konzentration galt Fiete, der zögerlich und verängstigt auf dem Balkon gegenüber hockte und Mattis mit traurigen Augen um Hilfe anflehte.

Helfen konnte er dem Kleinen jedoch nicht. Seine Berührungsängste vor Strandläufern musste Fiete selbst überwinden. Nur dann konnte er zu den *Wilden* gehören.

Aufmunternd zwinkerte Mattis ihm zu.

»Mach schon, Kleiner«, raunte Berti einen Ast tiefer. »Tief durchatmen. Arschbacken zusammen-kneifen und Flügel ausfahren.«

Mattis schmunzelte. Hinter Fridberts harter Schale steckte doch ein weicher Kern.

Fiete kreischte zur Bestätigung seines Angriffs und setzte zum Sprung an. Im Sturzflug raste er auf den Kindertisch zu, schnappte sich mit dem Schnabel das Käsebrötchen des Mädchens, ohne auf dem runden Tisch abzusetzen. Bittere Tränen rannen der Kleinen die geröteten Wangen hinunter, während der Junge ihr gegenüber vor Lachen brüllte, sodass ihm Brötchenkrümel aus dem Mund flogen. Mit dem Finger zeigte er auf Fiete, der im hohen Bogen über die Terrasse flog, bis er hinter der Promenade auf dem hellen Geflecht eines Strandkorbs zum Stehen kam. Stolz präsentierte er das Käsebrötchen im Schnabel, wobei er es wie eine Trophäe in die Höhe hielt und anschließend gierig verschlang.

Erleichtert atmete Mattis auf. Jetzt konnte Fiete, der ihnen schon nachgeeifert hatte, seitdem er ein Küken war, ein vollwertiges Mittglied der *Wilden* werden.

Über die Promenade und den Strand ertönte lautstarker Jubel von den Möwen, die Fietes Manöver verfolgt hatten. Svea und die *Seidenfedern* fächerten ihre Schwingen und sangen aus voller Kehle, wobei Hilda und Stine so euphorisch mit den Bürzeln wippten, dass sie fast vom Balkon fielen. Ein ohrenbetäubendes Gekreische entstand, das jeden Strandläufer, der um diese Zeit noch im Bett des Appartementhauses lag, unsanft wecken musste.

»Jetzt ich!«, rief Pit und sah sich nach einem geeigneten Opfer um. Hektisch rannte er auf dem Ast hin und her, Berti musste die schwarzen Schwingen ausbreiten, um das Gleichgewicht zu halten. »Mach langsam. Es sind genug Strandläufer für alle da.«

Mattis wusste, dass Pit eine Vorliebe für besonders schwierige Fänge besaß. Nicht ohne Grund galt er als der beste Spieler bei *Mensch ärgere dich*, was der kleinen Lachmöwe den Spitznamen *Langfeder* eingebracht hatte. Noch nie hatte Pit seine Beute verloren.

»Geht in Deckung, Freunde«, krächzte eine bekannte Stimme. »Schielauge Pit versucht, zu jagen.«

Mattis schaute zum Balkon über der Bäckerei, auf dem die *Biester* saßen, und bemerkte, wie ihre Bäuche vor Boshaftigkeit wippten. Seine Lust auf eine ausgiebige Prügelei stieg mit jedem weiteren Lacher immer mehr an.

Auch wenn Pit es sich in der Regel nicht anmerken ließ, ahnte Mattis, dass er sich für seinen Augenfehler schämte. Mit gesenktem Kopf fixierte er schweigend seine roten Schwimmfüße.

»Soll ich, Mattis?« Unruhig hockte Haui neben ihm, wobei er fieberhaft zwischen ihm und dem Balkon der *Biester* hin und her blickte. »Die Mistvögel haben eine Abreibung verdient.« Er knirschte mit dem Schnabel, als nage er bereits an ihren Federn.

»Lass mal, Haui«, raunte Pit einen Ast unter ihnen. »Diese Dumpfmuscheln mit ihren Schandschnäbeln wissen es nicht besser.«

Als Mattis Pit sagen wollte, dass er sich irrte und dass er sich von den *Biestern* nicht ärgern lassen sollte, setzte Fiete neben ihm auf. Er keuchte, als hätte er an einem Wettschwimmen teilgenommen.

»Und? Wie war ich?«, fragte er nach Luft japsend und strahlte über das schmale, spitze Gesicht. »Habe ich das gut gemacht?«

»Du hast echt was drauf, Kleiner«, murmelte Berti, der sich den Kopf nach einer großen Tüte verlockender, frischer Brötchen fast verrenkte, die ein älterer Strandläufer soeben aus der Bäckerei hinaustrug. »So einen Dieb wie dich können wir gut bei den *Wilden* gebrauchen.«

Pit schenkte Berti ein Nicken und starrte – ebenso wie er – wie hypnotisiert auf die prall gefüllte Papiertüte.

»Aber ein Brötchen zu stehlen, ist leicht. Ich zeige euch, wie eine Langfeder das macht.«

Ohne ein weiteres Wort fiel Pit vom Ast und flog direkt auf den grauhaarigen Strandläufer zu, der auf die Promenade abgebogen war und in Richtung *FehMare* Badelandschaft ging.

Auf dem Rand der Düne, die an die Promenade grenzte, saßen die *Schnattertanten* fein säuberlich in einer Reihe und beaufsichtigten das Geschehen mit besonderer Aufmerksamkeit. Tag für Tag streiften die zehn älteren Tauben über die Promenade und zerrissen sich ihre spitzen Schnäbel über die tierischen Bewohner und Strandläufer des Südstrands.

»Sei vorsichtig, Langfeder!«, rief Mattis ihm hinterher, wohlwissend, dass Pit seine Worte ignorierte. »Der Strandläufer sieht kräftig aus.«

Doch für seine Warnung war es längst zu spät: Pit flog dem Strandläufer hinterher, steuerte auf seine Beute zu, erfasste die Tüte mit dem Schnabel, biss sich im orange-weißen Papier fest, rüttelte unnachgiebig daran und schlug aggressiv mit den hellgrauen Flügeln.

Die Möwen um die Bäckerei herum jauchzten vor Aufregung, während die *Schnattertanten* an der Düne nur mit den Augen rollten und tuschelten.

Mattis schrak zusammen und hielt den Atem an, als der Strandläufer mit der freien Hand nach Pit schlug. Sollte er dem Strandläufer auf den ergrauten Kopf fliegen und ihm mit flatternden Flügeln und lautem Gekreische Angst einjagen, um seinem Freund zu helfen? So hartnäckig wie er an seiner Tüte festhielt, würde Pit heute eine Niederlage erleiden.

Doch Pit wäre nicht die Langfeder vom Südstrand, wenn er sich nicht allein zu helfen wüsste. Er flatterte schneller, zuckte, ruckelte, wand sich, drehte sich im Flug – die Brötchentüte fest im Schnabel. Mit den Schwingen wedelte er im bärtigen Gesicht des Strandläufers herum, bis jener fluchend aufgab und sein Frühstück freigab.

Pits Siegeskrächzen schallte über den gesamten Südstrand, während er hastig das Appartementhaus ansteuerte, fast senkrecht an den Balkonen vorbei auf das rote Dach hinaufflog und nicht mehr zu sehen war.

Der ältere Mann lief seiner Tüte brüllend hinterher, hechtete um die Ecke der *Strandburg*, gelangte auf den Parkplatz und verschwand aus Mattis' Sichtfeld. Sein dumpfes Gezeter trug der Wind über die wellige Ostsee davon.

»Wo ist Pit gelandet?«, fragte Haui. »Sollen wir ihm helfen?«

Mattis ließ den Blick schweifen und unterdrückte das mulmige Gefühl, dass der Strandläufer Pit gefunden haben könnte.

Niemand ist besser in Mensch ärgere dich, sagte er sich innerlich wieder und wieder. *Niemand ist besser.*

»Dort drüben ist er!«, rief Mattis erleichtert, als er die Lachmöwe entdeckte, die in diesem Moment hinter dem Appartementhaus aufstieg – die Brötchentüte noch immer im Schnabel haltend. »Er fliegt zu unserer Eiche.«

Elegant und scheinbar die Ruhe selbst segelte Pit gelassen auf ihren Baum zu. Dort deponierte er seine Beute auf dem breiten Schlafast, die später ein üppiges Frühstück geben würde.

»Er ist und bleibt die Langfeder vom Südstrand«, hauchte Haui und nickte anerkennend. »Der Alte sitzt vermutlich auf dem Parkplatz und heult.«

Mit einem stummen Nicken stimmte Mattis ihm zu, während Fiete der Schnabel offenhing und er immer wieder vor sich hinmurmelte: »Das war der Wahnsinn. Das war der Wahnsinn.«

Mattis schmunzelte. »Eines schönen Tages wirst du das auch können, Fiete. Aber jetzt …« Er verfolgte Pit mit dem Blick, der sich wieder neben Berti auf dem unteren Ast niederließ und zufrieden strahlte. »Jetzt bekommst du erst einmal unser Brandzeichen.«

»Brand... was?« Sämtliche Begeisterung aus Fietes Gesicht wich purer Angst.

»Unser Zeichen«, hechelte Pit, der völlig außer Atem war, ihm jedoch freudig zuzwinkerte. »Dass du zu uns, zu den *Wilden*, gehörst.«

Fiete riss die Augen auf und rührte sich nicht mehr.

»Jetzt hat es ihm völlig die Sprache verschlagen.« Berti hüpfte nach oben, drängelte sich neben Fiete und stupste ihn mit dem Schnabel an. »Der Kleine sieht aus wie ausgestopft.«

»Pass auf, Fiete, sonst frisst der Dicke dich.« Raudis harsche Worte knallten wie Kanonenschüsse durch die Luft. Sein hämisches Lachen klang aufgesetzt und hohl.

»Jetzt reicht's mir.« Noch ehe Mattis reagieren konnte, schoss Haui vom oberen Ast der Silberlinde hinunter und stürzte sich aufgebracht flatternd auf den gegenüberliegenden Balkon.

Ein wildes Hacken, Zwicken und Picken begann. Federn flogen durch die Luft, als Haui sich mit seinem Zwergmöwenkörper gegen Raudi schmiss und beide vom Geländer auf den Balkonboden krachten.

Frustriert seufzte Mattis, atmete tief ein und wieder aus. Eine knappe Woche lang waren sie jeder schnabelfesten Auseinandersetzung erfolgreich aus dem Weg gegangen, waren nicht mit der Entenpolizei in Konflikt geraten oder wurden vor den Ältestenrat zitiert, damit sein Vater und die anderen Ältesten sie abmahnen und mit abfälligen Blicken strafen konnten.

Mattis richtete sich kerzengerade auf und beobachtete mit schmalen Augen, wie Tillmann und Klaas sich auf die Kämpfenden warfen, um Haui von Raudis Rücken zu drängeln.

Scheiß auf den Ältestenrat!

»Fiete, du bleibst hier«, befahl Mattis der jungen Silbermöwe und blickte in Richtung von Pit und Berti, die begierig auf seine Erlaubnis warteten. »Jetzt folgt Lernphase zwei: Großmäulern den Schnabel stopfen.«

Zu dritt stürmten sie im Flug auf den Balkon gegenüber. Pit und Berti griffen die beiden Lachmöwen an. Mit kurzen, dynamischen Schnabelschlägen befreiten sie Haui aus ihrer festen Umklammerung. Er rieb sich den Bauch, als hätte er in einer eisernen Klammer gesteckt. Mattis kümmerte sich um Raudi, indem er ihm den Schnabel kräftig in das Gefieder rammte und ihm keine Möglichkeit ließ, zu entkommen.

Im Hintergrund verstummte das Getratsche der herumstehenden Möwen, alle Blicke ruhten anscheinend auf ihrem Balkon.

»Geh runter von mir, Mistmöwe«, keifte Raudi, dessen Schnabel so unangenehm kratzend über den Beton scharrte, dass Mattis sich die Nackenfedern aufstellten. »Du stinkst nach altem Fisch.«

Mit seinem Gewicht drückte Mattis ihn gegen den Boden und genoss die gequälten Laute, die Raudi ächzend von sich gab. Pit und Berti hielten die beiden Leibwächter in Schach, während Haui ihnen den kleinen schwarzen Kopf immer wieder in den Magen rammte. Dumpfes, säuerliches Stöhnen quoll wie Schaum aus ihren Schnäbeln, während Haui zufrieden grinste.

»Ich sage es dir nur noch ein einziges Mal, Raudi.« Mattis hielt seinen Schnabel dicht an dessen schmerzverzerrtes Gesicht. »Verschwinde mit deinem Pack aus meinem Gebiet. Der Südstrand gehört uns.« Schwungvoll pickte er gegen Raudis Kopf und hörte mit Genugtuung, dass jener leise vor sich hin jammerte. »Verstanden, Raudi?«

Wie in Zeitlupe hob und senkte der Anführer der *Biester* als stummes Einverständnis den schwarzen Kopf.

Mattis sprang von ihm herunter und Raudi ergriff sofort die Flucht auf das rote Dach des Appartementhauses. Von der Dachrinne aus starrte er hinunter, fuchtelte wild mit den Flügeln und brüllte: »Das wird Ärger geben, Mattis. Mein Vater sitzt auch im Ältestenrat. Vergiss das nicht.«

Innerlich stöhnte Mattis. Wie könnte er das vergessen? Es fiel ihm schon schwer genug, zu ignorieren, dass sein eigener Vater auf der Kohlhof-Insel saß und sich um die Belange der Möwen auf Fehmarn kümmerte.

»Kommt, Jungs«, sprach er erschöpft und winkte die anderen *Wilden* zu sich. »Lasst uns unser neuestes Mitglied willkommen heißen. Wir haben uns heute genug die Federn mit Dreck beschmutzt.«

»Aber ich bin mit diesen Lackaffen noch nicht fertig«, knurrte Haui und stieß Tillmann abermals den Kopf in die Rippen. Die kleine Lachmöwe ertrug den Schmerz mit zugekniffenen Augen und zusammengepresstem Schnabel, ohne einen Laut von sich zu geben.

»Los, Haui. Lass sie ziehen. Sie haben ihre Lektion gelernt.« Grimmig blickte Mattis die beiden Leibwächter von Raudi an. »Oder etwa nicht?«

»Doch, doch«, kreischten sie zusammen und flatterten wie ängstliche Küken aus Pit und Bertis Umklammerung zu Raudi auf das Dach.

Freudenkrächzer brachen unter den *Piepmätzen* und Möwengangs auf dem Platz vor der Bäckerei aus, als die *Wilden* zurück zur Silberlinde flogen und sich um

Fiete herum versammelten. Nun würden die *Biester* woanders ihr Unwesen treiben.

»Ihr seid alle der Wahnsinn!«, rief Fiete und hüpfte wie ein kleines Küken aufgeregt von einem Bein auf das andere.

Während die *Wilden* sich gegenseitig mit tosendem Flügelklatschen und innigen Umarmungen beglückwünschten, suchte Mattis nach Svea. Doch weder sie noch die anderen *Seidenfedern* saßen auf dem Balkon über der Bäckerei.

Sein Blick wanderte über die Promenade. Zwischen den Strandläufern taumelten Tauben und suchten nach weggeworfenen Krumen. Ein *Dunkler Ritter*, sein Name war Dietrich, lief einem kleinen Jungen mit Schnuller im Mund hinterher und trieb ihn mit ausgebreiteten schwarz glänzenden Flügeln in eine Düne, auf der sich die Gräser des Strandhafers dem Wind beugten.

Als der Junge anfing, zu weinen, fand Mattis sie schließlich. Mit anderen Möwen – anderen männlichen Möwen – stand Svea auf einem der Strandkörbe, kicherte fröhlich und sorgenfrei.

Mattis' Magen verkrampfte sich bei dem Gedanken daran, dass Svea ihn bei der Rauferei beobachtet haben könnte. Schon zu oft hatte er ihren enttäuschten Blick gesehen, wenn gerade er sich prügelte, denn sie verabscheute Gewalt aus tiefster Überzeugung. Sein Herz schmerzte, als er sich vorstellte, wie Svea den graublauen Kopf schüttelte und sich von ihm abwandte.

»Mattis!« Pit stieß ihm unsanft von hinten mit dem Flügel in den Rücken, sodass er wankte. »Ja oder nein?«

»Wie?« Er wandte sich um und blickte in die erwartungsvollen Gesichter seiner Freunde.

»Wollen wir Fiete jetzt brandmarken oder nicht?«

»Brandmarken klingt echt schmerzvoll.« Fiete wirkte blass, als übergebe er sich jeden Moment.

»Das ist es auch, glaub mir.« Mattis hob den rechten Schwimmfuß an und präsentierte Fiete das Zeichen der *Wilden* unter seiner Sohle: den Abdruck einer Herzmuschel. »Aber der Schmerz vergeht. Unsere Freundschaft hingegen bleibt ewig.«

Fiete sah aus, als würde er in Ohnmacht fallen, weshalb Mattis den silbergrauen Flügel ausbreitete und ihn um die junge Silbermöwe schwang – nur zur Sicherheit.

»Da mussten wir alle durch, Kleiner«, zischte Berti und stupste Fiete mit dem Kopf an. »Wenn du zu uns gehören willst, musst du auf die Innenseite einer Herzmuschel treten, bis sich ihr Abdruck in deinem Schwimmfuß verewigt hat.«

Fietes Schnabel sank niedergeschlagen nach unten und Mattis beschlich das Gefühl, dass es gleich Tränen geben würde.

»Komm schon, Fiete«, flüsterte er ihm mit einem Zwinkern aufmunternd zu. »Freunde für immer?«

In Fietes dunklen Augen wuchs ein Leuchten, das der strahlenden Sonne am Frühlingshimmel glich. »Ja!«, rief er aufgeregt. »Freunde für immer.«

Mattis liebte die Sonneninsel Fehmarn und seinen Südstrand. Die frische Brise der unbezwingbaren Ostsee zwischen den Federn zu spüren, wenn er sich in die Lüfte erhob und über die überfüllte Promenade glitt, und wie die Sonnenstrahlen dabei sein Gefieder wärmten, waren unvergleichlich. Das Spiel mit den Strandläufern, die schmackhaften Brötchen, der ausgezeichnete Fisch und die Eiswaffeln – sie alle waren nur das i-Tüpfelchen und machten seine Insel noch paradiesischer.

Gedankenverloren beobachtete er im Flug die rauschenden Wellen, wie der große Njörd sie mal stürmischer, mal weicher an den Strand spülte, bloß um sie gleich wieder zurück in sein Reich zu ziehen. Langsam schwebte Mattis durch die Luft und genoss für einen Moment die Ruhe, während seine Freunde über den Strand liefen und nach passenden Herzmuscheln für Fietes Schwimmfuß suchten.

Ob Raudi bereits auf der Kohlhof-Insel eingetroffen war und sich beim Ältestenrat über ihn beschwerte?

Ein kurzes, freudloses Lachen entwich ihm, denn er kannte die Antwort auf diese Frage längst. Wahrscheinlich fiel sein Vater gerade vor Scham von der Heiligen Birke und verfluchte – wieder einmal – den Tag seiner Geburt.

Mattis presste den Schnabel zusammen und schnaufte. Sollte er ihn doch enterben. Den Sitz im Rat zu verlieren, war sicher nicht das Schlimmste, das ihm in seinem Leben passieren könnte.

Svea hatte er längst verloren. Ein Fehler, den er sein Leben lang bereuen würde.

Wie zufällig blickte Mattis auf ihren Strandkorb und fuhr zusammen, als er Svea bei den *Seidenfedern* stehen sah, die sich nach wie vor mit anderen Möwen amüsierten.

Mittlerweile tat ihm nicht nur sein Herz weh, sondern jede einzelne Feder seines Körpers, wenn er daran dachte, dass Svea sich jemand anderen suchen könnte, mit dem sie ihre Zukunft plante.

Ein gemeinsames Nest. Schmuseeinheiten. Ein paar Küken. Schmuseeinheiten.

Verflucht.

Übelkeit stieg in Mattis auf, als er sich zu seinen *Wilden* am Strand gesellte. Er bemerkte kaum, wie die Wärme des Sandes ihm über die ockerfarbenen

Schwimmfüße die Beine hinaufkroch. Halbherzig beobachtete er, wie seine Freunde die passende Muschel suchten. Er hätte helfen sollen, das wusste er, schließlich war es Fietes Ehrentag. Aber die Eifersucht sog ihm jegliche Energie aus den Gliedern.

Aus der Ferne hörte er Sveas liebliches Lachen. Jeder Ton ihrer hellen, klaren Stimme war wie ein gezielter Schuss in sein gebrochenes Herz. Früher war er derjenige gewesen, über dessen Witze sie gelacht hatte. Heute … Ein tiefer Seufzer entglitt Mattis und auf einmal fühlte er sich schrecklich müde.

»Die ist zu groß«, brummte Berti, als Fiete ihm eine Muschel entgegenhielt. »Dein Schwimmfuß ist viel kleiner. Die Muschel muss sich komplett darin abzeichnen. Es muss richtig wehtun. Wir wollen Tränen sehen.«

Fiete zuckte bei jeder einzelnen Silbe zusammen, die Berti zu ihm sprach. An dem rauen Tonfall der Mantelmöwe würde Fiete sich gewöhnen müssen. Und wenn er erst mal das Zeichen der *Wilden* trug, war er einer von ihnen. Anerkannt und gefürchtet am ganzen Südstrand.

»Ich habe eine!«, rief Pit. Er beugte sich hinab und hob die Muschel mit dem roten Schnabel auf. »Hier, schau, Mattis«, nuschelte er und hielt ihm eine weißrosa glänzende Herzmuschel entgegen, in der nicht ein einziger Riss zu erkennen war. »Die Kleine geht doch, oder?«

Wie abwesend nickte Mattis und wandte sich wortlos von ihm ab, um an den Strandkörben in Richtung Düne vorbeizuschlendern. Sie würden auch ohne ihn die passende Muschel für Fiete finden.

»Lass unseren Klugscheißer in Ruhe, Langfeder, und zeig mir deine Beute.« Berti riss Pit die Muschel aus dem Schnabel, was Mattis nur mit einem Ohr verfolgte.

»Aua!«, jammerte Pit. »Nicht so grob.«

»Heb deinen Schwimmfuß, Kleiner«, murmelte Berti mit der Muschel im Schnabel. »Ich will wissen, ob sie passt.«

»Vergiss es!«, wehrte Fiete sich. Die junge Silbermöwe plusterte sich auf und wich ein paar Schritte vor Berti zurück, als Mattis sich in den Sand vor der Düne fallen ließ.

Auf der Promenade hinter ihm hörte er die *Chorknaben*, wie sie ihre Stimmen aufwärmten. Ein bunter Haufen von Singvögeln, die als Strandmusiker von Küste zu Küste zogen und von Strandläufern Spenden in Form von Brotkrumen, Obst oder Rosinen erbettelten. Mattis mochte ihre mal rockigen, mal sanften Lieder, doch heute schienen ihn selbst ihre unterhaltsamen Ständchen nicht aufzuheitern.

»Was? Wie meinst du das?« Entschlossen ging Berti auf Fiete zu. »Kneifst du etwa?«

»N... nein«, stammelte die junge Silbermöwe und näherte sich der Ostsee, wobei Berti Fiete Schritt für Schritt folgte. »Ich will nur verhindern, dass *du* mir die Muschel in die Sohle rammst.«

»Wieso das?«, nuschelte Berti und grinste breit, wobei er die Muschel gekonnt im Schnabel balancierte. »Ich bin ganz sanft, Kleiner. Versprochen.«

Pit und Haui kreischten vor Lachen und schlichen auseinander, um Fiete zu umzingeln.

»Das letzte Mal«, begann Pit und konnte sich ein weiteres Lachen kaum verkneifen, »als *du* zu jemandem sanft gewesen bist, lagen noch Wikingerboote im Yachthafen.«

»W... was habt ihr vor?« Fiete wand sich und schien zu überlegen, was er tun sollte. »Bleibt alle stehen. Sofort!«

Die Hoffnung verschwand aus seinen dunklen Augen, als alle drei Möwen das Gegenteil taten und sich schleunigst auf ihn zubewegten.

»Bitte!«, hörte Mattis ihn noch flehen, ehe Fiete anfing, zu rennen. Über den Sand. So schnell er konnte. Schlängelnde Bahnen zog er, rannte geradeaus, lief im Kreis, probierte jede Richtung aus, nur um den *Wilden* zu entkommen.

Haui spurtete los und war Fiete dicht auf den Schwimmfüßen. Sich um die eigene Achse drehend verfolgte Berti die beiden und wirbelte den feinen Sand auf, als er nach Fiete schnappte. Doch dieser duckte sich und sprang danach in die Luft, um zu fliegen. Haui hechtete ihm nach, hob ab und warf sich grinsend gegen Fiete, der hart auf dem Strand aufkam. Röchelnd rieb Fiete sich den Sand aus den dunklen Augen.

»Jetzt haben wir dich!« Von hinten schlich Pit an die junge Silbermöwe heran, aber Fiete war schneller. Er fuhr hoch, wirbelte mit geöffneten Schwingen wie im Schleudergang gegen Pit, der unter Fietes mächtigem Gewicht rücklings in den Sand knallte. Ehe Berti und Haui nach Fiete greifen konnten, eilte er davon.

Mattis schmunzelte bei ihrem Fangspiel und atmete auf, als seine Fröhlichkeit Stück für Stück zurückkehrte.

»Bleib stehen, Kleiner«, fluchte Berti und wäre beinahe über einen Stein gestolpert. »Wir sind zu alt, um über den Strand zu joggen.«

»Wir?«, hechelte Pit, der gackernd an Berti vorbeilief. »Das betrifft nur dich allein.«

Mattis lachte kurz, schloss die Augen für wenige Momente und genoss die Sonne, den leichten Wind und das Gefühl von Frieden, das sich in ihm ausbreitete. Das Gackern seiner *Wilden* im Hintergrund linderte für den Augenblick seine Sorgen. Zufrieden lehnte er sich zurück in den Sand, strich mit den Flügeln über die Sandkörner und badete in der Wärme, die der Südstrand ihm schenkte.

Fietes flehendes Kreischen brachte Mattis dazu, die Augen wieder zu öffnen, sich aufzurichten und genüsslich zu strecken. Er lächelte in sich hinein, als er sah, wie Haui und Pit ihren neuen Kameraden einkreisten und Berti sich ihnen mit der Muschel im Schnabel langsam näherte.

Er hätte zu ihnen fliegen können, Berti die kleine Muschel stibitzen, Fiete selbst brandmarken und in seiner Gang willkommen heißen können. Doch das tat er nicht.

Ein ratterndes Geräusch wie das Brüllen eines Motorrads dröhnte zu ihm über die Düne. Als er sich umwandte, bemerkte er einen jungen Strandläufer mit gerötetem Gesicht, der mit einem Smartphone in der Hand quer durch den Strandhafer lief und wohl vergessen hatte, dass das Betreten der Düne verboten ...

Was war das? Dort! Neben dem Stein.

Mattis kniff die Lider zusammen. Zwischen den hohen Gräsern auf der Düne lugte neben einem kleinen Felsen ein rötlicher Stock hervor, oder ein Strohhalm, oder ein ... Mattis stockte der Atem. War das ein Schwimmfuß, der aus dem Grün auf eine merkwürdig verdrehte Weise in die Luft ragte?

»Was, beim großen Njörd, ist das?«, wisperte er vor sich hin und blinzelte mehrfach. »Wie kann das sein?«

Er lief ein paar Schritte in das Dünengras und drängte sich an den Stängeln vorbei, um sich die Kuriosität von Nahem anzusehen. Hinter ihm grölten Pit und Haui triumphierend, während Fiete lauthals kreischte. Offenbar hatten sie ihn eingefangen.

Je näher er kam, desto intensiver roch er ihn – den stechenden Geruch nach Tod. Ein Gestank aus beginnender Verwesung und blutgetränkten Federn, der sich mit frischer Meeresluft mischte.

Mattis zögerte und überlegte, ob er weitergehen und sich um Fiete und das Brandmarken kümmern sollte. Nicht, dass die *Wilden* den wimmernden Kleinen noch verletzten.

Doch die Neugierde siegte.

Langsam trat Mattis einen Schritt vor den anderen im warmen Sand, bis er den Rand der Düne erreicht hatte.

»Beim großen Njörd!«, stieß er atemlos aus. »Ihre Augen fehlen!«

Tote Möwen sah Mattis öfter. Wie ihre leblosen Körper zermatscht am Straßenrand lagen, weil ein Auto sie überfahren hatte. Oder zerfetzte Möwen nahe der Fuchswiese, die unerträglich stanken, wenn ihre leblosen Leiber in der Sonne vor sich hin garten.

Aber das Gefieder dieser Möwe schien übersäht mit Folterspuren. Mattis schluckte schwer. Ihr Körper lag seltsam gekrümmt, die Glieder hingen unnatürlich drapiert im Sand, ragten wie Wegweiser ins Nichts. Die geschundenen Flügel waren vollständig ausgebreitet, als wäre sie beim Fliegen rücklinks in den Sand gestürzt. Ausgerissene Federn bedeckten die cremeweißen Blüten der nahegelegenen Dünenrose und den Strandhafer. Ein Schwimmfuß ragte verdreht in die Luft, der andere zur Seite. Ihr Schnabel war zertrümmert und die Augenhöhlen vollkommen leer. Mattis traute sich kaum, näher hinzusehen, denn aus dem Bauch der Möwe quollen die Organe wie wild zusammengewürfeltes Potpourri.

»Was für ein Monster tut so etwas?«

Haui tauchte hinter ihm auf, völlig außer Atem. Er kicherte tief und behielt den eingekreisten Fiete im Blick. »Wir wären so weit. Der Kleine kann nicht mehr entkommen, Berti liegt auf ihm. Willst du dabei sein?«

Mattis schüttelte den Kopf, immer wieder. Zu mehr war er nicht fähig. Das Bild der toten Möwe bohrte sich mit jedem Augenblick mehr in sein Gedächtnis.

»Machst du Berti jetzt Konkurrenz oder was riecht hier nach -?« Haui drehte sich zur Düne und hielt inne. »Mattis.« Er keuchte und taumelte ein paar Schritte zurück. »Wer um Njörds Willen ist das?«

»Ich weiß es nicht.« Mattis kniff die Augen zusammen, um nicht vom Sandstrand geblendet zu werden. Der graublaue, runde Kopf der Möwe kam ihm bekannt vor, doch all das Blut erschwerte ihm eine genaue Identifizierung.

»Boah«, brummte Haui und entfernte sich weiter. »Wie hältst du den Gestank nur aus?«

Die Federn der toten Möwe schimmerten weiß und waren durchzogen von einem kräftigen Silbergrau, einem verblassten Braun und einem intensiven Schwarz. Blutverschmiert lagen sie im Sand oder hingen hilflos am aufgerissenen Bauch der Möwe, als wäre sie gerupft worden. Nur von wem?

Mattis trat näher an die Tote heran und betrachtete zögerlich ihre krampfartige Haltung.

»Nicht, Mattis«, hörte er Haui aus der Ferne klagen. »Vielleicht hat sie die Pest erwischt. Oder die Krätze.«

»Sei nicht albern«, raunte er und sah sich nach Hinweisen oder Fußspuren um, die ein oder mehrere Täter hinterlassen haben könnten.

Hier und da lagen abgerissene Hagebutten und gerupfte grüne Blätter im Sand. Die Gräser des Strandhafers um die Leiche herum waren zerdrückt, baumelten teilweise mit dem Kopf nach unten wie nach einem erbitterten Kampf. Die Düne bot einen grausamen Anblick der Verwüstung, und doch sah es durch die blutverschmierten Federn, die verdrehten

Beine und die ausgebreiteten Flügel inszeniert aus. Selbst der Sand war gleichmäßig mit Blut beträufelt. War das Absicht gewesen?

Mattis hob den Kopf und erkannte am Horizont die Krone seiner Schlafeiche. Wieso nur hatten sie nichts von dem Krawall gehört?

»Mattis, Haui«, krächzte Pit vom Ende des Strandes. »Ihr verpasst das Beste. Fiete steht auf der Muschel und – stellt euch vor – er heult überhaupt nicht.«

»Kein bisschen!«, rief Fiete voller Stolz hinterher.

Mattis jedoch schenkte ihren Worten keine Aufmerksamkeit. Auch Haui schien wie zur Litfaßsäule erstarrt und wandte das eine Auge nicht von dem Opfer ab.

»Denkst du, es war …« Hauis gequälter Gesichtsausdruck wich einer bitterernsten Miene. »… Mord?«

Mattis drehte sich zu ihm um und bemerkte, wie Berti und Pit zu ihnen gerannt kamen. Fiete humpelte mit schmerzverzerrtem Gesicht hinterher.

»Ich denke«, begann Mattis und schwieg einen Augenblick. Diese Möwenleiche würde das leichte Leben seiner *Wilden* und der anderen Möwengangs am Südstrand für immer verändern. »Unsere Sonnentage am Südstrand sind vorbei.«

Haui stieß einen ergriffenen Seufzer aus.

»Schaut her.« Berti stellte sich hinter Haui und zeigte mit dem schwarzen Flügel auf Fietes platten Schwimmfuß. »Der Kleine hat …« Er hielt inne und riss Schnabel und Augen auf. Wie gebannt starrte er über Hauis schwarzen Kopf hinweg auf die Möwenleiche. »Scheiße, wer ist das?«

»Wer?« Pit drängelte sich an Berti vorbei und blieb neben Mattis stehen. »Verdammt, Mattis. Was ist hier passiert?«

»Beruhigt euch. Ich habe sie gerade eben erst entdeckt. Wir sollten die Entenpolizei informieren.«

»Hilfe!«, brüllte Pit laut über den Strand. »Hilfe! Hiiilfeee! Polizei!«

»Still!«, fauchte Mattis und klatschte Pit den silbergrauen Flügel an den Hinterkopf. »Bist du wahnsinnig, Langfeder?«

Entschuldigend hob Pit die Flügel und sah verwirrt in die Runde.

»Ich meinte, dass einer von uns zum Yachthafen fliegen und Kriminalhauptkommissar Henk Bescheid geben sollte.« Mattis blickte umher und beobachtete, wie die ersten Tratschtanten, Piepmätze und Möwengangs mit großen Augen näher rückten. »Jetzt werden wir uns vor schaulustigen Geiern nicht mehr retten können.«

Ein Hauch von Familie

- Kohlhof-Insel. Ältestenrat -

»Auf gar keinen Fall!« Die herrische Stimme von Mattis' Vater drang durch die Zweige der Heiligen Birke und dröhnte bestimmt bis über den Burger Binnensee hinaus. »Ihr werdet meinen Sohn nicht mitnehmen.« Mojes sonnengelbe Augen glühten feurig, als er auf den Erpel starrte, der drei Äste unter ihm saß.

Kriminalhauptkommissar Henks platter, grüngelber Schnabel bebte vor Entsetzen.

»Altmeister Moje, Ihr Sohn ist unser Hauptzeuge. Wir müssen ihn mit zum Yachthafen nehmen und verhören.« Die Zornesröte ließ den flaschengrünen Kopf der Stockente intensiv schimmern.

Moje krächzte verächtlich und bedachte Mattis mit einem nachdenklichen Blick. »Sohn, komm zu mir.«

Scheiße.

Zögerlich schaute Mattis zu Berti, Pit, Haui und Fiete, die auf einem großen Stein am Fuße des alten

Baumes auf ihn warteten. Ihnen war das Betreten der Heiligen Birke auf der kleinen Kohlhof-Insel nicht gestattet. Ihr Lächeln sollte ihm sicherlich Mut machen, doch es wirkte ebenso unsicher und unbeholfen, wie er sich fühlte.

Dass Raudi zwei Äste höher neben seinem eigenen Vater hockte und schadenfroh auf ihn herabsah, verbesserte sein Befinden nicht.

Den befremdlichen Mienen der anderen neun Ältesten auf den Ästen um ihn herum nach zu urteilen, war seine Situation hoffnungslos verloren. Über ihnen allen in der Baumkrone saß die Altmeisterin und verfolgte das Geschehen mit wachen Augen.

Am liebsten hätte Mattis sich in Luft aufgelöst oder wäre kreischend davongeflogen. Alles wäre ihm lieber gewesen, als seinem Vater so nah gegenüberzustehen.

Halbherzig hüpfte er zwei Äste höher und bemerkte, als er mit gebührendem Abstand vor ihm stehenblieb, dass Moje seit ihrer letzten Begegnung um Jahre gealtert aussah. Mehrere seiner Kopffedern waren ergraut, die Haut an den Schwimmfüßen erschien runzeliger und seine Augen wirkten, als habe er tagelang nicht geschlafen. Ehe sich ihre Blicke trafen, senkte Mattis respektvoll den Kopf, so wie es die Vorschriften des Ältestenrates verlangten.

Seit jeher lenkte der Rat das Schicksal der Möwen auf Fehmarn und unterwarf sich den heiligen Gesetzen der Natur.

»Hast du dem Kriminalhauptkommissar etwas Wichtiges mitzuteilen?« Das aufgebrachte Beben in der Stimme seines Vaters ließ Mattis ahnen, wie schwer es ihm fallen musste, sich vor dem Erpel und seinem *Search And Rescue*-Team im Zaum zu halten. »Hast du etwas gesehen oder gehört, das ihm bei seiner Ermittlung weiterhilft?«

Fieberhaft überlegte Mattis, ob er es wagen sollte, seinem Vater vor den Ratsmitgliedern zu widersprechen. Zwar hatte er das Opfer nur gefunden und niemand Verantwortlichen gesehen, doch er hatte nichts zu verbergen und würde mit auf das Revier gehen. Schließlich stand er nicht unter Anklage und konnte der Entenpolizei vielleicht helfen. Niemand kannte den Südstrand besser als er und seine *Wilden*.

Moje kam auf ihn zu und blieb eine Schnabellänge vor ihm stehen. »Antworte mir«, ermahnte er ihn in einem tiefen, eindringlichen Ton.

»Äh, nein«, huschte es aus Mattis heraus, während er die eigenen Schwimmfüße fixierte. »Ich ... ich habe das Opfer nur gefunden. Genau so wie es da lag. Berührt habe ich auch nichts. Wir ...«

»Sehen Sie, Henk.« Moje hielt den Schnabel siegreich in die Luft. »Kein Verhör mehr nötig.«

Die bittere Enttäuschung darüber, dass sein einziger Sohn in Begleitung der *SAR* auf die Kohlhof-Insel geflogen kam, würde Moje wohl auf ewig ins verhärmte Gesicht graviert sein.

Kriminalhauptkommissar Henk schnaufte abfällig auf dem untersten Ast, wobei der Orden um seinen Hals – ein Kronkorken an einem gelben Geschenkband – hin- und herschwankte. »Das letzte Wort ist hierbei noch nicht gesprochen.«

Der Erpel warf Altmeisterin Tilda, die noch immer über allen auf dem höchsten Zweig thronte, einen vorwurfsvollen Blick zu. »Sollte Ihr feiner Mattis in den Mord verwickelt sein oder – abermals – anderweitig unangenehm bei der Entenpolizei auffallen, komme ich zurück. Dann wird auch die Tatsache, dass der Junge ein Abkömmling der *edlen* Silbermöwen ist, eine Mitnahme auf das Revier nicht verhindern. Der Südstrand ist ein Zentrum der Ruhe und der Entspannung – für jedes Lebewesen. Unter

40

keinen Umständen darf dieser Frieden jemals gestört werden.«

Eindringlich musterte der Erpel Mattis und erinnerte ihn dabei an seinen Vater, unzufrieden und verbittert, wobei er den leicht verzogenen Schnabel missbilligend geöffnet hielt. Den Falten in seinem dunkelgrünen Gesicht nach zu urteilen, erhielt der Kriminalhauptkommissar im Yachthafen ebenso wenig Schlaf wie die *Wilden* auf ihrem Schlafast. Sein *SAR*-Team, das momentan aus einer Ente und drei weiteren Erpeln bestand, verfolgte jede von Mattis' Bewegungen, als wollten sie ihn jeden Augenblick angreifen und festnehmen. Einem Flügelwink von Henk folgend hob die Truppe von dem Ast der Heiligen Birke ab.

Mattis schaute ihnen über die Baumwipfel der Fichten, Eichen, Birken und über die vielen Büsche und Sträucher nach. Er wünschte sich, er könnte ihnen zum Yachthafen in Burgtiefe folgen und müsste sich nicht dem Donnerwetter seines Vaters stellen, das gleich über die Kohlhof-Insel wie unerwünschter Hagel im Frühling hämmern würde. Selbst die Räte der Schwäne, Gänse, Spatzen, Raben und Tauben, die jeder auf ihrem eigenen Baum saßen und über die Geschehnisse ihrer Art wachten, schienen ihre Aufmerksamkeit der Heiligen Birke zu widmen. Auch dies würde sein Vater ihm zum Vorwurf machen. Wie auf Kommando hörte Mattis, wie dieser sich räusperte.

»Sohn, ich bin furchtbar enttäuscht von dir.«

Mattis senkte den Kopf wieder und schloss die Augen. Er wusste, welche Rede nun folgen würde.

Du hast unser Familienansehen in den Dreck gezogen — erneut. Deine arme Mutter würde sich für dich schämen. Du bist eine einzige Enttäuschung für den gesamten Ältestenrat.

Doch Moje schwieg, weshalb Mattis vorsichtig aufschaute und beim Anblick seines Vaters erschrak. Mit einem eiskalten, regungslosen Gesichtsausdruck starrte er Mattis an und brachte dessen Puls zum Stolpern. An das letzte Mal, dass er von Moje ein Lächeln oder ein Lob erhalten hatte, konnte er sich längst nicht mehr erinnern.

»Das ist ja alles schön und gut und *überaus* wichtig, aber wir sind noch nicht fertig, Moje. Ich verlange Genugtuung für die Schmach, die mein Sohn heute früh durch deinen Bengel erfahren hat.« Richard, der zwei Äste über ihnen saß, hob den mattschwarzen Kopf, als spräche er zu einem großen Publikum. »Es ist nicht das erste Mal, dass Mattis meinen friedlichen und liebevollen Jungen angegriffen hat. Und leugnet es nicht, es gibt genügend Zeugen.« Mit dem rotbraunen Schnabel deutete er auf die beiden Lachmöwen Tillmann und Klaas, die neben den *Wilden* auf einem Stein hockten und ihnen die Zungen herausstreckten. »Raudi kommt eher nach seiner Mutter. Das ist allgemein bekannt, aber noch lange kein Grund, ihn nicht mit ehrwürdigem Respekt zu behandeln. Auch er ist ein Sohn dieses ehrwürdigen Rates.« Mattis hätte schwören können, dass Raudi bei jedem Wort seines Vaters kleiner wurde. Von seiner Schadenfreude war nichts mehr zu sehen. »Ich fordere Genugtuung und eine Entschuldigung. So will es das Gesetz.«

Scheiße.

Das letzte Mal war Mattis noch mit einer Verwarnung davongekommen. Jetzt sollte er Buße tun. Müll von der Kohlhof-Insel sammeln oder schlimmer noch, im Rat der Ältesten aushelfen und kräftezehrende Botenflüge erledigen.

Ehe sein Vater den Schnabel öffnen und ihm nicht zur Seite stehen konnte, ergriff Mattis das Wort.

Wenn er selbst für seine Taten einstand, würde die Strafe vielleicht geringer ausfallen.

»Es ist alles meine Schuld.«

Dies entsprach nicht der Wahrheit, aber es untermauerte die gespielte Reue in seiner Vorstellung und erweichte eventuell die empörten Gemüter.

»Ich habe den Angriff auf Raudi angeordnet, das hätte ich nicht tun dürfen.«

Mattis presste den Schnabel zusammen und schluckte, um seine Lüge für einen Moment wirken zu lassen. Wenige Herzschläge später blickte er zu Raudi hoch. Die Zwergmöwe schien sein gespieltes Winseln nicht zu genießen. Sein schwarzer Kopf ähnelte einem gut gefüllten, knallroten Ballon, kurz vor dem Platzen. Die hinterlistigen zusammengekniffenen Augen wirkten wie zermatschte Hagebutten, den rötlichbraunen Schnabel hatte er empört aufgerissen, als wolle er ganz Fehmarn zusammenkreischen.

»Raudi, kannst du mir bitte noch einmal verzeihen? Es tut mir sehr leid, dass ich auf dir gestanden habe.«

»Lügner!«, presste Raudi hervor und fiel dabei fast vom Ast. Seine schwarzen Kopffedern stellten sich auf, wie bei einem Hahn auf Weibchenfang. »Du lügst mit jedem Atemzug.«

Richard hob den hellgrauen Flügel und sah seinen Sohn strafend an. »Du sprichst erst, wenn du gefragt wirst.« Raudi schnaufte und Mattis ahnte, wie schwer es ihm fiel, sich nicht auf ihn stürzen zu können. Aber eine Rauferei auf der Heiligen Birke anzufangen, traute sich selbst der Anführer der *Biester* nicht.

»Das ist die jämmerlichste Entschuldigung, die ich je in meinem Leben gehört habe.« Richard stampfte auf seinem Ast wie ein hungriger Stepptänzer auf Nahrungssuche. »Altmeisterin Tilda, ich wünsche, dass Ihr Mattis für die Kränkung meines Sohnes gebührend bestraft.«

Scheiße.

Ohne den Kopf zu heben, spürte Mattis, wie die Altmeisterin aus dem Wipfel Ast für Ast herunterhüpfte. Die Blätter der Heiligen Birke raschelten bei jeder ihrer Bewegungen, weshalb er neugierig einen Blick riskierte. Anmutig wie eine schwebende Feder im Wind kam Tilda vor Raudi und seinem Vater zum Stehen, die sich sogleich tief vor ihr verbeugten.

»Raufereien zwischen Jungen sind normal und gesund, Richard. Ich kann mich noch gut an die Kämpfe zwischen dir und Moje erinnern, schließlich wart ihr auch einmal jung. Fast täglich habt ihr im Sand gerauft, um euch zu beweisen.«

»Das waren ganz andere Zeiten.«

»Nennst du mich eine Lügnerin?« Der spitze Schnabel der Altmeisterin schoss in die Höhe, während sie die Zwergmöwe von oben herab ansah.

»Nein!«, Richard verneigte sich so weit, dass er beinahe die Rinde des alten Baumes mit dem Schnabel berührte. »Ich wollte nur darauf aufmerksam machen, dass …«

»Dann sind wir uns einig«, unterbrach sie ihn mit einer abweisenden Flügelbewegung. »Mattis hat sich entschuldigt und damit ist die Sache erledigt.«

Altmeisterin Tilda wandte sich von den Zwergmöwen ab und blickte Mattis gutmütig an.

Träumte er? Würde er nicht bestraft werden?

»Das könnt Ihr nicht machen, Altmeisterin.« Empört wedelte Richard mit den hellgrauen Schwingen. »Mein Sohn lag im Dreck und wurde beschämt. Ich verlange Genugtuung.«

Tilda zuckte mit den silbergrauen Flügeln, als langweile sie die Unterhaltung. »Dann sollte Raudi besser lernen, wie man kämpft. Das Leben an der Ostsee ist ein raues Pflaster.«

»Mein Sohn mag ein Trottel sein, doch er hält sich an unsere heiligen Regeln. Er tut niemandem weh und lässt sich auch nicht mit widerwärtigen Hybriden ein.«

Mattis zog den Kopf ein und hoffte, dass die beschämenden Blicke seines Vaters an ihm vorbeizogen. Hätte er geahnt, dass sein Erscheinen auf der Kohlhof-Insel solche Wunden aufreißen könnte, wäre er Kriminalhauptkommissar Henk gleich zum Yachthafen gefolgt, mit oder ohne Einladung.

»Du wagst es, mir zu widersprechen?«, fauchte die Altmeisterin und bäumte sich mit ihrem schlanken, weißen Bauch vor der Zwergmöwe auf.

Richard zögerte und rang offenbar mit sich und seiner Frustration; das Gesicht verzogen, den Schnabel geöffnet, doch kein weiteres Wort drang heraus. Nach einer knappen Verbeugung schlich er mit Raudi in gebückter Haltung ans Ende des Astes.

Eine Stille trat ein, in der Mattis das Gefühl hatte, sein Herzschlag würde die Heilige Birke zum Vibrieren bringen.

»Mattis, wie schön dich zu sehen.«

Altmeisterin Tilda hüpfte von dem Ast herunter, wobei sie direkt hinter Moje aufkam. Sofort wich sein Vater zurück und bot ihr seinen Platz an.

Mattis schoss bei ihrem Anblick ein Stich durch den Brustkorb. Sie sah seiner Mutter zum Verwechseln ähnlich. Die treuen, wohlwollenden, goldgelben Augen und ein Lächeln um den spitzen Schnabel, das Wärme und Geborgenheit schenkte. Der strahlende Glanz ihrer weißen Federn blendete Mattis so sehr, dass er die Augen schloss, bevor er sich vor ihr verneigte.

»Altmeisterin, es tut mir leid, dass wir Euch in Eurer Versammlung gestört haben.«

45

»Sei nicht albern, Mattis«, entgegnete sie mit weicher Stimme, wobei sie ihm den Kopf mit ihrem silbergrauen Flügel tätschelte. »Es ist schön, dich bei uns zu haben. Nenn mich Tante Tilda – wie besprochen. Schließlich sind wir eine Familie.« Die Silbermöwe schenkte ihm ein gütiges Lächeln und wies ihn an, sich wieder aufzurichten.

Familie?

Verlegen musterte Mattis seinen Vater, sah den Gram in dessen alten Augen und den Frust in der steifen Körperhaltung. Ob Moje wusste, was dieses Wort bedeutete?

»Du bist schon sehr lange nicht mehr ohne deine wilde Eskorte bei uns gewesen.«

»Ja, Altmei… Tante Tilda. Am Südstrand gibt es viel zu tun. Ich finde kaum die Zeit, um euch zu besuchen.«

Das war gelogen und jeder von den zehn Ältesten auf dem Baum wusste das. Sie alle hatten das letzte Mal sicher nicht vergessen, als sein Vater ihm wegen Svea einen schlauchenden Vortrag über Pflichten, Ehre und Hybriden gehalten und ihm anschließend befohlen hatte, ihre Beziehung zu beenden.

Diese alten Möwen kannten nichts außer der Heiligen Birke, ihrer weißen, abgenagten Rinde, den grünen, herzförmigen Blättern und den tagelangen Versammlungen voller Grübeleien, Gebete und Gesetzesbeschlüsse zum Vollmond. Sie waren nicht besser als andere Möwen, besaßen keine anderen Talente. Aber da irgendwann irgendwer einmal beschlossen hatte, dass auch die Möwen ohne einen Ältestenrat nicht überleben würden, saßen sie auf diesem mächtigen Baum, versteckten sich vor der echten Welt und richteten über Möwen, die sie nicht einmal kannten.

46

Niemals wollte Mattis so werden wie die Ältesten. Er wollte handeln, wollte helfen und nicht auf einem brüchigen, alten Ast verrotten, während er Vorträge über die Reinrassigkeit oder das ideale Vogelfutter hörte.

Sein Magen knurrte laut, als er daran dachte, dass Pits Brötchentüte noch ungeöffnet auf ihrem Schlafast lag.

»Wir sollten die anderen Räte informieren, dass ein Mörder am Südstrand umhergeht«, platzte es aus Mattis heraus, ohne dass er es verhindern konnte. »Wir ...«, fing er an, aber der harsche Blick, den ihm sein Vater hinter dem Rücken der Altmeisterin zuwarf, ließ ihn verstummen.

»Das zu entscheiden, Sohn, ist nicht deine Aufgabe. Du wirst dich nicht einmischen. Unserem Ansehen hast du schon mehr als genug geschadet.«

Mattis schnaufte widerwillig. Was hatte seine Liebe zu Svea mit diesem Mord zu tun? Oder bezog er sich auf die Rauferei in den Morgenstunden? Oder auf die von Anfang der Woche?

Behutsam zog Tante Tilda ihn mit dem Flügel zu sich heran. Ihr Geruch nach altem Baum und frischer Meeresbrise, die weichen Federn, die Wärme, die sie ausstrahlte, alles an ihr erinnerte ihn an seine Mutter und ließ ihn fast schwindeln.

»Was dein Vater dir auf seine eigene liebevolle Art und Weise mitteilen will, ist, dass wir nicht genau wissen, ob es sich um Mord handelt, Mattis. Lass uns keine Aufmerksamkeit auf etwas lenken, das vielleicht nur ein dummer Streit zwischen zwei betrunkenen Möwen war. Kriminalhauptkommissar Henk wird den tragischen Verlust aufklären. Habe Vertrauen in die Arbeit der *SAR*.«

»Aber ihr habt sie nicht gesehen.« Mattis drängte sich aus Tildas mütterlicher Umklammerung. »Ihr

Bauch war aufgerissen, Federn lagen überall verstreut und ihre Augäpfel fehlten. Das war nicht irgendeine Auseinandersetzung zwischen dummen Möwen. Das war Mord!«

»Widersprich der Altmeisterin nicht!«, fuhr Moje ihn an und wirkte auf einmal so groß wie ein Schwan, als er sich vor Mattis aufbäumte. »Der kleine Erpel wird sich mit seinen Enten um diese unangenehme Angelegenheit kümmern. Dein Rampenlicht strahlt hier im Ältestenrat für dich, nicht dort drüben.« Mit dem Kopf deutete sein Vater in Richtung Südstrand.

Mattis schrie innerlich. Diese Verbohrtheit. Diese Tatenlosigkeit. Dieser Ältestenrat machte ihn noch wahnsinnig.

Er schaute nach oben, zur Seite, nach unten, hoffte, dass einer der anderen Ältesten ihm zustimmte. Doch sie alle – selbst Raudi – saßen starr auf ihren Ästen, fühlten sich vermutlich sicher und geborgen, satt und befriedigt. Niemand schickte sich an, ihm auch nur ein zustimmendes Nicken oder bejahendes Zwinkern zu schenken.

Er drehte die Augen gen Himmel und entfernte sich von Tilda, um die Flügel auszubreiten. An diesem Ort würde er keine Unterstützung finden, bloß antiquiertes, eingerostetes Denken.

»Warte, Mattis.«

Mit ausgebreiteten Schwingen hielt er inne und wagte es nicht, zu atmen. Wollte sein Vater ihm noch das letzte bisschen Würde nehmen?

»Man hat dich heute mit dieser Bastardin gesehen.«

Wut schnellte in Mattis hoch, die er mit ganzer Kraft unterdrückte. Er wollte nicht wie ein schreiender Gockel – wie sein Vater – enden. Es war ihm einerlei, dass Moje ihn offensichtlich bespitzeln ließ, aber dass er seine große Liebe mit diesem abfälligen Begriff bezeichnete …

»Svea, Vater«, stieß er aus zusammengekniffenem Schnabel aus. »Ihr Name ist Svea.«

»Wie auch immer. Ich dachte, wir waren uns einig.« Moje flatterte an Tilda vorbei und setzte hinter ihr auf. Eindringlich sah er Mattis an. »Eine Hybridin ist kein geeigneter Umgang für dich. Wir hatten beschlossen, dass du dich von ihr fernhältst.«

Mattis ganzer Körper zitterte vor Aufregung.

»Das war dein Entschluss Vater, nicht meiner. Ich habe getan, was du von mir verlangt hast. Was du«, Mattis presste den Schnabel zusammen, um nicht zu fluchen, »für richtig hältst. Ich habe Svea aufgegeben. Für dich. Für deine Prinzipien. Ich kann nichts dafür, dass sie auch am Südstrand lebt. Soll ich deshalb wegziehen? In den Norden der Insel vielleicht? Oder wäre dir das Festland lieber? Was ist dein Wunsch?«

Mattis' Brustkorb bebte so stark, dass er fürchtete, jeden Augenblick den Halt zu verlieren und vom Ast zu rutschen.

Sein Vater hingegen blieb ruhig, zu ruhig für Mattis' Geschmack. In Mojes dunklen Augen prangte die bittere Enttäuschung über seinen einzigen Sohn und er warf ihm einen gramerfüllten Blick zu.

»Seit Jahrhunderten bestimmt der Ältestenrat die Geschicke der Möwen. Maße dir nicht an, über ihn oder mich zu richten. Eines Tages wirst du meinen Platz einnehmen, ob es dir gefällt oder nicht. Das ist deine Pflicht als mein Erstgeborener.«

Pflichterfüllung. Das war das Einzige, woran sein Vater denken konnte. Mattis schnaufte wütend und wünschte sich, dass sein Vater die Augen öffnen würde. Da draußen wartete das Leben, Spaß und Action. Hier auf der Heiligen Birke der kleinen Kohlhof-Insel nur der Muff von alten Möwen und ihren konservativen Richtlinien, mit denen sie sich selbst im Weg standen.

»Moje«, hörte Mattis seine Tante flüstern. »Sei nicht so hart zu deinem Sohn. Eine Liebe zu verlieren, kostet Kraft und Zeit. Du weißt das von uns am besten. Gib seinem Herzen Zeit, zu heilen. Er wird dem Ältestenrat nicht den Rücken zukehren. Nicht wahr, Mattis?« Liebevoll schaute sie ihn an.

Mattis nickte, obwohl ihm eher nach schreien oder fluchen oder Kopfnüssen der Sinn stand.

Mit Erstaunen beobachtete er, wie die Härte aus den sonnengelben Augen seines Vaters verblasste. Moje wirkte beinahe sanftmütig wie ein Küken. Ein gruseliger Anblick.

»Du solltest nun gehen«, sprach er fast unhörbar. Seine Miene versteinerte wieder, während er sich von ihm abwandte und einen Ast höher flog. »Deine *Wilden* warten auf dich.«

Abfälliger hätte sein Tonfall nicht sein können.

»Und halte dich gerade. Du bist eine Möwe aus dem Clan der edlen Silbermöwen und kein jämmerlicher Wurm.«

Mattis kniff die Augen zusammen, seufzte und senkte den Blick. Sein Vater wusste, wie man sich rührend von seinem Sohn verabschiedete.

Eine fatale Wette

— Südstrand. Tatort Düne —

Die Kaiserbrötchen, die Pit bei *Mensch ärgere dich* erbeutet hatte, schmeckten köstlich. Doch selbst die knusprige Hülle und der weiche Kern konnten Mattis' gedrückte Stimmung nicht heben. Seine innere Unruhe wuchs mit jedem Augenblick, den er untätig auf dem Schlafast saß und dabei zusah, wie Berti neben ihm bereits das zweite helle Brötchen herunterschlang.

»Was machen wir nun?« Haui blickte an Berti vorbei und sah Mattis voller Ungeduld an. »Es ist bereits Nachmittag. Wollen wir Mülltonnentauchen oder Muscheln am Strand sammeln? Ich könnte noch eine Miesmuschel vertragen. Oder zwei.«

»Da geht gerade eine Großfamilie mit vier Kindern zum Strand. Wir könnten sie beobachten«, schlug Fiete vor und schwankte dabei auf dem Astende, um den rechten Schwimmfuß nicht zu belasten. Mit dem graubraunen Flügel zeigte er auf die Kinder, die von der Promenade auf den Strand liefen, ohne auf ihre Eltern zu warten, und lächelte aufgeregt.

»Oder sie ankacken.« Haui gackerte, als hätte er gerade einem Strandläufer ein frisches Häufchen auf den Kopf gesetzt.

»Das haben wir gestern schon gemacht«, brummte Berti und stieß die leere Brötchentüte auf den Rasen. »Und am Tag davor.«

»Ich könnte das jeden Tag machen.« Haui grinste genüsslich und hob die Schwanzfeder. Ein schwarz-weißer Fleck landete auf dem unteren Zweig der alten Eiche.

»Mit meinem Reizdarm geht das leider nicht. Ich kann nicht auf Kommando schießen. Für mein Geschäft brauche ich Ruhe.«

Mattis hätte schwören können, dass Bertis weißer Kopf bei seinem Geständnis an Farbe gewann.

»Dann friss weniger Teig, Berti. Bei den vielen Brötchen wundert mich gar nichts.« Pit steckte den Schnabel unter sein grauweißes Gefieder und putzte sich.

»Willst du sagen, ich bin zu fett?«

»Dünn bist du jedenfalls nicht.«

Berti drängelte sich an Haui vorbei und versperrte Mattis den Blick auf Pit. »Ich bin eine Mantelmöwe, Pit. Wir sind nicht so mickrig wie ihr Lachmöwen. Mein Knochenbau ist viel kräftiger als deiner.«

»Mickrig? Wer ist hier mickrig, du Furzkanone?« Pit breitete die hellgrauen Schwingen aus und wedelte aufgebracht mit den Federn. »Haui ist viel kleiner als ich.«

»Lasst mich da raus«, forderte Haui und quetschte sich hinter Berti, um Pit einschüchtern zu können. »Wir Zwergmöwen sind mit unserer kompakten Größe sehr zufrieden. Meine Kopfnüsse sind legendär. Mich hat noch niemand im Kampf besiegt.«

»Ja«, gackerte Pit, »weil niemand dich sieht, so winzig wie du bist.«

Berti lachte so laut, dass ihm Reste seines Brötchens aus dem Schnabel flogen. Fiete schlich derweil weiter ans Astende und nahm Abstand.

»Soll ich es dir beweisen? Gleich hier, gleich jetzt?« Haui sprang über Berti hinweg, streifte ihn mit dem Schwimmfuß und landete vor Pit, der zurückwich und Haui mit Tritten und flatternden Flügeln auf Abstand hielt.

»Pass doch auf«, stöhnte Berti und gesellte sich zu Mattis, der am Baumstamm lehnte. »Die Kleinen sind die Schlimmsten, nicht wahr?«

Mattis nickte und schenkte ihm ein schwaches Lächeln. Unnötige Zankereien interessierten ihn gerade nicht. Die Worte seines Vaters rumorten in seinen Gedanken und ließen ihn nicht mehr los.

Wieso wollte Moje, dass er sich aus den Ermittlungen heraushielt? Die Entenpolizei konnte jede Hilfe gebrauchen, schließlich war eine Möwe ermordet worden. Und jeder wusste, dass sich niemand am Südstrand besser auskannte als die *Wilden*. Ihr ganzes Leben hatten sie an diesem Ort verbracht. Es war ihre Pflicht, Kriminalhauptkommissar Henk zu helfen. Und wenn sie den Mörder entlarvten, würde selbst Moje erkennen, dass sein Sohn und seine Freunde keine Schande waren.

»Wir sollten an den Strand gehen«, murmelte Mattis vor sich hin, gerade als Haui sich bückte, um Pit den Kopf in den weichen Bauch zu rammen.

»Bist du irre?«, schrie Pit und flog vom Ast, nur um wenig später neben Berti zu landen. »Haui ist wahnsinnig geworden, Jungs. Der setzt seinen kleinen Bollerkopf gegen mich ein.«

»Stimmt gar nicht«, log Haui, streckte ihm die Zunge raus und rollte mit den Augen. »Kämpf gegen

mich. Dann sehen wir, wer von uns der Kleinere ist.«
Wie in Zeitlupe ging er auf Pit zu, während er den
Schnabel zu einem herausfordernden Grinsen verzog.

»Vergiss es. Das letzte Mal hast du mich gebissen.
Wochenlang taten mir die Schwanzfedern weh.« Zur
Bestätigung wedelte Pit mit dem Bürzel und zeigte mit
dem Flügel darauf.

»Ich finde, Haui hat recht.«

»Was?« Entgeistert starrte Pit Mattis an, der nach
wie vor am Baumstamm lehnte. »Du willst, dass wir
gegeneinander kämpfen? Das kann nicht dein Ernst
sein. Wir sind nicht die *Biester*.«

»Beruhig dich wieder, Langfeder.« Mattis stand auf
und schüttelte beschwichtigend den Kopf. »Ich will
nicht kämpfen, sondern an den Strand gehen.«

»Und Miesmuscheln sammeln.« Gierig riss Haui
den Schnabel auf, als hätte er seit Wochen keine
Muscheln gegessen.

»Nicht ganz«, raunte Mattis und ließ den Blick
schweifen, um sicherzugehen, dass niemand sie be-
lauschte. »Wir werden den Mordfall in der Düne
aufklären.«

Mit weniger Euphorie hätten die *Wilden* nicht auf
seinen Vorschlag reagieren können: Berti pulte mit
dem Schnabel unter dem schwarzen Flügel nach wer-
weiß-schon-was, Pit sah nach oben, als zähle er die
Blattläuse der alten Eiche, und Haui schaute Mattis
unverwandt an. Allein Fietes jugendliches, graubraunes Gesicht strahlte vor Begeisterung.

»Können wir nicht lieber gutes, altes *Mensch ärgere
dich* spielen?«, fragte Pit, wobei er stur in die Baumkrone sah, wohl in der Hoffnung, dass Mattis ihm
zustimmte.

»Oder Strandläufer ankacken.« Haui stupste Pit von
hinten an, der beinahe das Gleichgewicht verlor. »Wir

könnten um die Wette kacken. Zwei Miesmuscheln pro Treffer. Was sagst du, Langfeder?«

Mattis schnaufte extra laut.

»Jungs, hört mir zu. Strandläufer ärgern können wir den ganzen Sommer lang. Die Saison hat erst vor Kurzem begonnen. Doch dieser Mord ist eine einmalige Gelegenheit. Seht ihr das denn nicht?« Aufgeregt schaute er in die Gesichter der *Wilden.* »Endlich gibt es richtige Action am Strand und das wollt ihr euch entgehen lassen? Soll die Welt euch als lahme Gänse in Erinnerung behalten? Als Strandläufer ankackende Vögel, die Tag ein, Tag aus nur *Mensch ärgere dich* spielen und Brötchen in sich hineinstopfen?«

Dass Mattis den Mord nur lösen wollte, um sich gegen seinen Vater behaupten zu können, musste niemand wissen. Und seine kleine Ansprache schien die erhoffte Reaktion zu erzielen.

Haui wirkte nachdenklich und begann, unentwegt zu nicken. Auch Pit schaute Mattis an, als wolle er unbedingt verhindern, dass die Welt ihn als lahmen Gänserich sah. Berti allerdings rieb sich zögerlich den Kopf.

»Ich weiß nicht, Klugscheißer. Wir könnten Probleme kriegen. Die *SAR* hat uns eh schon auf dem Kieker. Denk nur an den Schlamassel mit dem Segelboot.«

»Seit wann haben die *Wilden* bitte Angst vor Konsequenzen?« Empört breitete Mattis die silbergrauen Flügel aus und richtete sie vorwurfsvoll auf Berti. Er würde nicht zulassen, dass er sich gegen seinen Vorschlag stellte.

»Ja«, knurrte Haui vom Ende des Schlafastes. »Genau.«

»Und seit wann lassen wir uns von irgendwelchen Vögeln diktieren, was wir zu tun oder zu lassen haben?«

»Noch nie«, stimmte Pit mit ein, wobei er rhythmisch zu schunkeln begann.

»Sind wir etwa feige, Fridbert? Erbärmliche Feiglinge, die das Abenteuer scheuen?«

»Nenn mich nicht so«, grummelte Berti und warf Mattis einen scharfen Blick zu. »Jaja. Ist ja gut, Klugscheißer. Aber wehe, ich muss wieder eine Nacht in den Knast, nur weil ihr schneller fliehen könnt als ich. Dann fresse ich euch.«

Mattis grinste zufrieden.

Eine Ente und ein Erpel der *SAR* patrouillierten am Tatort, als die *Wilden* nach einem kurzen Wettflug die Düne vor dem Appartementhaus erreichten. Berti kam als Letzter an und hielt Abstand, während sich Haui, Fiete und Pit wie eine gefiederte Mauer hinter Mattis aufbauten.

»Ist das nicht Sören da vorn?«, hauchte Pit so leise, dass selbst Mattis, der direkt vor ihm stand, Probleme hatte, ihn zu verstehen. Beide duckten sich, um nicht von der *SAR* gesehen zu werden. »Und dort hinter der Dünenrose ... das ist Angret, oder? Vor der sollten wir uns in Acht nehmen.«

»Ja«, stimmte Haui ihm zu. »Erinnert ihr euch, wie sie Tillmann über den Parkplatz am Yachthafen gejagt hat, weil er Küken gemobbt hatte? Unerbittlich ist ihr zweiter Vorname.«

Mattis nickte und war gleichzeitig heilfroh, dass Kriminalhauptkommissar Henk nicht selbst vor Ort war. Der missgestimmte Erpel hätte sie mit Sicherheit gleich zurück auf ihre Eiche gejagt.

»Wie willst du vorgehen?«, wisperte Haui. »Frontal mit Fragen angreifen oder eher die Schleimertour und einen auf nett machen? Aber mit nett sein, kommt man heutzutage nicht weit. Das sag ich dir gleich.«

»Vielleicht«, mischte Pit sich ein, »sollten wir heute Nacht wiederkommen, wenn die *SAR* gegangen ist.«

»Nein«, antwortete Mattis. »Haui hat recht. Frontal angreifen, nur so kommen wir ohne Umwege ans Ziel.«

Ein Graureiher setzte zwischen den *Wilden* und dem Erpel im warmen Sand auf und versperrte Mattis den Weg auf die Düne. Ein Geruch nach vertrockneten Algen und Vogeldung umfing Mattis, als der Reiher vor ihm stand, und brachte ihn zum Würgen.

Was, beim großen Njörd, sollte das?

»Moin, der Herr. Mein Name ist Jonte, von der *Stillen Post*.« Der Graureiher plusterte sich auf und tänzelte dabei auf der Stelle, sodass Mattis noch weniger sehen konnte. Offenbar wollte der Langbeinige einer Mauer Konkurrenz machen. »Können Sie mir etwas über die tote Möwe sagen?«, fragte er den Erpel. »Wer war sie? Hatte sie Verwandte? Wurden die Möwen bereits informiert? Wird es eine Bestattung geben?«

»Verschwinden Sie von hier. Ein offizielles Statement gibt allein der KHK an die Presse raus.« Die Stimme des Erpels klang rau und verbittert.

»Gibt es Zeugen?«

Der Graureiher war hartnäckig, das musste Mattis ihm lassen. Er schlich an dem Journalisten vorbei und musterte Sören, dessen wache Augen ihn sofort erblicken.

»Kein Kommentar!«, bellte der Erpel dem Graureiher entgegen und gab Mattis mit einem Wink zu verstehen, dass diese Worte auch für ihn galten.

»Gibt es bereits einen Verdächtigen? Oder ist der Mörder schon gefasst?«

Mattis verschwand hinter Jonte und beäugte mit Argwohn dessen mattgraue, ausgefranste Rückenfedern.

Er konnte warten. Irgendwann würde der Lange vor ihm verschwinden und er die Chance bekommen, den Mord aufzuklären.

»Kein Kommentar! Sind Sie taub, oder was?«

»Gibt es denn eine Mordwaffe? Scharfe Krallen etwa? Reißzähne? Oder eventuell Abdrücke eines spitzen Schnabels?«

»Brauchst du Hilfe, Sören?« Neugierig spähte Angret durch das Dünengras und schaute dabei, als wolle sie jeden am Strand einsperren.

»Nichts, was ich nicht gut allein bewältigen kann, Angret. Kümmere du dich um die Nordseite.«

Die Ente rollte als Antwort mit den Augen und verschwand hinter dem Strandhafer.

»Laut meinen Quellen stammte das Opfer aus Großenbrode und unterhielt am Südstrand eine Beziehung zu einem anderen Weibchen. Doch es gab Probleme. Können Sie das bestätigen?«

»Kein Kommentar.«

»Irgendetwas müssen Sie mir doch sagen können. Unsere Abonnenten gieren nach Informationen.« Der Graureiher wedelte mit den Schwanzfedern und stellte sich auf seine drei langen Vorderzehen. Seine ahorngelben Augen inspizierten unruhig den Tatort. Vermutlich hoffte er, Blutspuren oder andere Beweismittel hinter dem Erpel in der Düne zu erkennen.

Doch Sören reagierte nicht.

»Kommen Sie schon«, begann Jonte zu betteln. Für so verzweifelt hatte Mattis die Journalisten gar nicht gehalten. »Bloß eine klitzekleine Info, einen Aufhänger, damit die *Stille Post* über den Mord berichten kann. Wie soll ich sonst meinen Job machen? Die

Insel hat ein Recht darauf, jede Neuigkeit zu erfahren.«

»Verschwinden Sie von hier oder ich nehme Sie wegen Belästigung der *SAR* fest.«

»Ich bin ein offizieller Vertreter der *Stillen Post*.« Wie zum Beweis hob er das rechte Stelzenbein und präsentierte einen Abdruck unter den Krallen als Ausweis, den Mattis nicht sehen konnte. »Sie können die Pressefreiheit nicht unterbinden.«

Mattis beobachtete, wie der Erpel einen Schritt nach vorn trat und die breiten Flügel schlagartig auffächerte. »Drei!«, rief er und wedelte bedrohlich mit den Federn. »Zwei!« Mit jeder Sekunde gewann seine Stimme mehr an Dramatik. »Eins!«

Der Graureiher wich zurück und wäre mit den schlaksigen Beinen beinahe über Mattis gestolpert, wenn dieser nicht rechtzeitig ausgewichen wäre.

»Das wird ein Nachspiel haben!«, rief Jonte verärgert. »Ich beschwere mich bei Ihrem KHK über Ihr rüpelhaftes Verhalten. Die Pressefreiheit darf nicht unterdrückt werden.«

Der Graureiher stieß sich schwungvoll von der Düne ab und flog über die Promenade in Richtung Yachthafen davon.

»Und was wollt ihr Halbstarken? Ins Kittchen?«

Mattis schluckte und bemerkte, wie Haui, Pit und Fiete rückwärtsgingen und sich vor Sören hinter Berti versteckten.

Schöne Freunde, dachte er und ging langsam nach hinten, stets darauf bedacht, keine hektischen Bewegungen zu machen.

»Äh nein, Sören. Wir … genießen die Aussicht auf die Ostsee. Es ist so ein sonniger Tag heute, nicht wahr?«

»Wer's glaubt.« Der Erpel spuckte vor sich in den Sand. »Verzieht euch. Dahinten ist das Meer.«

Ein schadenfrohes, ohrenbetäubendes Gegacker schrillte vom Strandkorb herunter, unter dem sich die *Wilden* mittlerweile versammelt hatten.

»Die *Biester*.« Mattis stöhnte, während er neben Pit zum Stehen kam. »Der Tag wird immer besser.« Missmutig warf er Raudi einen verkniffenen Blick zu, der zwischen seinen Leibwächtern thronte und sich lässig auf Klaas' geschundenem Rücken abstützte, als wäre die Lachmöwe eine schäbige Trittleiter.

»Das war eine absolute Glanzleistung. Wie ihr euch gegen die Obrigkeit durchgesetzt habt. Wirklich beeindruckend!«

»Kümmere dich um deinen eigenen Kram, Raudi«, entgegnete Mattis harsch und drängelte Pit, sich zu bewegen. Noch mehr Zeit wollte er nicht an die *Biester* verschwenden. Schließlich galt es, einen Mord aufzuklären.

»Aber das tue ich doch. Wie ihr wollen auch wir den Mordfall lösen.«

Entgeistert starrte Mattis nach oben und verharrte auf der Stelle. Woher wusste er das? Hatte er sie belauscht?

»Soll ich ihn prügeln, Mattis?«, flüsterte Haui gierig, wobei er hochstarrte und angriffslustig von einem Schwimmfuß auf den anderen hüpfte.

Mattis schüttelte den Kopf, obwohl er Haui nur zu gern auf die drei losgelassen hätte. Aber eine weitere Rauferei würde ihm wieder eine negative Vorstellung beim Ältestenrat einbringen und das wollte er um jeden Preis verhindern.

»Für mich ist die Lösung des Falls bereits klar.« Raudi grinste und warf Mattis einen abfälligen Blick zu.

Das entsprach sicher nicht der Wahrheit. Eisern biss Mattis den Schnabel zusammen, um nicht auf diese Provokation einzugehen. Gerade als er sich umdrehte, um zu gehen, hörte er Fietes zaghafte Stimme.

»Du weißt, wer der Mörder ist?«

»Stopp!« Mattis fuhr herum. »Glaub ihm kein Wort, Kleiner. Alles, was Raudi dir erzählt, ist gelogen.«

Die *Biester* lachten abfällig.

»Genau, Kleiner«, wetterte Klaas. »Glaub lieber deinem sogenannten Freund, der dich für einen alte Muschel und ein trockenes Brötchen an die *SAR* verpfeift.«

Berti, Pit und Haui schrien auf und wollten in die Höhe steigen, doch Mattis hielt sie mit wildem Flügelschlagen zurück.

»Lasst euch nicht provozieren. Wir brauchen heute nicht noch mehr Ärger.«

»Aber, Mattis, mir juckt es in den Federn. Ich will ihm meinen Kopf in den Magen rammen.« Hauis schwarzer Kopf zitterte vor Anspannung. Er sah aus, als würde er jeden Moment explodieren.

»Wir brauchen heute nicht noch mehr Ärger«, äffte Tillmann Mattis' Stimme nach. »Was für Verlierer.«

»Sag deinem Diener, er soll den Schnabel halten, Raudi. Sonst stopfe ich ihn mit Sand.« Berti richtete sich zu seiner vollen Größe auf und ein stechender Geruch nach verschimmelten Miesmuscheln, unverdauten Brötchen und getrockneten Algen umhüllte die *Wilden*.

»Beim großen Njörd!«, fluchte Haui. »Muss das sein, Berti?«

»Was ist los?«, fragte Pit und verzog sofort das Gesicht. »Igitt, Berti, alte Möwe. Das riecht nach Tod.«

Entschuldigend zuckte die Mantelmöwe die Flügel.

»Was soll ich machen? Ihr wisst, was passiert, wenn ich mich aufrege.«

Verächtliches Gelächter ertönte vom Strandkorb und die *Biester* stampften mit den Schwimmfüßen auf.

»Jetzt beruhigt euch alle wieder.« Eindringlich sah Mattis seine *Wilden* an, auch wenn es ihm schwerfiel, bei dem Gestank einen vernünftigen Gedanken zu fassen oder auch nur ruhig zu atmen. »Lasst uns verschwinden. Wir haben noch genug an Recherche vor uns.«

»Wartet! Ich schlage eine Wette vor.« Raudi hüpfte vom Strandkorb herunter und landete unweit von Mattis im Sand. »Wir gegen euch. Wer als Erster den Mörder entlarvt.«

»Ja, bitte, eine Wette«, quietschte Fiete vergnügt und sprang freudig auf und ab.

Mattis' Begeisterung hielt sich hingegen in Grenzen. Er zweifelte nicht an seinen Fähigkeiten zu siegen – das nicht. Aber so wie er Raudi und seine Leibwächter einschätzte, würden sie bei jeder Gelegenheit schummeln und versuchen, ihn mit allen Mitteln dazu zu bringen, diese Wette zu verlieren.

»Traust du dich nicht, du Mistmöwe? Ist der Sohn des ehrwürdigen Ältesten ein feiges Huhn?« Mit dem Flügel stieß Raudi Mattis an den Kopf und wedelte ihm mit den Schwingen im Gesicht herum.

»Lass das«, brummte Mattis und wich vor Raudis Provokationen zurück. Die Wette war nicht einmal gestartet und schon hatte er das Verlangen, die Zwergmöwe in den Sand zu rammen. Kontrolliert atmete er aus und ein, um nicht an Ort und Stelle auf ihn loszugehen.

Was wusste Raudi, das er nicht wusste? Warum diese Wette? Raudi hatte Übles im Sinn, das konnte Mattis in dessen kleinen, fiesen Augen lesen, die ihn herausfordernd anfunkelten. Aber ohne die Zustimmung von allen *Wilden* durfte er sich nicht auf dieses Wagnis einlassen. Sie waren eine Gang, eine Familie. Und doch kribbelte es Mattis in den Flügeln, einfach in die Wette einzuwilligen. Jemand wie Raudi schüchterte ihn nicht ein.

»Was sagt ihr?« Mattis drehte sich zu ihnen um und blickte fragend in die Runde. »Sollen wir die Herausforderung annehmen?«

Fiete schwang den Bürzel und zeigte seine Begeisterung in einem kurzen Freudentanz. Haui wedelte sich mit dem Flügel frische Luft zu und nickte, was Mattis nicht überraschte. Er wusste, dass seine Zwergmöwe alles tun würde, um Raudi eins auszuwischen. Pit sah unsicher in den Himmel, was – wie üblich – einer stillen Zustimmung glich. Und Berti schaute grimmig. Erst nach wenigen Herzschlägen fragte er: »Was gibt es zu gewinnen? Eine frische Tüte Brötchen?«

»Nein, Mopsgesicht. Derjenige, der Henk innerhalb einer Woche keinen potenziellen Verdächtigen nennen kann, muss den Rest des Jahres in Staberhuk am Leuchtturm verbringen«, schlug Raudi mit erhobenem Schnabel und einer Selbstsicherheit vor, die Mattis stutzig werden ließ.

»Was?«, rief Berti aufgebracht. »Das packe ich absolut nicht. Da gibt es nicht mal eine Bäckerei. Das ist fast schon Ausland.«

So sah also sein Plan aus. Raudi wollte die *Wilden* aus ihrem Gebiet ins Nirgendwo verdrängen.

»Keine Panik, Berti. Wir werden nicht verlieren.« Mattis zwinkerte ihm zu und hoffte, dass ihn seine positive Stimmung überzeugen würde. Niemand würde sie von diesem Paradies verdrängen, weder sein Vater und schon gar nicht die *Biester*. Aber auf Raudi und seine Leibwächter könnte er gut eine sehr lange Zeit verzichten. Selbst wenn er dafür Berti überreden müsste.

»Wie kannst du dir da sicher sein?«, fragte Berti und wirkte nervöser, als Mattis es jemals für möglich gehalten hätte. Der hellgelbe Schnabel zitterte regelrecht und er umarmte sich, als müsste er sich trösten.

»Weil wir ein unschlagbares Team sind«, entgegnete Mattis. »Wir sind die *Wilden* vom Südstrand. Niemand kann uns das Wasser reichen.«

»Aber ...« Berti schluckte schwer, doch Mattis wollte keine Rücksicht mehr auf seine Gefühle nehmen. Die Schmach vor Raudis Wette gekniffen zu haben, konnte er nicht riskieren. Die *Biester* würden es ihm ewig unter den Schnabel reiben.

»Dann sind wir uns einig?« Raudi gierte auf Mattis' Antwort wie auf einen Kutter mit frischem Fisch.

»Die Wette gilt«, antwortete Mattis, ohne zu zögern. Er reichte Raudi die Flügelspitze und jener schlug mit einer Heftigkeit zu, die Mattis schwanken ließ.

Die Wette war besiegelt. Die Jagd nach dem Mörder der Möwe konnte beginnen.

»Was für eine Wette?«, fragte eine zarte Stimme und Mattis fuhr zusammen, als träfe ihn der Blitz.

Svea setzte mit den anderen drei *Seidenfedern* auf dem Strandkorb neben Raudis Leibwächtern auf. Die Sonne ließ die eleganten Federn auf ihrem graublauen Kopf glitzern, während ihre bernsteingelben Augen nacheinander jeden der Jungs auf dem Sand begutachteten und schließlich bei Mattis innehielten.

»Was heckt ihr schon wieder aus?« Erwartungsvoll und ein wenig anklagend schaute sie auf Mattis herunter. Ihr intensiver Blick bohrte sich durch sein Gefieder bis ins Herz hinein, seine Beine gaben nach. Ohne dass er es verhindern konnte, fiel er in den warmen Sand. Krämpfe plagten sein Herz, es schmerzte, als tanze Raudi mit seinen platten Schwimmfüßen darauf den Eiertanz.

»Wir haben gewettet, wer als Erster den Mörder innerhalb einer Woche findet«, antwortete Fiete aufgeregt. »Das wird ein riesiger Spaß. Der Verlierer sitzt den Rest des Jahres in Staberhuk am Leuchtturm fest.«

Interessiert hob Svea den Schnabel und lehnte sich zu Hilda, Alina und Stine herüber. Die Worte, die sie ihren *Seidenfedern* zuflüsterte, verstand Mattis nicht. Er hockte im Sand und wartete darauf, wieder Kraft in den Beinen zu spüren, um schleunigst mit den *Wilden* zu verschwinden. Svea so nah vor sich zu sehen, brachte ihn noch um den Verstand.

»Alles in Ordnung, Mattis?« Berti sah an Haui vorbei und auf ihn herab. Sein breites Grinsen gefiel Mattis nicht. »Brauchst du irgendetwas? Einen Gehstock eventuell?«

»Nein, danke«, grummelte Mattis und raffte sich mühevoll auf. Ehe es noch unangenehmer für ihn werden konnte, musste er verschwinden. »Lasst uns gehen. Wir müssen mit den Befragungen beginnen.«

»Die *Seidenfedern* steigen in eure Wette ein.« Svea trat an den Rand des Strandkorbs, Hilda, Alina und Stine taten es ihr nach. Wie wunderschöne, glänzende Miesmuscheln standen sie nebeneinander. Raudi und seine Leibwächter kreischten ihre Zustimmung und begafften die *Seidenfedern* wie frische Muscheln, was Mattis die Galle den Hals hinauftrieb.

»Aber das geht nicht!«, stieß Haui empört aus. »Das sind Weibchen.« Als ihm niemand zustimmte, schaute er die *Wilden* nacheinander mit flehenden Augen an. Mattis kannte seine heimliche Schwärmerei für Stine und ahnte, dass er sich im Grunde nur um ihr Wohlergehen sorgte.

Als Mattis reagieren wollte, beugte Pit sich zu Haui und flüsterte: »Unterschätz sie nicht. Die *Seidenfedern* sind nicht so seidig, wie sie aussehen.«

Einen Vorgeschmack auf die Talente der vier Möwen hatte Mattis während seiner Beziehung mit Svea sammeln können. Hilda raubte im Sturzflug einem Strandläufer alles aus der Hand, was sie finden konnte, und machte Pit als Langfeder am Südstrand Konkurrenz. Alinas Talente lagen in Bodenmanövern: Jeden Kinderwagen räumte sie schneller aus, als die Strandläufer es bemerkten. Stine, die Jüngste der *Seidenfedern*, war die beste Taucherin am ganzen Südstrand. Und Svea ... Mattis war ihrem Scharfsinn und ihrer Schlagfertigkeit verfallen, sobald er die ersten Worte mit ihr an der Bäckerei gewechselt hatte. Auch ihre Fähigkeit, schneller zu fliegen, als er selbst es je konnte, war nicht zu verachten.

»Was soll das denn heißen?«, rief Hilda und flatterte aufgebracht mit den schwarzbraunen Flügeln. Dass ihr Vater eine Mantelmöwe und ihre Mutter eine Lachmöwe war, wusste Mattis nur von Svea. »Denkt ihr, wir haben keine Chance gegen euch tapfere Brötchendiebe?«

»Was Haui damit sagen wollte ...« Mattis überlegte kurz, welches die richtigen Worte dafür waren, dass er auf gar keinen Fall zulassen würde, dass sich Svea und ihre *Seidenfedern* in den Mordfall einmischten. »Es ist einfach zu gefährlich und er sorgt sich um euch.«

»Genau«, warf Haui ein und nickte Mattis dankbar zu.

»Wieso?«, kreischte Alina, was Berti zusammenfahren ließ, wie er es immer tat, wenn er ihre schräge Stimme hörte. »Weil wir *Weibchen* sind?«

»Alina.« Svea wandte sich ihr zu. »Liebes, ich denke, dass die Jungs sicher nichts dagegen haben, wenn sie *weibliche* Konkurrenz bekommen, oder sehe ich das falsch?«

Svea schenkte ihnen ein unbedarftes Lächeln, das einen Fuchs hätte besänftigen können. Am liebsten hätte sich Mattis im Sand vergraben, denn er wusste, ihr Lächeln war nicht für ihn allein bestimmt.

Von wegen!, wollte er schreien. Er wollte sich nicht auch noch darum sorgen müssen, dass ihnen eine Feder gekrümmt werden würde. Sie sollten zu Hause bleiben und Strandläufer ärgern und sich nicht um so etwas Abenteuerliches wie einen Mordfall kümmern. Doch Mattis wusste, dass es sinnlos war, mit Svea zu diskutieren. Die *Seidenfedern* hörten auf niemanden. Als Hybridinnen besaßen sie nur wenig Ansehen am Südstrand und eckten mit jeder Möwe an, die sie für Bastardinnen hielt, was traurigerweise nicht wenige waren. »Wie auch immer«, sagte er schließlich. »Fragt Raudi. Es ist seine dämliche Wette.«

»Mir soll es recht sein.« Raudi, der noch immer neben Mattis stand, bauschte die hellgrauen Rückenfedern auf. »Wer verliert, muss das ganze Jahr in Staberhuk am Leuchtturm hausen. Dann werde ich mit meinem Sieg gleich zwei elendige Plagen los.«

»Es ist also beschlossen.« Svea nickte zufrieden. »Wir *Seidenfedern* sind dabei.« Sie sprang vom Strandkorb, setzte neben Raudi auf und beide schlugen ihre Flügel gegeneinander, um die Wette zu besiegeln.

»Die tote Möwe sah dir übrigens sehr ähnlich, Svea«, krächzte Raudi mit einem schiefen Grinsen. »Pass auf, dass es dich nicht auch noch erwischt, bevor ich dich vom Südstrand verbannen kann.«

Svea lachte aufgesetzt, doch Mattis konnte sehen, wie es in ihr brodelte. Sie biss den Schnabel fest aufeinander und schabte mit den Schwimmfüßen im Sand, ehe sie sprach: »Du brauchst dir um mich keine Sorgen zu machen, Raudi. Wir *Seidenfedern* passen aufeinander auf.«

Als sie sich Mattis zuwandte und ihm ihre zarten silber-schwarzen Federn entgegenhielt, schluchzte Berti laut.

»Nie wieder leckere Brötchen.«

Sveas seidenweiche Federn und der herrliche Duft nach Sonne, Seeluft und Sandstrand, der sie umfing, brachten Mattis zum Träumen. Tief versank er in Erinnerungen, die er längst verdrängt zu haben glaubte. Wie Sveas feiner Schnabel, wohlgebogen und rötlich schimmernd, sein Gefieder geputzt hatte. Wie sie mit ihm schnäbelte, stundenlang. Niemals hätte er sich träumen lassen, dass er ihre bernsteingelben Augen nicht mehr zum Glühen bringen konnte, wenn er sich ihr näherte, um sie …

»Mattis?«, fragte Haui und räusperte sich laut. »Alle sind weg. Was machen wir nun?«

»Wie?« Verblüfft blinzelte Mattis und erschrak, als er bemerkte, dass er noch immer den rechten Flügel in die Luft hielt, aber Svea und Raudi längst fortgeflogen waren.

Berti, Haui, Pit und Fiete standen neben ihm und blickten ihn an, als hätte er einen gehörigen Sonnenstich. Vielleicht hatte er den auch? Sein Kopf konnte keine klaren Gedanken fassen. Alles an Sveas Flügelschlag hatte sich vertraut angefühlt, ihn an eine Zeit erinnert, in der er glücklich gewesen war. Wie sie ihn eben mit ihren wachen Augen angesehen hatte, bis tief in sein gebrochenes Herz.

»Mattis.« Berti stupste ihn mit dem schwarzen Flügel an, sodass er schwankte. »Alles in Ordnung bei dir, Klugscheißer?«

»Natürlich«, quiekte Mattis schräger als beabsichtigt. »Lasst uns anfangen oder wollt ihr den Rest des Jahres auf dem Leuchtturm sitzen?«

»Und wo willst du beginnen? Wie willst du verhindern, dass ich ohne Bäckerei verhungern werde?« Frustriert wühlte Berti ähnlich einem kleinen Küken mit den Schwimmfüßen im Sand herum. »Wenn ich nicht regelmäßig frischen Teig esse, werde ich grantig, Klugscheißer. Das weißt du.«

»Der Glutenverzicht würde deinem Darm bestimmt guttun.« Pit schmunzelte und wich eine Flügellänge vor Berti zurück, ehe der nach ihm schlagen konnte.

»Konzentriert euch, Jungs. Wer steht auf unserer Liste der Verdächtigen.«

»Darf ich? Darf ich zuerst antworten, Mattis?« Fiete hüpfte über den Sand, als wäre er ein tollkühner Frosch, wobei er Pit und Berti anrempelte.

»Sicher, Kleiner.«

»Diese *Biester*«, schimpfte er. »Dieser Raudi und seine Leibwächter.«

Mattis nickte ihm zu, denn dieser Gedanke war ihm auch schon gekommen. Die Möwe war so grausam behandelt worden, dass ihn die Vorgehensweise stark an die Rücksichtslosigkeit der drei erinnerte, mit der sie jedem Tier begegneten. »Die stehen auch auf meiner Liste.«

»Raudi mag eine Arschmöwe sein, aber ein Mörder?« Haui kratzte sich die Stirn. »Dafür ist er zu feige.«

»Erinnerst du dich an die Sache mit den Küken von Alinas Tante und wie brutal er sie angegangen war? Die Lütte traut sich noch heute nicht auf die Promenade und hockt nur am Strand herum.« Dass Pit so gut über den Südstrand informiert war, überraschte Mattis nicht. »Ich stimme Fiete zu. Raudi ist zu allem fähig, und als Sohn eines Ältesten hat er eh nichts zu befürchten.«

»He!« Mattis verzog den Schnabel. »Das gilt nicht für jeden von uns.«

»Du weißt, was ich meine.« Pit zwinkerte ihm zu.

Auch wenn Mattis wusste, dass Pit es nicht böse meinte, stellten sich ihm die Nackenfedern auf. Mit Raudi in einen Topf geworfen zu werden, ließ seinen Wutpegel steigen.

»Wir sollten die *Biester* im Auge behalten. Meldet sich jemand freiwillig?«

Fietes linker Flügel schnellte in die Höhe. »Ich, bitte. Bitte, ich! Darf ich das machen, Mattis?«

»Traust du dir das auch zu, Kleiner?« Haui sah fragend in die Runde. »Raudi ist ein harter Brocken, aber Tillmann und Klaas sind richtig linke Dinger. Die beiden Lachmöwen riechen Angst auf zehn Flugmeter gegen den Wind und rupfen dich schneller, als du dich auf den nächsten Strandkorb retten kannst.«

»Dann begleite Fiete«, schlug Mattis vor. »Mir ist nicht wohl bei dem Gedanken, dass er ohne Federn zurückkehren könnte.«

»Alles klar. Wir verfolgen die *Biester* und geben euch Bescheid, wenn sie einen wichtigen Hinweis finden.«

Haui lächelte breit, als er auf Fiete zuging und sie beide sich in die Lüfte erhoben. Vermutlich freute Haui sich über eine weitere Möglichkeit, den kleinen, schwarzen Kopf in die Bäuche von Raudis Leibwächtern rammen zu können, sollte ihre Verfolgungsjagd eskalieren.

»Aber seid vorsichtig!«, rief Mattis ihnen nach. »Nur observieren, nicht angreifen.« Vor seinem inneren Auge sah er sich heute Abend wieder vor dem Ältestenrat ausgedachte Entschuldigungen stammeln, weil Raudi ihn abermals angezeigt hatte. Seufzend sah er Pit und Berti an. »Und wir beginnen unsere Befragungen.«

»Wo willst du anfangen, Klugscheißer?« Berti drehte sich um und zeigte mit einem seiner Schwingen über die Düne. »Es ist ein großes Gebiet. Viele Tiere leben hier.«

»Bitte nicht die Kaninchen«, stöhnte Pit. »Dieses ständige Schnüffeln, diese kleinen, dunklen Knopfaugen. Und immer hoppeln sie um einen herum, bis einem schwindelig ist. Mir wird schon schlecht, wenn ich nur daran denke.« Mit ausgebreiteten Flügeln drehte Pit sich wie ein Kreisel, bis Berti ihn stoppte. »Und diese Sprache«, jammerte Pit in Bertis Gesicht. »Keinen vernünftigen Satz kriegen sie hin, wie Bäume oder Quallen.«

»Die Kaninchen kommen später«, antwortete Mattis. »Zuerst befragen wir Burger.«

»Kumpel Fasan?« Nur mit Mühe hielt Berti Pit auf den Schwimmfüßen. Angestrengt seufzte er und schaute Mattis dabei an, als streiche er ihm die Brötchen. »Ohne Termin werden wir niemals zu ihm und seinen Hennen vorgelassen. Das kannst du vergessen.«

»Seit Monaten versuchen Haui und ich vergeblich in den *Harem* zu kommen«, beklagte sich Pit. »Stellt euch mal vor: eine heiße Sommernacht, die schönsten Hennen vom Südstrand, Flügel an Flügel, Schnabel an Schnabel.« Euphorisch riss er den roten Schnabel auf und nickte immerzu. »Oh ja, und dazu Limbo!« Rhythmisch schwang er den Körper von einer Seite zur anderen und tänzelte um Berti herum.

»Lass das, Langfeder«, meckerte dieser und wollte Pit in den Sand schubsen, doch die Lachmöve blieb standhaft.

»Mach schon«, neckte Pit ihn weiter. »Beweg deine alten Glieder.« Mehrfach stupste er Berti in die Seiten und schmunzelte dabei. »Du und ein hübsches Weibchen, Bauch an Bauch, schummrige Musik, tanzen im Mondschein.« Pit beugte sich zurück und versuchte den Limbo ohne eine Stange, taumelte jedoch und fiel rücklinks in den Sand.

Berti grölte.

»Zumindest bringe ich dich zum Lachen, wenn schon nicht zum Tanzen.« Pit stand auf und wischte sich den Sand vom Bürzel, ehe er sich Mattis zuwandte. »Wie willst du uns in den *Harem* kriegen?

Wir sind bloß arme Strandmöwen und keine dieser Wichtigtuer mit viel Einfluss.«

Mattis lächelte stolz und spürte, wie sein Herz vor Zuversicht schneller pochte. »Burger steht in meiner Schuld.«

Auf der Suche nach der Wahrheit

– Südstrand. Wiese neben der *Strandburg* –

»Ich freu mich so«, schnatterte Pit vor sich hin und gluckste aufgeregt. Zu dritt huschten sie zwischen den Strandläufern über die Promenade zur angrenzenden Wiese. »Ich hätte baden sollen.« Pit roch an seinem Gefieder und verzog angewidert den Schnabel. »Ich stinke nach getrockneten Algen.« Seufzend stellte er sich Mattis in den Weg. »Darf ich mich kurz in der Ostsee säubern? Es dauert nicht lange. Versprochen. Ich bin schnell wie der Wind. Du wirst gar nicht merken, dass ich weggeflogen bin.«

»Nein«, grummelte Mattis und ging um Pit herum. Es war nur wenige Sekunden her, dass er ihnen den Besuch im *Harem* vorgeschlagen hatte, und schon bereute er es. Pits und Bertis Euphorie würde ihm das Gespräch mit Burger vermiesen. Der *Harem* war eine Nummer zu groß für seine Begleiter.

»Was ist zwischen dir und Kumpel Fasan denn alles vorgefallen, dass du auf einmal sein bester Freund bist?«, fragte Pit und schlich geknickt neben Mattis her.

»Spielt das eine Rolle?« Mattis grinste in sich hinein. Die Unwissenheit würde endlos an ihnen nagen. Doch selbst wenn er wollte, er hatte schwören müssen, niemandem von dem Vorfall zu erzählen. Burger oder einer seiner Schlägerspechte würde ihn andernfalls umbringen.

Der *Harem* befand sich auf einem bewachsenen Hügel mitten auf der Wiese, nicht weit von der Schlafeiche der *Wilden* entfernt. Dünenrosen und andere wildwuchernde Grünsträucher ringsherum verschleierten geschickt, was auf der Lichtung des Hügels vorging. Je näher sie kamen, desto stärker nahm Mattis den lauten Gesang und das dumpfe Gemurmel von Burger und seinen Hennen wahr.

Um in den *Harem* zu gelangen, musste jedes Tier bei der Empfangshenne um Erlaubnis fragen. Mattis erkannte die Fasanhenne bereits von Weitem: Sie hockte unten im Gras und sonnte sich.

»Scheiße, das ist Trudi.« Berti blieb abrupt stehen und hielt Mattis und Pit zurück. »Ich kann das nicht. Wir müssen sofort umdrehen.«

»Wieso?« Mattis musterte die Henne im Gras, deren beige Tarnfärbung mit kleinen schwarzen Punkten und dünnen Linien im Sonnenlicht glänzte. »Wer ist Trudi?«

Mit dem Flügel stupste Pit ihn in die Seite, während Berti langsam rückwärtsging, ohne die Augen von Trudi zu lassen. »Erinnerst du dich nicht mehr? Letzten Sommer? Dem armen Berti wurde das Herz gebrochen.« Pit kicherte wie ein kleines Küken, das zum ersten Mal gekitzelt wurde.

»Hör auf zu lachen, Langfeder!«

Doch Bertis Wüten fand kein Gehör.

»Ja, richtig«, sagte Mattis und lief Berti schmunzelnd hinterher, der in Richtung Promenade fliehen wollte. »Die Henne hat dich abblitzen lassen.« Er schwang den Flügel um ihn und zog ihn mit sich zurück.

»So ist das nicht gewesen.« Berti wand sich unter Mattis' Flügel hervor und fixierte Pit, der sich mittlerweile krümmte vor Lachen. »Dazu kam es erst gar nicht.«

»Nein?« Mattis verkniff sich ein hämisches Grinsen. »Hast du nicht deinen berühmten Charme bei ihr spielen lassen?«

Ein bäriges Knurren entwich Bertis Kehle und Pits Kichern wandelte sich in aufgeregtes Gackern.

»Fast, Mattis. Unser Berti war so aufgeregt, dass er Trudi mit einem ordentlichen Furz begrüßte und sich danach ohne eine Erklärung aus dem Staub machte.«

»Das ist nicht witzig.« Berti schubste Pit, der sich verschluckte und krampfhaft hustete. »Das hat mich traumatisiert.«

»Lass das«, jammerte Pit und japste nach Luft. »Ich kann nichts für deine tosenden Böen.«

»Das verstehe ich alles«, begann Mattis und setzte einen ernsten Gesichtsausdruck auf, der ihm sichtlich schwerfiel. »Und ich kann mir vorstellen, wie unangenehm diese Begegnung für dich sein muss. Aber das war letztes Jahr. Bei Burger verkehren so viele Vögel. Die Henne hat dich bestimmt längst vergessen.«

»Denkst du?«

Mattis' Schwimmfüße kräuselten sich, während er an Bertis fiese Duftnoten dachte. Sein Geruchssinn erinnerte sich an jedes einzelne Mal, bei dem er die fürchterliche Mischung gerochen hatte. Trudi würde ihn sein Leben lang nicht vergessen können, aber Mattis wollte die Wette nicht verlieren und unnötig Zeit damit verschwenden, Bertis Ego zu streicheln.

75

»Vertraue mir. Mach dir keine Sorgen. Wir gehen da jetzt hoch und ich werde das Reden für uns übernehmen. Ihr beide behaltet eure Augen und Federn bei euch. Kein Flirten und besonders kein Limbo. Verstanden?«

Berti und Pit nickten verhalten, doch Mattis ahnte Schlimmes. Burger hatte im *Harem* die schönsten Hennen um sich geschart, deren wollüstigem Verhalten selbst er nur mit höchster Selbstkontrolle widerstehen konnte.

»Burger ist beschäftigt. Verschwindet von hier!«, fauchte die Empfangshenne, wobei sie sich nicht die Mühe machte, ihre Lider zu öffnen und sich lieber die Sonne auf den Bauch scheinen ließ.

Mattis hörte, wie Berti hinter ihm den Atem anhielt und Pit ein Gackern unterdrückte.

»Sag Burger bitte, Mattis möchte ihn sprechen.«

»Du bist Mattis?« Die Henne riss die dunklen Augen auf, als sie ihn erkannte. »Es ist mir eine Freude, dich kennenzulernen. Ich bin Trudi«, sprach sie mit entspannter Stimme, stand auf und bewegte sich lasziv auf ihn zu. Ein neckisches Lächeln und ein Zwinkern folgten, als wollte sie ihn mit in ihr Nest nehmen.

Mattis schluckte und senkte verschämt den Blick.

Nur nicht verwirren lassen. Konzentrieren. Fokussieren.

Tief sog er die Mailuft ein, roch den frisch gemähten Rasen der großen Wiese und den Duft der weißen Dünenrosen.

»Und wer sind deine Freunde?«

Als die Henne Berti entdeckte, hielt sie inne und starrte ihn entsetzt an. Der Blick aus ihren kupferfarbenen Augen durchbohrte ihn wie Pfeile. Sie wich vor ihm zurück und verzog den cremefarbenen Schnabel zu einer Grimasse, die vor Abscheu nur so triefte.

»Du?«

»Ich. Ähm.« Zählte Berti die Grashalme zu seinen Schwimmfüßen? Sein Kopf war zu Boden gerichtet, die schwarzen Flügel zuckten hektisch wie in einem Nest voller Flöhe.

Trudi rührte sich nicht, als weckte die Begegnung ihre schlimmsten Erinnerungen. Schnell trat Mattis nach vorn, in der Hoffnung, dass die Henne ihre Aufmerksamkeit auf ihn richten würde.

»Ähm, vielleicht gehst du uns bei Burger anmelden? Mattis, Pit und Berti, bitte.«

Die Empfangshenne nickte abwesend und schlenderte, ohne ein weiteres Wort, aber mit einem Ausdruck, der nichts als Abneigung schrie, ins dunkelgrüne Dickicht aus Dornen, Zweigen und bunten Blüten, bis Mattis sie nicht mehr sehen konnte.

»Habt ihr diese Schenkel gesehen?« Pit stand der Schnabel offen, während er Trudi nachgaffte.

»Sprich nicht so über sie«, knurrte Berti. »Sie ist eine echte Lady.«

»Macht den Schnabel zu und reißt euch gefälligst zusammen!«, wies Mattis seine Freunde zurecht. »Oder wollt ihr mich lächerlich machen? Wir dürfen Burger und seine Hennen nicht beleidigen.« Aufgebracht schnaufte er. Wenn er wegen den beiden gegen Raudi verlieren würde, würde es Kopfnüsse regnen. »Ich ... ich meine, wir ... wir dürfen nicht gegen die anderen verlieren. Versteht ihr das denn nicht?«

Pit und Berti warfen sich einen Blick zu, den Mattis nicht zu deuten wusste, und auch ihr Augenrollen interessierte ihn nicht. Er fixierte das Gebüsch, aus dem Trudi gerade zurückkehrte.

»Burger hat Zeit für euch.« Die Henne zwinkerte Mattis zu und schenkte ihm ein Lächeln, das mit der feurigen Sonne wetteiferte.

»Ähm, danke«, stammelte er und drängte Pit und Berti mit wedelnden Schwingen in das Rosengewächs hinein. Mit gesenktem Kopf eilte er an Trudi vorbei und hielt den Atem an, als sie zu ihm huschte und sich an ihn schmiegte.

»Bei Sonnenuntergang habe ich frei«, flüsterte sie ihm mit einer Stimme zu, die Steine zum Schmelzen brachte. »Wenn du willst, sehen wir uns gemeinsam die Sonne an, wie sie in der See versinkt.«

Mattis fehlten die Worte und er wand sich umständlich an ihr vorbei. »Oh, ähm, danke«, presste er hinaus, während sich Hitze unter seinem Gefieder wie ein unerwünschter Mückenschwarm ausbreitete. »Ich, ähm, Burger wartet. Vielleicht ein anderes Mal.«

Mit wackligen Beinen verschwand er im Gebüsch.

Vielleicht ein anderes Mal?

Es gab nur eine, die er wollte. Nur eine, die sein gebrochenes Herz zum Beben brachte. Nur eine, die ihn selbst nicht mehr wollte.

In geduckter Haltung kroch Mattis zwischen den dornenbehangenen Zweigen hindurch. Ein Duftgemisch aus Klatschmohn, Dünenrosen, Gänseblümchen und Butterblumen überrollte ihn und … war das etwa Lust? Je näher er der Lichtung kam, desto klarer hörte er den Lärm.

Er hob den rechten Flügel und schnupperte zur Neutralisation an den eigenen Federn. Mehrfach. Er durfte die Beherrschung nicht verlieren und sich der Wollust hingeben, die den *Harem* regierte. Um ihn herum schwirrten die allerschönsten Hennen wie ein summender Bienenschwarm. Fröhlich wackelten sie mit ihren beigebraunen Bürzeln, sangen und tanzten zu einem Popsong, der von einem der Balkone des Appartementhauses über die Wiese dröhnte. Ein paar von ihnen lagen im Gras und genossen die Sonne, gackerten ungezwungen oder amüsierten sich mit dem einen oder anderen Vogel, der auf Burgers Hügel zu Gast war.

Entsetzt stellte Mattis fest, dass Berti und Pit seine Warnung ignorierten und sich gleich mit zwei Hennen ungezwungen an der Tanzfläche unterhielten.

Fing Pit an, zu tanzen? Sein Bürzel wedelte ungestüm und sein Kopf wippte im Takt der Musik. Mattis knurrte innerlich. Offenbar hatten sie völlig vergessen, warum sie hier waren.

»Hier drüben, Mattis!«

Burger rief mit seiner tiefen Stimme nach ihm und Mattis musste dabei zusehen, wie Pit sich tänzelnd in die Schlange für die Limbo-Stange einreihte.

Mattis drehte sich zur Seite und entdeckte Burger, der abseits des wilden Treibens mit dem goldbraungefleckten Rücken an einem großen Stein lehnte. Die Sonne strahlte seinen gutgenährten Bauch an, als wäre er das Zentrum der Welt, während zwei Hennen dem Fasan mit den Flügeln Luft zufächelten.

»Wir haben uns eine Ewigkeit nicht mehr gesehen«, raunte er.

Mattis hob zur Begrüßung den Kopf, nickte dem Fasan zu und schlängelte sich an vier Hennen vorbei, die zur Musik ihre Flügel schwangen und im Kreis tanzten.

»Danke, dass du uns empfängst, Burger. Ich weiß, wie beschäftigt du bist.«

Kurz überlegte Mattis, ob er sich verbeugen sollte, entschied sich jedoch dagegen.

Burgers goldene Augen weiteten sich, als habe er die Ankündigung seiner Empfangshenne bereits vergessen. »Uns?« Er reckte den blauschimmernden Hals und blickte an Mattis vorbei. Mit Argwohn beobachtete er, wie Berti und Pit sich mit seinen Hennen amüsierten. »Wenn deine Kumpel mehr als reden wollen, kostet das drei Portionen Schnecken – für jeden von ihnen. Im *Harem* ist nichts umsonst.«

»Ich weiß«, murmelte Mattis und warf einen strafenden Blick über die Tanzfläche, den weder Berti noch Pit bemerkten.

»Was verschafft mir die Ehre? Du wirkst bedrückt.«

Burger streckte die goldbraungefiederten Glieder von sich und setzte sich aufrecht hin.

»Es geht um den Mord an der Möwe. Meine Freunde und ich wollen den Verantwortlichen finden.«

Die Freundlichkeit, die Burgers gerötetes Gesicht überflutet hatte, verschwand und ein dunkler Schatten legte sich unter seine goldenen Augen. »Von dem Mord habe ich schon gehört«, sagte er nachdenklich. »Warum überlässt du die Aufklärung nicht Henk und der *SAR*?«

»Ich habe mit Raudi gewettet«, sagte Mattis und seufzte. *Und ich werde alles tun, um zu gewinnen.*

»Warum gibst du dich mit diesem Trottel ab? Der bringt nur Ärger. Das letzte Mal, als er sich in meinen *Harem* schleichen wollte, musste ich meine Schlägerspechte auf ihn loslassen. Das war kein schöner Anblick.« Burger lachte grimmig.

»Ich weiß«, druckste Mattis herum. »Kanntest du die Tote denn? Ist sie vielleicht bei dir zu Gast gewesen?«

Burger zögerte und fixierte das Getümmel auf der Tanzfläche.

»Nein.«

»Hast du sie am Südstrand schon einmal gesehen? Ich kannte sie nicht und das passiert mir echt selten.«

»Für mich seht ihr Möwen alle gleich aus.«

Mattis unterdrückte ein Stöhnen, denn über die Fasane hätte er dasselbe sagen können. Er hielt jedoch

den Schnabel zusammen, um Burger nicht zu verärgern.

»Ist dir oder deinen Hennen in der gestrigen Nacht
etwas aufgefallen? Laute Schreie am Strand? Oder
Kampfgeräusche, die nicht von deinen Schläger-
spechten stammten?«

Mattis sah zu den Hennen neben Burger, in der
Hoffnung, dass sie ihm einen Wink gaben oder ihm
anderweitig antworteten, aber ihre Blicke ruhten auf
Burger, dessen Körperhaltung ihm gegenüber nicht
ablehnender hätte sein können. Den kurzen Schnabel
leicht geöffnet, die goldbraunen Flügel vor dem
Bauch verschränkt und die Augen, die mit jedem
Moment glasiger zu werden schienen.

»Nachts schlafen wir.«

»Ach, Burger. Hilf mir, bitte!«, flehte Mattis. »Du
kennst jedes Tier am Südstrand. Viele gehen im *Harem*
ein und aus, als wäre es ihr zweites Zuhause. Irgendetwas musst du gehört haben.«

Burger warf seinen Hennen einen forschen Blick
zu. Ihr Schwingenwedeln stoppte und sie zogen sich
zu den anderen Hennen ins Gras zurück. Mit einem
knappen Nicken deutete er Mattis an, näherzukom-
men.

»Du hast es aber nicht von mir.«

Mattis hielt den Atem an. Jetzt würde er den
Vorsprung erhalten, den er brauchte, um als Sieger
gegen Raudi und Svea zu glänzen.

»Seit einiger Zeit gibt es Gerüchte. Meine Hennen
hören viel, wenn sie Besuch haben. Du verstehst
sicherlich.« Verschwörerisch zwinkerte er ihm zu.
»Meine kleinen Spione.« Burger lachte in sich hinein,
als gehöre ihm die gesamte Insel. Vielleicht stimmte
es sogar. Von der Schlafeiche aus hatte Mattis
Fehmarns edelste Tiere diesen Hügel betreten sehen.

»Korruption ist im Gange, Mattis. Im ganz großen Stil.«

»Wer ist korrupt?« Mattis dachte kurz nach. »Die Entenpolizei?« Dieses Gerücht existierte schon, seitdem er vom Dach des IFA Hotels an den Südstrand gezogen war. Die Ältesten bezahlten die Polizei dafür, dass die Schandtaten ihrer Nachfahren nicht an die Öffentlichkeit drangen.

Burger nickte. »Jemand erkauft sich Schweigen.«

»Ach.« Mattis winkte mit dem Flügel ab. »Das ist kein Geheimnis. Das sind die Ältesten.«

»Du hörst mir nicht zu.«

»Aber jeder weiß das. Das sind nicht die Informationen, die ich brauche. Ich suche nach Augenzeugen, potenziellen Tätern. So etwas in der Art.«

Das Rot von Burgers nackten Kopfseiten verstärkte sich und die goldenen Augen formten sich zu schmalen Schlitzen. »Willst du nun meinen Rat, oder nicht?«

Mattis schluckte. Kumpel Fasan zu verärgern war niemals eine gute Idee. »Sicher, Burger. Nur brauche ich mehr zu dem Mordfall und nicht zu irgendwelchen Jugendstreichen.«

Burger legte seine Federohren an und sprach mit kaum hörbarer Stimme: »Die Polizei hält Verbrechen geheim, um den laufenden Tourismus am Südstrand nicht zu gefährden. Das ist ihre oberste Priorität.«

»Welche Art von Verbrechen?«

»Alles, was du dir vorstellen kannst: Belästigung, Diebstahl bis hin zu ...« Burger stockte und blickte an Mattis vorbei.

»Sprichst du von ... Mord?«

Als hätte ihn eine Hornisse in die goldbraun gefleckten Schwanzfedern gestochen, sprang Burger auf und rannte durch die Menge. »Nimm deinen schmutzigen Schnabel von meiner Henne!«, brüllte er so laut über die Ebene, dass Mattis unwillkürlich zuckte.

Das laszive Tanzen auf der Lichtung stoppte, das ausgelassene Lachen verstummte.

Hilflos sah Mattis dabei zu, wie Burger auf Pit zustürmte, der sich beim Tanzen eng an eine Henne schmiegte und strahlte, als wäre es der schönste Tag seines Lebens.

»Ich«, stammelte Pit und wich vor Burger zurück, als er ihn ruppig von seiner Henne fortstieß. »Die Musik, die Frühlingsluft. Ich kann nichts dafür.«

Burger drehte sich zu Mattis um und hätte nicht weniger enttäuscht gucken können. »Seit Wochen bist du nicht mehr bei mir gewesen, obwohl ich dir ständig Einladungen schicke. Und jetzt kommst du in meinen *Harem*, ohne dich vorher anzumelden, ohne mir Schnecken mitzubringen und einer deiner Freunde betatscht ohne Erlaubnis meine Hennen?« Burgers Züge verfinsterten sich. »Verschwinde von hier und nimm deine armselige Bagage gleich mit.«

Mattis stand reglos auf der Stelle und spürte die Blicke der Gäste auf sich ruhen, während im Hintergrund die Musik weiterlief. Wie auf einer Beerdigung standen die Vögel starr nebeneinander und beäugten ihn, als wäre er ein seltenes Tier im Zoo. Hitze stieg in ihm auf und er lüftete leicht die Flügel, um nicht innerlich zu verbrennen. Aus dem Augenwinkel bemerkte er, wie Berti den weißen Kopf einzog und versuchte, sich hinter zwei Hennen zu verstecken.

»Burger, es tut mir sehr, sehr leid. Bitte, ich ...«, stammelte er, aber Burger wandte sich ab und Mattis traute sich nicht, auch nur ein weiteres Wort zu sprechen.

Der Fasan hob wortlos den rechten, goldbraungefleckten Flügel. Zwei Schlägerspechte erschienen wie aus dem Nichts neben Pit und drängten ihn und Berti unter kräftigen Schnabelschubsern dazu, den *Harem* zu verlassen.

Mattis seufzte.

Gegen ihre durchtrainierten Stahlschnäbel wären selbst Hauis Kopfnüsse nicht angekommen.

»Das war eine einmalige Chance, Mattis. Ich konnte nicht widerstehen.« Entschuldigend hob Pit die hellgrauen Flügel, als die Spechte sie aus dem Dickicht des Hügels zurück auf die Wiese schubsten. »Ihre warmen Augen, ihr lieblicher Schnabel und dieser verführerische Duft. Habt ihr ihre knackigen Schenkel gesehen?«

»Sei still!«, fauchte Mattis und stapfte in Richtung Düne zum Haupteingang der Kaninchen. »Deinetwegen verliere ich die Wette. Und ich habe noch nie verloren. Nur eine brauchbare Information konnte ich Burger entlocken. Nur eine einzige.«

»Was hat er gesagt?«, fragte Berti aufgeregt, während er versuchte, mit Pit und Mattis Schritt zu halten.

Mattis hielt an und wartete, bis beide ihn erreicht hatten. Nicht jeder auf der Promenade sollte die Neuigkeit erfahren. Er lehnte sich zu ihnen hinüber und flüsterte: »Angeblich werden Verbrechen von der Entenpolizei vertuscht, damit die Ruhe am Südstrand nicht gestört wird.«

»Das wundert mich nicht«, antwortete Berti und rollte mit den Augen. »Von unseren Streichen erfährt die *Stille Post* auch nie. Alles sehr mysteriös.«

»Nein, Berti. Ich spreche nicht von harmlosem Rinderrammen oder Mülltonnentauchen.«

»Von unseren Raufereien?«

Mattis schüttelte den Kopf. »Schlimmer, Berti. Die Entenpolizei vertuscht Morde.«

Dunkelheit. Nichts als pure Dunkelheit fand Mattis in dem Kaninchenloch, das sich in der Mitte der Düne befand. Und Muff. Frische Luft oder der Duft nach leckeren Brötchen existierten unter der Erde offenbar nicht.

»Ist das der Haupteingang?« Berti trat an seine Seite und warf einen Blick in den Tunnel hinein. »Ich dachte, es wäre das Loch dort hinten am Durchgang zum Strand.«

»Oder die große Öffnung hier links in der Düne?«, murmelte Pit, der einige Meter neben ihnen stand und den Kopf gerade in ein weiteres Kaninchenloch steckte.

»Lotta benutzt immer diesen Eingang«, antwortete Mattis. »Von der Silberlinde aus habe ich sie beobachtet. Hier!« Mit dem ausgestreckten Flügel deutete er auf ein Loch direkt vor ihm. »Der kleine Erdhaufen neben dem Eingang ist ihre Kennzeichnung.«

Mattis steckte den Kopf in den Kaninchenbau. Genug Platz war vorhanden, selbst für Berti als große Mantelmöwe. Wie eine Robbe müssten sie sich über den Boden schieben, in stiller Hoffnung auf Kaninchen zu treffen und nicht aus Versehen in Großenbrode zu landen. Aber es wäre machbar.

»Willst du nicht anklopfen oder um Einlass bitten?« Klanglos drang Bertis Stimme zu Mattis ins Loch hinein. »Vielleicht kommen die Kaninchen raus und wir müssen nicht rein?«

»Lotta und ihre Familie schlafen tagsüber, Berti. Kaninchen sind eher nachts oder in der Dämmerung aktiv, das weißt du doch. Über den späten Nachmittag tummeln sie sich dort unten und werden nicht herauskommen, bloß weil jemand vor ihrem Eingang steht und höflich darum bittet.«

Mattis holte tief Luft, genoss ein letztes Mal die leichte Brise des sommerlichen Tages und schob sich in die Finsternis des Tunnels hinein.

Je tiefer er in die Dunkelheit der Düne robbte, desto intensiver roch er die einzelnen Schichten aus Lehm und Sand sowie die Regenwürmer und die Larven, die um ihn herumkrochen. Berti und Pit schnauften wie joggende Strandläufer hinter ihm im Tunnel. Ein Zurück war ausgeschlossen.

Mattis kannte den Plan des Höhlensystems nicht. Allein die Tatsache, dass er nicht mehr geradeauskriechen konnte, verriet ihm, dass es um die Kurve oder hinab ging. Berti klebte ihm an den Schwimmfüßen, als hätte er Angst, von der Finsternis verschluckt zu werden.

Eine Weile robbten sie still vor sich hin. Mattis an der Spitze, gefolgt von Berti und schließlich Pit. Der Boden schubberte Mattis unangenehm am Gefieder und er war blind wie ein Maulwurf, während er den Gängen des Tunnelsystems mal geradeaus, mal nach rechts, mal nach links und mal abwärts folgte.

»Sind wir bald da?«, flüsterte Pit und Mattis ignorierte den flehenden Unterton.

Aus dem *Harem* geworfen zu werden, war für ihn peinlich genug gewesen, aber Burger − jedermanns Kumpel, der besser informiert war als die *Stille Post* −, so wenig Neuigkeiten entlockt zu haben, warf ihn in seinem Vorhaben weit zurück.

»Langsam wird die Luft dünn, Klugscheißer.«

Berti zwickte ihn mit dem Schnabel an den Bürzel.

»Sehe ich aus, als wüsste ich, wohin ich krieche?«

Schlagartig wurde der Tunnel breiter, der Boden löste sich in Luft auf und Mattis verlor den Halt unter den Schwimmfüßen. Er fiel in die Tiefe, wollte mit den Flügeln flattern, doch der Tunnel ließ ihm keinen Raum, um seinen Sturz zu bremsen.

Warmes, weiches Fell fing ihn auf.

»Verflucht!«, brüllte Berti und Mattis hörte, wie Federn an der lehmigen Erde entlang schrammten und Berti ihm hinterhersackte. Schnell rollte er sich von dem flauschigen Fellknäul hinunter, das zeitgleich hochschreckte und wie bei einem Großangriff fiepste.

»Wo seid ihr hin?«, rief Pit und ein lautes Rumpeln ertönte, während er fiel. Danach ein dumpfer Plumps.

Berti stöhnte und das Kaninchen unter ihm schlug Alarm.

»Überfall! Überfall!«

»Ganz ruhig«, flehte Mattis und tastete mit dem Schnabel herum. Überall spürte er Fell, nur Fell. »Niemand will euch fressen. Wir wollen reden.«

»Überfall! Überfall!«, tönte es von weit hinten. Dann von der Seite. Und von oben und von unten. »Überfall! Überfall!«

Mattis spürte, wie Kaninchen um Kaninchen aufsprangen und aufgebracht durcheinanderrannten. Offenbar ängstigte seine Erscheinung sie mehr, als er angenommen hatte. Die lehmige Erde unter Mattis' Schwimmfüßen bebte, während Berti sich an seine Seite und Pit sich an seinen Rücken drückte.

Ein Kaninchen rempelte ihn an, dann noch eins. Und wieder eins. Mattis schützte sich mit ausgebreiteten Schwingen und hielt die Rempler davon ab, ihm in den Bauch zu rammen.

»Es war schön, euch kennengelernt zu haben!«, rief Pit schluchzend. »Sagt Jella, dass ich sie liebe. Die Zeit mit ihr war wunderschön.«

»Wer soll das sein?«, brummte Berti und öffnete ebenfalls die Schwingen, um den Schutzkreis um sich herum zu erweitern.

»Meine große Liebe aus dem *Harem*. Wer sonst?«

Mattis schüttelte den Kopf und schnaubte abfällig.

»Wo ist Lotta?«, rief er in die Menge und spürte zeitgleich einen kräftigen Rempler. Und noch einen. Dann wieder einen. »Ich muss mit Lotta sprechen«, stöhnte er und drückte ein Kaninchen fort. Ein weiterer Stoß erfolgte. »Bitte!«

»Haben die überhaupt Namen? Es sind so viele«, jammerte Pit und presste sich fester in Mattis' schmalen Rücken.

»Wir haben Namen«, sprachen die Kaninchen im Chor und hoppelten dabei schneller umher. Es fühlte sich wie auf einer dieser kunterbunten Hüpfburgen an, die Mattis bei einem Ausflug nach Landkirchen ausprobiert hatte.

Einmal und nie wieder.

Mattis versuchte, vor den energischen Dränglern zurückzuweichen, doch Pit und Berti standen wie steinerne Säulen neben und hinter ihm, hinderten ihn daran, sich von der Stelle zu rühren.

»Wer ihr seid? Warum ihr stört? Mich und Familie.« Eine Stimme drang von hinten nach vorn durch die Dunkelheit, tief und kehlig.

Lotta.

»Ich bin Mattis. Ich lebe mit den *Wilden* auf der Eiche hinter der *Strandburg*.« Die stickige Luft in der Höhle legte sich ihm auf den Rachen, als fräße er eine pelzige Raupe.

»Ihr Möwen?«

Ein Kaninchen stieß ihn an, dann noch eines. Mattis schob die Schwingen auseinander, um sie auf Abstand zu halten.

»Ja, das sind wir.«

»Warum ihr stört? Mitten am guten Tag. Ihr lebensmüde?«

»Nur einer von uns«, grummelte Berti.

Mattis ignorierte seinen Freund. Schließlich war er nicht lebensmüde. Er wollte sie alle bloß vor einem

Unglück in Staberhuk bewahren. Und die verdammte Wette gewinnen.

»Aua!«, rief Pit und Mattis nahm wahr, wie die kleine Lachmöwe ein Kaninchen fortstieß. »Meine Schwimmfüße sind platt.«

»Das waren sie vorher schon.« Berti keuchte.

»Habt ihr vom Mord an der Möwe gehört?« Mattis löste sich von seinem nörgelnden Schutzwall im Rücken und trat einen Schritt nach vorn. »Wir suchen Hinweise auf den Täter.«

Das aufgeregte Hoppeln der Kaninchen intensivierte sich und die Erde unter Mattis fing so stark an zu beben, dass er fürchtete, für immer im Kaninchenbau begraben zu werden. Schnell floh er zurück an seinen Platz.

»Ihr verschwindet«, antwortete Lotta. »Erst ihr da. Dann ihr weg. Immer wieder. Nacht für Nacht.«

»Nacht für Nacht«, wiederholten die Kaninchen und erhöhten ihre Geschwindigkeit. »Immer wieder.« Die Erde unter ihnen, über ihnen, neben ihnen bebte gewaltig.

»Was soll das bedeuten? Wir sind Möwen, wir fliegen von einem Ort zum anderen.«

»Geht runter von mir!«, beschwerte sich Pit. Mattis fühlte, wie sein Freund sich gegen die Kaninchen warf und wie ein Flummi zurück auf seinen Bürzel prallte.

»Lass das«, raunte er ihm zu. »Ich versuche, hier ein Gespräch zu führen.«

»Ich kann nichts dafür. Es sind zu viele«, jammerte Pit. »Geht weg von mir.«

Berti trat unruhig auf der Stelle und einer seiner breiten Flügel pikste Mattis ins Gesicht.

»Du nicht auch noch. Wie soll ich mich auf die Befragung konzentrieren, wenn ihr mich ständig schubst?«

»Beeile dich lieber, Klugscheißer«, ächzte Berti. »Die rasen immer schneller.«

»Mir ist schon ganz übel«, murmelte Pit. »Hier unten kann ich kaum atmen.«

Mattis seufzte, musste ihm jedoch zustimmen. Auch er spürte, wie jeder Atemzug in der Kehle brannte. Er musste sich beeilen.

»Lotta, hat jemand von euch gestern Nacht den Mord beobachtet oder etwas Ungewöhnliches gehört? Ich wäre für jeden Hinweis dankbar.«

»Geht endlich weg!« Pit brüllte aus vollem Leib.

»Sh! Seid still! Ich kann sie kaum verstehen.«

»Wenn ich wegen deinem Ehrgeiz hier unten draufgehe, Klugscheißer, komm ich als Geist zurück und quäle dich dein Leben lang.«

»Bitte nicht, Berti«, wimmerte Pit. »Geister machen mir Angst.«

»Niemand wird sterben«, murmelte Mattis.

»Ihr verschwindet«, begann Lotta abermals und Mattis kniff die Augen zusammen, um sich ganz auf ihre Worte in der dunklen Ferne zu konzentrieren. »Erst ihr da. Dann ihr weg. Immer wieder. Nacht für Nacht.«

»Nacht für Nacht«, wiederholten die Kaninchen und liefen schneller. »Immer wieder.«

»Was meinst du damit, Lotta?« Mattis lehnte sich an Berti, um nicht den Halt zu verlieren. »Wer genau verschwindet? Und wohin?«

»Die reden wirres Zeug. Lass uns gehen, Klugscheißer.«

Berti hatte recht, doch das würde Mattis nicht zugeben. Niemals. Die Stöße der Kaninchen verschlimmerten sich, Sekunde um Sekunde. Jede Feder seines Körpers schmerzte. Doch aufgeben kam für ihn nicht infrage. Raudi traute sich sicher nicht in den Bau unter der Düne. Svea mit den *Seidenfedern* erst recht nicht.

Er musste als Erster an die Hinweise gelangen. Als Einziger.

»Bitte, Mattis. Bevor Berti hier unten explodiert.«

»Noch nicht. Ich will noch …«

Ein Kaninchen warf sich gegen Mattis und ließ seinen Kopf gegen Bertis knallen, der schmerzhaft aufstöhnte.

»Rückzug!«, brummte er und drehte sich um.

»Ich geh voran.« Pit löste sich von Mattis.

»Ich bin noch nicht fertig. Wollt ihr die Wette nicht gewinnen?«

»Nicht um diesen Preis, Klugscheißer.«

Verlierer. Feiglinge.

»Dann geht. Ich arbeite mich zu Lotta vor. Einer von uns muss verhindern, dass wir in Staberhuk enden.«

»Wir hätten der Wette erst gar nicht zustimmen sollen«, hörte er Berti sagen. Dann schwang sich ein großer Flügel um ihn und Mattis verlor den Halt. Berti schleifte ihn zurück zum Loch, während Kaninchen ihn buchstäblich als Trampolin benutzten.

»Lass mich gehen, Fridbert.« Mattis strampelte mit den Schwimmfüßen und versuchte, das Gleichgewicht wiederzuerlangen.

Doch Berti antwortete ihm nicht. Er hielt ihn nur fest und zog ihn mit sich.

Wie ein Regenwurm robbte Mattis über den lehmigen Boden des Tunnels nach draußen und mit jedem Stück, das er vorankam, drang mehr Sauerstoff in seine Lungen. Ein erleichterndes Gefühl, das er nicht einen Augenblick lang genießen konnte. Wut brodelte in ihm. Immense Wut. Schnaufend glitt er aus dem Loch der Düne und landete mit dem Gesicht voran im Sand.

»Was fällt dir ein, mich wie ein unerfahrenes Küken zu behandeln?«

Mattis richtete sich auf und sah ungeduldig dabei zu, wie Berti sich aus dem Haupteingang des Kaninchenbaus zwängte.

»Dann verhalte dich nicht so«, schimpfte Berti. Während er sich schwer atmend vom Tunnel entfernte, breitete er die Flügel aus und schüttelte Dreck von den Federn.

Sich jetzt zu putzen, kam für Mattis nicht infrage. Das Blut rauschte ihm in den Ohren und er beobachtete zerknirscht, wie Berti ihm keine Aufmerksamkeit schenkte.

»Dort unten hast du meine Autorität untergraben. Deinetwegen werde ich verlieren.«

»Erstens, Klugscheißer …« Berti keuchte, als wäre er einen Marathon geflogen. »… hat noch niemand den Mörder gefunden. Zweitens hängen wir alle gemeinsam in dieser Wette und nicht nur du allein.« Unnachgiebig blickte Berti über die Düne. Suchte er nach Brötchen?

»Sieh mich gefälligst an, wenn ich mit dir rede!«

Das Blassgelb von Bertis Iris nahm einen zornigen Unterton an und Mattis wich zurück. Das letzte Mal, dass Berti und er nicht einer Meinung gewesen waren, endete in einer schier endlosen Rauferei am Strand. Noch Tage später spürte Mattis die Muschelabdrücke im Rücken.

»Ich finde nur«, murmelte Mattis und tat so, als beobachte er vorbeiziehende Strandläufer, die mit sandigen Beinen vom Strand kamen. »Das gehört sich nicht. Ich bin der Anführer der *Wilden* und du solltest dich nicht über meine Ideen hinwegsetzen, ohne es mit mir zu besprechen. Wir sollten zusammenarbeiten und gemeinsam herausfinden, was Lotta mit diesen seltsamen Worten gemeint haben könnte.«

»Wo ist unsere Langfeder? Ich sehe Pit nirgends.«
Hörte Berti ihm zu?

»Der wird schon wieder auftauchen.«

Mattis schloss die Lider und dachte nach. Wenn Berti am Lösen des Mordfalls kein Interesse zeigte, musste er eben allein für die Auflösung sorgen.

Möwen verschwinden. Nacht für Nacht. Fliegen sie fort? Nein. Werden sie entführt? Vielleicht. Oder …

Er schluckte hart.

Werden sie ermordet? Sind das die Morde, die die Polizei verschleiert? Morde an Möwen?

»Ein Serienmörder!«

»Was? Wer?« Berti schnellte zu ihm herum.

»Wir sind einem Serienmörder auf der Spur.«

»He, Jungs.« Ein schwarzbrauner Kopf schaute von der Strandseite durch den hohen Strandhafer. »Hier drüben«. Pit winkte mit einem seiner hellgrauen Flügel aufgeregt hin und her. »Kommt her! Ich habe eine Idee.«

»Siehst du, Berti. Da ist er. Alles unter Kontrolle.«

Mattis schlenderte über die Düne, nur wenige Flugmeter vom Tatort entfernt, den die *SAR* mittlerweile wieder freigeben hatte.

Ein Serienmörder. Ob Raudis oder Sveas Team diese Neuigkeit schon kannten? Nur wer sollte Möwen ermorden wollen? Und warum?

»Wo bist du rausgekommen, Pit? Wir haben uns Sorgen gemacht.« Berti knuffte Pit mit dem Flügel in die Seite, als sie ihn erreicht hatten. Dann strich er der Lachmöwe die Erde aus dem Gefieder.

»Aus dem Hinterausgang. Das war kürzer.«

Berti lachte trocken.

»Schaut her, da vorn auf der Ostsee.« Aufgeregt hüpfte Pit auf der Stelle.

Mattis folgte seinem Blick. Mäßige Wellen. Strandläufer sonnten sich oder spielten mit Bällen. Segelboote am Horizont. Vögel auf dem Wasser.

»Was meinst du?« Er ging ein paar Schritte und stellte sich neben Pit, um besser sehen zu können.

»Unsere nächsten potenziellen Zeugen.« Pit deutete mit dem Flügel auf zwei schneeweiße Schwäne, die friedlich über das Wasser gondelten.

»Die *Weißen Wächter der See*?« Mattis kniff die Augen zusammen.

»Irmgard und Adelheid.«

»Du kennst ihre Namen?« Berti trat neben Pit.

»Flüchtig«, antwortete die Lachmöwe. »Ich versorge sie ab und zu mit Brötchen.«

»Und du denkst, die beiden könnten uns Hinweise auf den Serienmörder geben? Sie scheinen mir nicht mehr die Jüngsten zu sein.« Mattis reckte den kleinen, weißen Hals und beobachtete das gemütliche Treiben der beiden Schwäne.

»Serienmörder?« Pit riss die Augen auf und wirkte, als hätte er Durchfall.

»Ja, ich bin ziemlich sicher, dass Lotta uns genau das mitteilen wollte.«

»Oder«, Berti bäumte sich neben Pit auf. »Das sind allein die Worte von Verrückten, die unter der Erde wohnen und derentwegen wir beinahe gestorben wären.«

Mattis stöhnte und ließ den Kopf hängen. Dass er die Wette angenommen hatte und dafür in den Kaninchenbau gestiegen war, würde Berti ihm wohl nie verzeihen.

»Die Schwestern«, begann Pit, »sind Tag und Nacht auf der See. Sie werden uns deine Theorie bestimmt bestätigen können, Mattis.«

»Oder auch nicht«, knurrte Berti.

Das kühle Seewasser fühlte sich angenehm frisch am Bauch an, anders als der kratzige, harte Lehmboden des Tunnelsystems. Pit schwamm vorweg, gefolgt von Berti. Beide waren der Ansicht gewesen, dass Pit dieses Mal das Reden übernehmen sollte. Mattis' Widerworte hatten beide einstimmig ignoriert.

Schmollend schwamm Mattis hinter ihnen her und pulte zwischen den Federn nach Schmutz. Seine Schwimmfüße paddelten schwerfällig vor sich hin und schoben ihn über die leichten Wellen zu den beiden *Weißen Wächtern der See*.

Die Ostsee wirkte dunkelblau, ebenso dunkel wie Mattis' Stimmung. Er war derjenige, der die Fragen stellte. Nicht Berti und schon gar nicht Pit. Er war derjenige, der die *Wilden* zum Sieg führte. Nicht Berti. Nicht Pit. Was sollten sie anders können als er?

»Weißt du noch, Irmgard, früher? Früher gab es weniger Strandläufer. Früher gab es Luft zum Atmen an der Ostsee. Da hatten wir noch viel Raum, um uns zu bewegen. Ein richtiges Vogelparadies. Erinnerst du dich?«

Irmgard nickte, als wüsste sie, wovon ihre Schwester Adelheid sprach. Beide Schwäne fixierten den Südstrand wie einen lästigen Fleck in der Landschaft.

»Heute«, begann Irmgard und wiegte den langen Hals im Wind, »sind wir zufrieden, wenn wir in Ruhe die See genießen können, ohne dass wir von einem dieser runden Dinger getroffen werden, die die Strandläufer mit Absicht durch die Luft feuern.«

»Da bin ich ganz deiner Meinung«. Adelheid verzog den orangeroten Schnabel. »Schau dir bloß die vollen Strandkörbe an. Eine wirklich dumme Erfindung. Wie das Brutzeln in einem Kochtopf.«

»Moin, ihr zwei.« Pit schwamm direkt auf beide Schwäne zu, die ihre langen Hälse nach wie vor in Richtung Strand reckten.

Mattis stieß Berti aus Versehen an den Bürzel, der wenige Flügellängen vor den Schwänen abgebremst hatte.

»Eine tragische Schöpfung«, fuhr Adelheid fort. »Ohne diese Brutzelhäuschen gäbe es viel weniger Strandläufer und wir hätten mehr Platz. Platz, der uns zusteht. Schließlich waren wir zuerst hier.«

»Da bin ich ganz deiner Meinung.«

»Und denk nur, Irmgard, wir könnten wieder an den Strand. Ungestört im Sand liegen, ohne dass uns einer der Strandläufer füttern will, oder gar töten.«

»Das wäre traumhaft, Liebes.« Irmgards haselnussfarbene Augen glühten vor Freude.

»Moin, ihr zwei.« Pit räusperte sich übertrieben laut. »Entschuldigt die Störung.«

Die beiden Schwäne stutzten und blickten einander an.

»Hörst du das, Irmgard? Diese seltsamen, niederen Geräusche?«

»Nein, Adelheid, aber es riecht ganz plötzlich nach modrigen Algen und gammeligen Brötchen.«

»Das ist Berti«, antwortete Pit und drehte sich vorwurfsvoll zu Mattis und Berti um.

»Was ist ein Berti?« Verwundert schaute Adelheid ihre Schwester an.

»Das fragst du mich?« Entrüstet schüttelte Irmgard den langen Hals. »Ich habe nichts gesagt, Liebes.«

»Das war ich. Hier unten.«

»Huch?« Adelheid senkte ihren Kopf und warf einen verstörten Blick auf Pit, der einen Flügel hob und ihr zuwinkte. »Sieh nur, Irmgard. Die seltsame Lachmöwe ist wieder da. Aber leider ohne Brötchen.«

»Das läuft hervorragend.« Mattis knurrte leise und lutschte an einer Alge, die neben ihm im Wasser trieb. Hoffentlich hatten Haui und Fiete mehr Erfolg beim Spionieren. Das Gespräch mit den *Weißen Wächtern der See* war sinnlos.

»Abwarten, Klugscheißer.«

Berti wandte sich zu ihm um und warf ihm einen eindringlichen Blick zu, als wüsste er, dass Pit sie alle zum Sieg führen würde. Pit, nicht Mattis.

In einem Stück schlang Mattis die Alge herunter und stöhnte angewidert, der braune, alte Streifen schmeckte langweilig und wässrig.

»Wir machen eine Umfrage. Wollen Sie daran teilnehmen?«, fragte Pit und schwamm näher an die Schwäne heran.

»Wie aufregend, Adelheid. Eine Umfrage. Wollen wir mitmachen?« Irmgard wippte mit dem Kopf und stupste ihre Schwester an.

»Bist du sicher?« Adelheid runzelte die Stirn, als wäre sie gezwungen, zwischen Strandläufern nach Muscheln zu suchen. »Wollten wir nicht abtauchen und nach Abendessen suchen? Ich sehne mich nach einer köstlichen Portion extra frischer Algen.«

»Ich werde nicht viel Ihrer Zeit in Anspruch nehmen.« Pit hüstelte und legte eine besonders mitleiderregende Miene auf, indem er den schwarzbraunen Kopf senkte und die Schwestern aus großen dunkelbraunen Augen ansah. »Wir benötigen dringend Ihre Hilfe.«

Adelheid beugte sich zu Pit hinab und inspizierte seine Federn aus nächster Nähe.

»Hörst du das, Irmgard? Die kleine Möwe braucht unsere Hilfe.«

»Sieh dir das an«, brummte Berti und stieß Mattis mit dem Flügel an. »Prüft sie, ob er tatsächlich eine Möwe ist?«

»Gut, Adelheid. In Ordnung.« Irmgard krümmte den schneeweißen, faltigen Hals und senkte den Blick. »Wie können wir dir denn behilflich sein, kleine Lachmöwe?«

Pits Bürzel wackelte vor Freude und Mattis grummelte in sich hinein. Er wünschte sich, dass er Pit ebenso wegschleudern könnte wie die Kinder ihr Frisbee, der unweit von ihm entfernt in der Ostsee gelandet war.

Er führte die Verhöre.

Nicht Pit.

Er führte die *Wilden* zum Sieg.

Nicht Pit.

»Immer lächeln, Klugscheißer. Wir gewinnen gemeinsam.«

Ohne dass Mattis gesprochen hatte, wusste Berti, was in ihm vorging.

»Mag sein«, murmelte Mattis und drehte den Schwänen den Rücken zu, um den vollen Blick auf die Düne zu erhaschen. Konnten die Schwestern von hier aus überhaupt etwas Brauchbares gesehen haben?

»Wir suchen nach Hinweisen für den Mordfall von letzter Nacht.«

Irmgard stutzte. »Ist das nicht die Aufgabe des rüpelhaften Erpels, der uns mit seiner Entenpolizei bereits befragt hat?«

»Schon«, stammelte Pit, »aber wir wollen mithelfen, damit der Täter schnellstmöglich gefasst wird.«

»Irmgard, bitte hör doch bloß.« Aufgeregt wedelte Adelheid mit den Schwingen, wobei sie das Wasser um sich herum aufwirbelte und Mattis' Rücken nass spritzte. Genervt drehte er sich zu ihr um. »Willst du der Lachmöwe nicht erzählen, was du mir erzählt hast?«

»Warum sollte sich eine Möwe für einen dreibeinigen Krebs interessieren?«

»Nicht das, Irmgard, das andere. Du weißt schon, von gestern Nacht.«

In Mattis' Augen blitzte es auf und er schob sich ruppig an Berti vorbei, doch die Mantelmöwe hielt ihn zurück.

»Lass Pit das mal machen, Klugscheißer. Hab Vertrauen.«

Vertrauen? Mattis stöhnte frustriert. Hier ging es nicht darum, Strandläufern Brötchen zu stehlen.

Ungeduldig paddelte er auf der Stelle.

»Von gestern Nacht?«, fragte Pit. »Was haben Sie da gesehen?«

»Nicht ich!«, zeterte Adelheid und die Ungeduld in ihren Worten drang hinaus bis zum Horizont. »Meine Schwester Irmgard natürlich.«

»Aber ich habe gestern nichts gesehen, Adelheid. Die Nacht davor. Da habe ich jemanden gesehen.«

»Bist du sicher?«

Irmgard nickte.

»Schade«, sagte Pit und deutete mit dem hellgrauen Flügel an den Strand. »Wir suchen den Täter, der dort hinten in der Düne eine Möwe ermordet hat.«

»Nein.« Irmgard schüttelte den Kopf. »Also gestern Nacht habe ich nichts gesehen, da war es dunkel.«

»Schade, aber vielen Dank für Ihre Mühen. Ich wünsche Ihnen noch einen schönen Tag«, sagte Pit und wandte sich zu Berti und Mattis um.

»Halt!«, brüllte Mattis und stürzte im Wasser nach vorn, wobei er jeden in seiner Umgebung mit Seewasser bespritzte. »Du machst einen Fehler. Jeder Hinweis zählt.«

Irmgard fauchte in Mattis' Richtung und murmelte: »Wie unhöflich.«

»Ganz deiner Meinung.« Adelheid schüttelte den Kopf, als müsse sie sämtliche schneeweiße Federn von schmutzigen Tropfen befreien. Wie einen stinkenden Wurm betrachtete sie Mattis. Die Stirn gekräuselt und die Augen angewidert aufgerissen.

»Bitte!«, flehte Mattis gequält. »Was haben Sie die Nacht davor gesehen? Wir sind für jeden Hinweis dankbar.«

»Gut.« Irmgard nickte. »Wenn es euch so viel bedeutet.« Sie drehte sich zum Strand. »Jede Nacht schlafen wir dort vorn, wo sich der Sand und die Ostsee treffen. Wir mögen es nicht, ruhelos auf der See zu pendeln wie heimatlose Herumtreiber. Das ist etwas für die Jugend. Wir bevorzugen Sicherheit.«

»Das ist korrekt«, fügte Adelheid mit erhobenem Schnabel hinzu.

»Doch in dieser besagten Nacht haben Strandläufer an unserem Schlafplatz gefeiert und wir konnten nicht ruhen. Deshalb sind wir dort hinten an den Hunde-strand geflogen.«

»Da ist der Sand zwar steiniger«, fügte Adelheid hinzu, »aber in unserem Alter gibt man sich mit weniger zufrieden. Hauptsache keinen Lärm.«

Irmgard nickte.

Mattis kommentierte Adelheids ausschweifende Worte mit einem unterdrückten Knurren.

»Ruhig, Klugscheißer. Die beiden mögen harmlos aussehen, aber wenn die *Weißen Wächter der See* zuschnappen, wird es dunkel.«

»Was haben Sie in der Nacht gesehen? Das ist das Einzige, was mich interessiert.« Mattis sprach im Flüsterton, damit seine Anspannung nicht überhand-nahm.

Irmgard zögerte, als überlegte sie, ihm nicht zu antworten und einfach davonzupaddeln. Wie in Zeit-lupe wandte sie sich zu ihrer Schwester und sah sie unverwandt an.

Adelheid stupste sie mit dem Kopf an.

»Gut, gut.« Irmgard seufzte und warf Mattis einen grimmigen Blick zu, der ihn zurückweichen ließ. »Den unhöflichen Erpel und zwei seiner Helferlein habe ich gesehen«, antwortete sie knapp. »Wie sie in der Düne jemanden weggetragen haben.«

Mattis hätte vor Freude schreien können.

»Eine Möwenleiche?«

Das würde zumindest die These mit dem Serienmörder und die Vertuschung durch die Entenpolizei bestätigen.

Möwen verschwinden. Nacht für Nacht.

Vor Aufregung biss Mattis den Schnabel so fest zusammen, dass es schmerzte.

»Vielleicht.« Desinteressiert zuckte Irmgard die Flügel. »Oder einen Hundehaufen. Vielleicht hält die *SAR* den Strand bloß sauber?«

Adelheid erstarrte. »Das wird es sein, Irmgard! Die Strandläufer verschmutzen den schönen Sandstrand und die Ostsee und wir Vögel müssen ihren Unrat beseitigen. So weit ist es schon gekommen. Typisch.« Sie fauchte angriffslustig, als befände sie sich in einem Kampf.

»Wisst ihr«, begann Irmgard, ihre haselnussbraunen Augen glänzten voller Nostalgie. »Früher war besonders dieser Strandabschnitt der sauberste von …«

Mehr brauchte Mattis nicht zu wissen. Er wandte sich um und schwamm in Richtung Strand, ohne sich zu verabschieden oder sich gar zu bedanken, während Irmgard weiter über die Vergangenheit philosophierte.

Die *SAR* verschleierte eine Mordserie und er hatte die Zeugen dafür. Er allein. Nicht Raudi. Nicht Svea. Das hoffte er jedenfalls. Jetzt galt es herauszufinden, wer der Täter war. Wer nachts Möwen ermordete und warum.

Um das Rätsel zu lösen, würde Mattis alles riskieren, sich sogar in den Fuchsbau wagen … oder zumindest an die Terrasse.

Es dämmerte bereits, als Mattis sich zwischen den langen Gräsern des Strandhafers in der Düne hindurchschlängelte. Ob Berti und Pit sich noch höflich mit den Schwänen unterhielten, interessierte ihn nicht. Er hielt sein Ziel im Blick: das Animationsgebäude des Tourismus-Service von Fehmarn. Wenn sich einer mit dem Morden auskannte, dann war es Ludo. Sein Leben lang hatte er Vögel gejagt und gefressen. Jetzt im Ruhestand zog er Wühlmäuse, Regenwürmer und Käfer vor. Das behauptete jedenfalls die *Stille Post*. Ludo konnte ihm sicherlich einen Tipp geben und vielleicht hatte er den Mörder letzte Nacht auf der Düne sogar gesehen.

»Mörder!«, hörte Mattis jemanden schreien und fuhr zusammen. »Ich wusste doch, dass die Mörder immer an den Ort ihres Verbrechens zurückkommen.«

Raudi.

Mattis stöhnte und wollte ohne ein Wort an seinem Kontrahenten vorbeiziehen, doch der stellte sich ihm mitten auf der Düne in den Weg.

Tillmann und Klaas standen hinter Raudi und lachten dümmlich.

»Geh aus dem Weg!«, forderte Mattis. »Und erzähle nicht solch einen Mist herum. Nachher glaubt dir noch jemand.«

»Das ist Sinn der Sache.« Raudi drehte sich zur Promenade und krächzte laut: »Mattis ist ein Mörder!«

»Willst du gleich hier in den Sand gestampft werden, Raudi, oder lieber hinter dem Strandkorb, damit niemand sieht, wie du heulst?«, fragte Haui und stellte sich neben Mattis. Fiete setzte nach ihm auf der Düne auf und platzierte sich wie eine Mauer hinter Haui. Beide mussten den *Biestern* bis hierher gefolgt sein.

Raudi lachte trocken. »Habt ihr euren neuen Schlafast am Leuchtturm schon bezogen? Die Aussicht im Osten soll ziemlich brötchenfrei sein.«

»Als ob du bereits wüsstest, wer der Mörder ist.« Herausfordernd funkelte Mattis ihn an. Wenn sich der Mörder den *Biestern* nicht freiwillig zu erkennen gab, würden die drei überhaupt nichts finden, nicht einmal den Matjes im Fischbrötchen.

Tillmann wackelte hinter Raudi mit dem Kopf und gackerte hohl. »Wir wissen längst, wer den Mord begangen hat.«

»Wer ist es?« Aufgeregt trat Fiete auf der Stelle.

»Nicht!« Mattis breitete den silbergrauen Flügel aus und hielt Fiete davon ab, vor Freude zu tanzen. »Der will uns ärgern. Gar nichts weiß der.«

»Du bist es gewesen«, krächzten Tillmann und Klaas zugleich. »Du bist der Mörder der Möwe.«

»Ich?« Fiete wirkte, als falle er jeden Moment in Ohnmacht.

»Nicht du, du Trottel.« Klaas gaffte zu Mattis und zog eine Grimasse. »Euer Anführer. Er hat's getan.« Ein abfälliges Gelächter brach unter den *Biestern* aus.

»Nein! Er … würde nie …«, stotterte Fiete und verstummte. Scheinbar blieben ihm die letzten Worte im schwärzlichen Schnabel stecken.

»Lass gut sein, Fiete«, raunte Mattis und zwinkerte ihm vertrauensvoll zu. »Die wollen mich wieder beim Ältestenrat verpetzen. Mach dir keine Sorgen.«

Raudis breites Grinsen hätte er ihm am liebsten aus dem Gesicht geschlagen. »Henk und seine *SAR* haben wir bereits über unseren Verdacht informiert. Morgen wirst du vorgeladen werden, du jämmerliche Silbermöwe.«

»Was?«, brüllte Haui, während er sich aufplusterte wie ein Seeigel. Nur mit Mühe konnte Mattis ihn mit den Flügeln zurückhalten. »Lass mich durch! Die haben meine Kopfnüsse verdient. Alle drei.«

Für einen Sekundenbruchteil überlegte Mattis, ob er Haui loslassen sollte, entschied sich jedoch dagegen. Auf diese Weise wollte er die *Biester* nicht besiegen. Er wollte die Wette ordnungsgemäß gewinnen und Raudi mitsamt Leibwächtern in den Osten der Insel verbannen.

»Nun regt euch nicht gleich auf. Wir bringen bloß die Wahrheit ans Licht. Nicht mehr, nicht weniger«, warf Raudi ein und nickte Tillmann und Klaas zu.

Ohne Widerspruch breiteten die beiden Lachmöwen ihre Flügel aus und flogen mit Raudi davon. Ihr abschätziges Kreischen quälte Mattis' Ohren, aber er setzte ein zuversichtliches Lächeln auf, um die Fassung zu wahren. In seinem Inneren brodelte es. Verbissen presste er den Schnabel zusammen, bis die drei hinter dem Appartementhaus verschwunden waren.

»Was haben wir verpasst?«, fragte Berti, der mit Pit hinter Fiete im Sand der Düne aufsetzte. »Du warst auf einmal weg, Klugscheißer.«

Mattis wandte sich Haui zu, ohne auf Bertis Frage zu reagieren. »Konntet ihr etwas herausfinden, als ihr Raudi und den zwei Muschelschubsern gefolgt seid? Haben sie viele Verhöre geführt? Wie weit sind sie mit der Lösung des Mordfalls?«

»Das war ein echter Knochenjob«, antwortete Haui, während Fiete eifrig nickte. »Die haben sich mit jedem Tier angelegt, das ihnen heute begegnet ist.«

»Waren sie bei Burger oder haben die Kaninchen befragt?«, fragte Mattis. Inständig hoffte er, dass Haui diese Frage verneinen würde.

Haui schüttelte den Kopf. »Uns kam es eher so vor, als ob die *Biester* willkürlich Tiere ausgewählt haben, nur um sie zu reizen und sich mit ihnen zu prügeln.«

»O ja!« Fiete kicherte. »Das Eichhörnchen am Parkplatz hat es Tillmann richtig gegeben.«

Haui prustete los und stützte sich dabei auf Fiete ab. »Von dieser Rauferei erzählen die Bäume sicher noch in hundert Jahren.«

»Sie haben also keine Beweise«, murmelte Mattis vor sich hin und grinste. »Für gar nichts.« Er setzte sich in Bewegung, wobei er den Blick starr auf das Animationsgebäude gerichtet hielt. »Die *Biester* bluffen. Jedes einzelne Wort, das aus ihren Schnäbeln kommt, ist trockener, alter Hühnermist. Hundertprozentig.« Mattis atmete tief durch und roch die Ostsee und den Strand, während die Sonne langsam am Horizont versank.

Er würde diese dumme Wette gewinnen und niemand konnte ihn aufhalten.

Obwohl es bereits dämmerte und eine kühle Brise den Abend einläutete, befanden sich nicht weniger Strandläufer auf der Promenade als am Mittag. Mattis umlief die langen und kürzeren Zweibeiner im Slalom, wobei ihm die *Wilden* im Gänsemarsch folgten. Das wusste er, auch ohne sich umzudrehen.

Der weiße Pavillon mit der breiten Fensterfront trug ein Plakat über der Tür mit dem Aufdruck *FEHMARN Animation*. Seit Jahren war das kleine Gebäude Ludos Zuhause, der unter der angrenzenden Terrasse des Pavillons wohnte.

Als Mattis vor der Terrasse stoppte, lief Haui ihm in den Bürzel und grunzte genervt.

»Aua«, jammerte Pit.

Berti war auf ihm gelandet.

Fiete, der das Schlusslicht gebildet hatte, umkreiste gekonnt die gekenterte Möwenschlange. Mit einem neugierigen Lächeln schlenderte er auf Mattis zu.

»Was machen wir hier?«, fragte die junge Silbermöwe. »Willst du in das Gebäude einbrechen?«

»Vielleicht will er den Mörder mit Bällen jagen«, krächzte Haui, während er sein weiß-graues Gefieder richtete.

»Oder mit diesen flachen Schaumbrettern«, fügte Pit hinzu und rieb sich mit dem Flügel den Schwimmfuß, über den Berti gefallen war.

»Nichts dergleichen.« Mattis lächelte langsam, obwohl er nichts dagegen hätte, bewaffnet auf Mörderjagd zu gehen. »Ich will Ludo zu letzter Nacht befragen.«

Mattis' Blick glitt vorbei an der rot-grauen ehemaligen Telefonzelle, in der sich mittlerweile eine gut genutzte Büchertauschstation befand. Daneben stand ein *Photomat*. Ein grau-weißer Holzkasten, in dem sich die Strandläufer hinter einen kurzen, dunklen Vorhang quetschten, laut kicherten, es ein paar Mal wie bei einem Gewitter blitzte und die Zweibeiner schließlich zufrieden und lachend herauskamen.

Mattis hatte den merkwürdigen Kasten mit Haui eines Abends untersucht – kein Gewitter, kein gar nichts. Eine echte Teufelshütte.

»Den Rotfuchs willst du ausfragen? Ohne Verstärkung?« Pit schluckte so laut, dass Mattis für einen Moment sein Vorhaben selbst infrage stellte.

»Ich glaube, Pit, die Verstärkung sind wir.« Berti trat neben Mattis und nickte ihm zu. »Wir sind die *Wilden* und keine Angsthasen!«

»Genau«, stimmte Haui zu, während er Pit mit sich an die Front zog.

In einer Linie standen die *Wilden* nebeneinander und blickten zwischen Mattis und der Holzterrasse hin und her.

»Was ist, wenn Ludo der Täter ist?«, fragte Pit zögerlich. »Denkt nur an seine scharfen Krallen. Er könnte der Möwe den Bauch aufgeschlitzt haben. Wir sollten nicht leichtsinnig sein. Ich bin noch so jung.«

»Das sehe ich anders. Niemand sonst wird sich trauen, mit Ludo zu sprechen. Das ist eine einmalige Chance für uns.« Mattis spürte, wie sein Magen sich vor lauter Anspannung zusammenzog. »Der Fuchsbau liegt in unmittelbarer Nähe zum Tatort und Ludo ist bekanntlich nachtaktiv. Er muss etwas gehört oder gesehen haben.«

»Ruhe!«, brüllte eine in die Jahre gekommene Stimme unter den maroden Holzlatten der Terrasse hervor. »Oder ich fresse euch – alle auf einmal!« Bei der Lautstärke stellten sich Mattis die kurzen Nackenfedern auf.

Die *Wilden* – bis auf Mattis – wichen vor der Drohung zurück. Er drehte sich zu ihnen um und hob beschwichtigend die Flügel.

»Ich mach das schon. Euch passiert nichts. Vertraut mir.«

»Dich frisst er auch zuerst, so nah wie du vor seinem Unterschlupf stehst, Klugscheißer.«

»Wartet's nur ab«, flüsterte Mattis und wandte sich wieder dem Eingang des Fuchsbaus zu. Vorsichtig beugte er sich nach vorn und spähte in die Dunkelheit zwischen Terrasse und Erdboden. Aber von Ludo war keine Spur und die Dämmerung erschwerte Mattis die Sicht unter die Holzlatten. Zaghaft pochte er mit dem Schnabel gegen das Holz.

»Moin, Ludo«, sagte Mattis und hörte, wie die *Wilden* hinter ihm bei seiner Begrüßung den Atem scharf einsogen.

Niemand antwortete, was Mattis unruhig werden ließ.

Eben war er doch noch da.

Abermals pochte er mit dem Schnabel an den Eingang, dieses Mal mit deutlich mehr Kraft.

»Bist du wach, Ludo?«

Ein Rascheln ertönte, gefolgt von einem genervten Gähnen und einem ruckartigen Husten, das sich nach einer schweren Erkältung anhörte.

Nun war Mattis derjenige, der schwer schluckte, während er hinter sich das Patschen von acht unruhigen Schwimmfüßen hörte, die über die Promenade weiter zurückwichen.

»Ludo?«, hauchte Mattis, dem immer mehr bewusst wurde, dass er dabei war, einem Rotfuchs den Schlaf zu rauben.

»Wer weckt mich um diese Zeit? Es stehen nicht einmal Sterne am Himmel!«

Mattis blickte kurz zum bunten Abendhimmel hoch, den der Sonnenuntergang in orangerot glühende Wolken getaucht hatte.

»Ich bin es, Mattis. Mattis und die *Wilden*.«

Aus dem Augenwinkel bemerkte er, wie seine Möwen unschuldig den Kopf schüttelten.

»Ihr wohnt hinten auf der Eiche.« Ludos Stimme klang rau und verbraucht. »Nerviges Pack.«

»Das sind wir.« Mattis lachte aufgesetzt, während sein Brustkorb unnatürlich stark auf und ab wippte. »Mattis, Berti, Haui, Pit und ganz neu dabei: Fiete.«

Fiete trat vor und setzte zu einer Verbeugung an, aber Berti zog ihn zurück. »Ganz unpassend, Kleiner. Ganz unpassend.«

Mattis war froh, dass Berti auf Fiete aufpasste und wandte sich wieder Ludo zu.

»Hast du letzte Nacht *vielleicht* etwas Ungewöhnliches bemerkt?« Er kniff die Augen zusammen und hoffte sehnlichst auf eine positive Antwort.

Mehrere Augenblicke in Stille vergingen. Nur das Gemurmel der vorbeilaufenden Strandläufer und das Kreischen der wenigen Möwen am Himmel waren zu hören.

»Sprichst du von dem nervigen Schnarchen der Strandläufer? Irgendwann fresse ich sie alle.«

»Nein, ähm, ich meine eher eine Möwe. Die um ihr Leben kämpft.«

»Musik in meinen Ohren.«

»Haha, wie witzig du bist.« Mit jedem Augenblick hörte sich Mattis verängstigtes Lachen schräger an. »Die guten alten Zeiten, nicht?« Er räusperte sich verlegen, um den besorgten Tonfall zu normalisieren. »Aber wir suchen einen Mörder. Jemand hat gestern Nacht eine Möwe umgebracht.«

Ludo schwieg und das Einzige, das Mattis fühlte, war sein rasender Herzschlag, der seine gefiederte Brust zu sprengen drohte.

»Ludo? Bist du noch da?« Mattis blickte neben die Terrasse und prüfte in der Dämmerung die Wege. War der Rotfuchs an ihm vorbeigezogen, ohne dass er es gemerkt hatte? Stand er womöglich hinter ihm? Mattis schreckte herum und fand hinter sich seine *Wilden*, von denen einer ängstlicher aussah als der andere. Mit aufgerissenen Augen und offenen Schnäbeln starrten sie ihn an. Fietes Kopf zuckte hektisch von links nach rechts, als würde er einem blitzschnellen Bussard dabei zusehen, wie er eine Maus jagte.

»Ich bin ein Mörder!«, schnellten Ludos Worte plötzlich von einem anderen Ort unter den Holzlatten hervor. Er wanderte wohl in seinem Fuchsbau umher. »Vögel sind mein Leibgericht. Besonders gern reiße ich pralle Mantelmöwen.«

Mattis blickte zu Berti, der ihn aus der Ferne panisch ansah. »Was ist los?«

Doch mehr als ein nervöses Lachen brachte er als Antwort nicht zustande. Wenn Berti von Ludos Vorliebe wüsste, würde an seiner Stelle nur noch eine stinkende Rauchwolke stehen.

»Meinen Opfern breche ich den Hals«, fuhr Ludo fort. »Ich schlitze ihnen den Bauch auf und labe mich an ihrem saftigen Fleisch.«

Ihrem ... was? Ein Schauder ergriff Mattis und sein Herz rief um Hilfe. Doch sein Ehrgeiz zwang ihn, auf der Stelle zu verharren. »Hast ...«, stammelte er nervös. »Hast du die Möwe getötet?«

»Vielleicht.«

Vielleicht? Mattis schluckte, fasste sich an die gefiederte Brust. Hatte er gerade den Mörder gefunden? Nachdenklich legte er den Kopf schief und wandte sich der Terrasse zu.

»Aber du ... du bist im Ruhestand.« Sein Puls drohte zu explodieren. Mit tiefen Atemzügen versuchte er, sich zu beruhigen. »Die *Stille Post* verbreitet, deine Nahrung besteht bloß noch aus harmlosen Kleintieren, weil du zu alt zum Jagen bist.«

Ein trockenes Lachen entwich Ludo, gefolgt von einem heftigen Hustenanfall. »Alles Nichtsnutze. Alles Schwindler.«

»Und die anderen Vögel? Hast du die anderen Möwen auch ermordet?«

»Welche anderen?«

»Wir suchen einen Serienmörder.«

»Bitte wie? Jemand wildert in meinem Revier?«

Zwei kleine, honigbraune Knopfaugen blitzten im Dunkeln unter der Terrasse auf und Mattis vernahm mit steigender Angst, wie Ludo die scharfen, alten Reißzähne fletschte. Danach folgte ein aufgebrachtes Knurren, so tief und kratzig, dass die Silbermöwe nicht glauben wollte, dass es aus einem schmalen, kleinen Fuchskörper kam.

»Verschwinde, Mattis!«, schrien die *Wilden* im Chor und hoben gemeinsam von der Promenade ab.

Mattis überlegte nicht lange, sondern folgte ihnen. Geschwind öffnete er die Schwingen und wedelte so kräftig, dass er den Boden unter den Schwimmfüßen verlor.

Einige Sekunden lang schwebte er über der Terrasse, doch der Rotfuchs zeigte sich nicht. Nur ein angestrengtes Husten und ein gebrechliches Stöhnen drangen durch die Holzlatten in die Luft.

»Ludo steht ganz oben auf unserer Liste!«, hörte er Haui rufen, der über ihm kreiste. Berti, Pit und Fiete stimmten ihm zu, doch Mattis schwieg.

Der alte Ludo ein Serienmörder?

Irgendetwas daran passte nicht zusammen.

O göttliche Kunst

– Irgendwo am Südstrand –

Kunst ist Macht, ist schöpferische Kraft, ist Leben. Oder in seinem Fall: der Tod. Jeder sollte seine Kunst sehen, an seinem Genie teilhaben, ihn wie den großen Njörd vergöttern für seinen Dienst an der Vogelgesellschaft. Das Versteckspiel hatte endlich ein Ende. Seine Kunstwerke verdienten mehr Aufmerksamkeit, mehr Licht, nicht die Finsternis, in der sie für gewöhnlich verschwanden.

Was für ein großes Freudenfest, wie die Öffentlichkeit sein Werk gestern angenommen hatte. Geschrien hatten sie. Geweint und gebetet. Doch finden würden sie ihn nie. Zwei Flügelschläge war er ihnen stets voraus.

Ein bitteres Lachen drang aus seiner Kehle.

Der gebrechliche Rotfuchs, der gerade im Schutz der Nacht um die Düne Patrouille lief, glaubte, er könnte ihn aufhalten. Aber der Alte irrte sich. Sie alle

irrten sich. Einen Künstler von seiner Kunst fernzu-
halten, war unmöglich.

Um ihn herum knackte es und er vernahm das
Geräusch von Schwimmfüßen, die hinter den Strand-
körben über den Sand schlurften. Im Schutze des
Strandhafers legte er sich in der Düne auf die Lauer.

»Wer ist das?«, murmelte er vor sich hin, während
sein Blick durch die Nacht huschte.

Eine Möwe tauchte zwischen zwei Strandkörben
auf.

»Die kleine Livia. So spät nachts ganz allein unterwegs?«

Vorfreude stieg in ihm auf. Zuckersüße Vorfreude
auf ein weiteres Kunstwerk, denn das Künstlerherz
ruhte nie.

Konkurrenz belebt das Geschäft

– Südstrand. Schlafeiche –

Innere Unruhe hielt Mattis wach, während Hauis
Schnarchen jeden seiner nachdenklichen Atemzüge
begleitete. Offenbar führte die Zwergmöwe am Ende
des Schlafastes noch immer einen lebensbedrohlichen
Kampf gegen die Fische. Pit, Fiete und Berti schliefen
zwischen ihm und Haui, seitdem sie sich auf der alten
Eiche versammelt und sich *Gute Nacht* gesagt hatten.
Dieses Mal hatte Fiete den kürzeren Grashalm gezogen und seinen Schlafplatz neben Haui einnehmen
dürfen.

Die Aufregung des gestrigen Tages quälte Mattis'
Gedanken. Er öffnete die Lider und erblickte den zu-
nehmenden Halbmond über der nachtblauen Ostsee,
der demnächst von der Morgensonne abgelöst werden würde. Die schimmernde Blässe des Mondes
erhellte den Nachthimmel, während sein Spiegelbild
wie ein Scheinwerfer hinab auf das Wasser fiel, in dem

sich ein versunkener Schatz voller köstlicher Muscheln befand.

Jedenfalls, wenn er der Gutenachtgeschichte glaubte, die ihm seine Mutter erzählt hatte, als er noch ein Küken gewesen war.

Einst hatte Mattis versucht, im Reich des Meeresgottes Njörd die Muscheln zu bergen, nur besaß er nicht das Talent einer Tauchente von der Entenpolizei.

Tränen trieben Mattis bei der Erinnerung an seine Mutter in die Augen und für ein paar Herzschläge sehnte er sich nach ihr und ihren Gutenachtgeschichten zurück. Dann streckte er die silbergrauen Flügel aus und reckte sich. Schlafen war verschenkte Zeit. Raudi schlief, Svea auch. Diesen Vorteil musste er für sich nutzen.

Er stand auf, streckte den Rücken durch und wollte vom Schlafast gleiten, als er Bertis verschlafende Stimme hörte.

»Soll ich dich begleiten?« Sein Freund gähnte laut.

»Nein. Schlaf weiter.«

Was Mattis jetzt brauchte, war Ruhe zum Nachdenken, keine Begleitung.

»Wie denn? Bei dem Krach.« Grummelnd drehte Berti sich in Richtung Baumstamm. »Jede Nacht derselbe sägende Lärm. Wäre Haui nicht unsere Zwergmöwe, würde ich ihm den Kopf abbeißen.«

»Er führt einen wichtigen Kampf.« Mattis verkniff sich ein Schmunzeln. »Gegen Fische, glaube ich.«

»Ich bin sein Endgegner, wenn er so laut weiterschnarcht.«

Mattis grinste und hüpfte lautlos vom Schlafast, breitete die Schwingen aus und glitt durch die kühle Nachtluft über die Wiese, zwischen dem Appartementhaus und dem *Harem* hinweg, hinunter auf die Promenade.

Zu fliegen bedeutete Freiheit. Jedes Mal. Keine Gedanken mehr, keine Probleme mehr. Den Wind unter den Federn zu spüren und sich wie auf einer flauschigen Wolke dahintreiben zu lassen. Nur der Mond, die See und er.

Wenn er wollte, konnte er abheben und sich die Welt anschauen. Über die Weltmeere segeln, Muscheln in Griechenland essen oder Fisch aus Spanien. Doch am Südstrand von Fehmarn zu leben, war alles, was er wollte. Die Sonneninsel war sein Zuhause und er würde nicht zulassen, dass ein Mörder frei herumlief und sich an seinen Artgenossen vergriff.

Anmutig setzte er auf einem ausgekühlten Stein der Promenade auf und sah sich um. Die Sterne schenkten nur wenig Licht, aber niemand war zu sehen. Selbst der Bäcker würde erst in wenigen Stunden die Glastüren öffnen und die Strandläufer dazu einladen, den Möwen ihr Frühstück zu kaufen. Mattis unterdrückte ein Magenknurren. Seine letzte Mahlzeit war viel zu lange her.

Auf leisen Schwimmfüßen schlich er über die Promenade in Richtung Strandeingang, neben ihm ragte die Düne auf und er beschloss, zwischen dem Strandhafer Schutz zu suchen. Svea müsste auf ihrem Strandkorb mit der Nummer 13 bei den anderen *Seidenfedern* liegen. Er hatte den *Wilden* zwar schwören müssen, sie nicht mehr heimlich zu beobachten, aber ein Mörder lief frei herum.

Nur mal kurz. Nur zur Sicherheit. Er könnte sich nicht verzeihen, wenn jemand Svea eine Feder krümmen würde.

Mattis erschauderte bei der Vorstellung. Sie war stets die Einzige aus seinem Freundeskreis gewesen, die ihn dazu drängte, dem Ältestenrat beizutreten, deren verstaubte Ansichten zu optimieren und in das

21. Jahrhundert zu tragen. Doch es war anders gekommen, als sie beide es sich gewünscht hatten.

Sein Vater hatte ihre Beziehung verboten und er hatte sich der Anweisung gefügt. Eine Entscheidung, die er bis zum heutigen Tag bereute. Aber den Mut, sich Moje zu widersetzen, sich gegen sein Familienoberhaupt aufzulehnen, besaß er nicht. Seine Mutter hätte das nicht gewollt.

Leise pirschte Mattis sich vorwärts, der nächtliche Sand fühlte sich kalt an. Die Ostsee begleitete seine zaghaften Schritte mit leisem Rauschen, während er sich durch die dünnen, viel zu eng gewachsenen Gräser des Strandhafers zwängte. Die Grannen am oberen Ende beugten sich bei jeder Bewegung zu ihm herab und stachen ihm unweigerlich ins Gefieder.

Etwas raschelte unweit von ihm, Mattis schreckte herum.

»Wer ist da?«

Vielleicht hätte er auf Berti hören sollen. Nachts allein am Südstrand herumzulaufen, war eine dumme Idee gewesen.

Äußerst dumm.

»Ludo? Bist du das?«

Das Letzte, was Mattis wollte, war von einem Rotfuchs in den Bürzel gebissen zu werden, weil er ihn bei seinem nächtlichen Mahl störte.

Sein ängstlicher Blick wanderte über die Düne, durch den Strandhafer und die buschigen Auswüchse der Dünenrosen, als sich eine Gestalt darauf bewegte. Umrisse eines langen Halses erkannte er, schwarz wie die Nacht, und smaragdgrüne Augen, die aufblitzten und ihn angriffslustig fixierten.

Das war nicht Ludo. Niemand am Südstrand besaß eine solche Augenfarbe.

Noch ehe Mattis die Gedanken ordnen konnte, verselbstständigte sich sein Schnabel. »Heda!«, drang es laut aus seiner Kehle. »Wer bist du?«

Die Gestalt wandte sich um und verschwand im Gras, als verschlucke sie der Strandhafer.

Adrenalin schoss durch Mattis' Adern und übernahm die Kontrolle, er ignorierte die Angst, übersah die Gefahr. Energisch sprang er in die Luft, spreizte die Schwingen und wankte, fing sich jedoch wieder. Er schlug mit den Flügeln und hob ab, bis er die Mitte der Düne erreichte und hinab auf den Strandhafer brauste, wo er den Eindringling vermutete.

Hart setzte er im Sand auf, taumelte, verlor den Halt, trat gegen etwas Weiches und fiel.

»Was, beim großen Njörd-?«, nuschelte er und rappelte sich auf.

Livia lag reglos vor ihm.

Aus ihrem offenen, cremebraunen Bauch quollen Organe wie in einem Potpourri aus Innereien. Abgerissene Blätter der Dünenrose lagen um sie herum verteilt, als hätte sie jemand dort platziert. Die Augenhöhlen schwarz, die buntgefleckten Flügel unnatürlich über den Kopf verdreht. Hinter ihr stand ein Kormoran, starr wie ein Pfeiler und grinste angewidert.

»Wer ...? Ich kenne dich nicht.« Mattis wich zurück und spürte sofort die dornigen Zweige der Dünenrosen am Bürzel.

»Kennst du jeden verdammten Vogel auf der Insel?«, krächzte der Fremde leise, als fiele es ihm schwer, zu sprechen.

»Nein, aber am Südstrand. Das ist mein Strand.« Mattis schnaufte und kam ihm einen Schritt entgegen. »Und wir mögen hier keine *Touristen*. Vor allem, wenn sie neben einer toten Möwe stehen.«

Sein Blick wanderte wieder zu Livia, doch er zwang sich, den Kormoran nicht aus den Augen zu verlieren. Der Unbekannte lachte bissig. »Du stehst mir doch auch direkt gegenüber.«

»Das ist nicht dasselbe. Ich habe dich auf frischer Tat ertappt.«

Mattis musterte sein Gegenüber. Diese Arroganz in den Augen. Und diese Farbe. Wer besaß schon smaragdgrüne Augen? Nur Verbrecher. Das Gefieder war schwarz wie die Nacht, bloß der Scheitel und der Nacken durchsetzt mit weißen Federn. Vorteilhaft für einen Mörder. Sollte er um Hilfe schreien?

»Bei was willst du mich ertappt haben?«

»Na, du hast …«

Scheiße, er hatte keine Beweise. Ebenso gut könnte er auch zufällig auf Livia gestoßen sein. Er musste versuchen, ihn so lange festzuhalten, bis die *SAR* eintraf. Die Entenpolizei – ja, das ist es! Jetzt hatte er ihn.

»Weil du nachts allein in der Düne herumschleichst und neben einer Leiche stehst, ohne die Entenpolizei zu alarmieren.«

»Schrei nicht so laut. Ich mag älter sein als du, bin jedoch nicht schwerhörig.«

»Hast du Kriminalhauptkommissar Henk informiert, oder nicht?« Mattis brüllte lauter in der Hoffnung, dass die Vögel um ihn herum aufwachten oder wenigstens Ludo sie beide hörte.

»Nein.« Der Kormoran zuckte gelangweilt mit den bronzeschwarzen Flügeln.

»Und warum nicht?«

Weil du der Mörder bist!

Sein Gegenüber schmälerte die smaragdgrünen Augen und wirkte auf einmal groß wie ein Berg. Er schnellte um die tote Möwe herum und blieb erst kurz vor Mattis stehen. Bösartig schnaubend hob er den linken Flügel und hielt die Federn vorwurfsvoll in Mattis' Gesicht.

»Aus demselben Grund wie du«, krächzte er leise.

»Wie ich? Was habe ich damit zu tun?« Mattis schüttelte den Kopf, um seine Unschuld zu untermalen. Was spielte dieser Kormoran für ein Spiel?

»Ich beobachte dich, Mattis. Ich weiß um deine Verbindungen zum Ältestenrat, weiß, wo du mit deinen *Wilden* deine Brötchen fängst, weiß von den Machenschaften deines Vaters.«

»Den was?« Mattis stockte der Atem. Wer war dieser Vogel? »Rede nicht über meinen Vater oder mich, als würdest du uns kennen.«

Der Kormoran grinste überlegen. Ein Ausdruck, den Mattis ihm nur zu gern aus dem Gesicht gepickt hätte.

»Anders als du, mache ich meinen Job.«

»Und was soll das sein?« Mattis runzelte die Stirn und trat dem unbekannten Vogel entgegen, der ihn um mehr als zwei Köpfe überragte. »Möwen töten?«

Abfällig lachte der Kormoran und bäumte sich vor Mattis auf. »Ich bin Journalist bei der *Stillen Post*.«

»Bist du nicht.« Das war die dümmste Ausrede, die Mattis je gehört hatte.

»Ha!«, lachte der Kormoran laut und wandte sich von ihm ab. »Vor einer kleinen Silbermöwe wie dir muss ich mich nicht rechtfertigen.«

»Bleib hier!« Wer immer das war, wer immer er vorgab zu sein, der Kormoran roch nach Ärger.

Mattis schwang die Flügel, flog über Livia hinweg und schmiss sich auf den Kormoran, der das Ende der Düne fast erreicht hatte. Der Fremde wich jedoch aus und Mattis landete in den Dornen einer Dünenrose.

»Bleib stehen, du Mörder!«, schrie er und wand sich in den verzweigten Ästen und Blättern, um sich zu befreien.

Der Kormoran lachte trocken. »Für deine Anschuldigung hast du keine Beweise.«

»Du warst am Tatort und jetzt willst du verschwinden. Das sind genug Beweise.«

»Unwissender Narr«, erwiderte der Fremde und bog in Richtung Promenade ab.

»Bleib endlich stehen!« Mattis quälte sich durch den Dornenbusch, wobei die spitzen Dornen ihre Zeichen in seinem weißen Gefieder hinterließen.

»Du hast den Klugscheißer gehört. Rühr dich nicht vom Fleck oder du bekommst es mit uns zu tun.«

Berti landete auf dem Boden und Mattis atmete auf. Ihm folgten Pit, Haui und Fiete. Die *Wilden* setzten auf der Düne auf und kreisten den Kormoran sogleich ein. Nur wenige Sekunden später kamen Svea und die restlichen *Seidenfedern* durch das Dünengras gehuscht.

»Was geht hier vor?« Svea sah Mattis ein, zwei Herzschläge an, bevor ihr Blick zur toten Möwe glitt und sie erstarrte.

»Livia!«, stieß sie hervor und unter Mattis' Flügeln wurde es warm. Nur mit Mühe erstickte er das Verlangen, Svea Trost zu spenden.

»Schon wieder ein Mord?« Pit trat nach vorn, ließ dabei den Kormoran jedoch nicht aus den Augen.

»Blitzmerker.« Der Fremde grinste unbekümmert.

Stimmgewirr ertönte und die *Wilden* und die *Seidenfedern* auf der Düne schnatterten aufgebracht durcheinander, sodass Mattis kein einziges Wort mehr verstand.

»Ich habe ihn gestellt!«, rief er so laut er konnte, um sich Gehör zu verschaffen, und deutete auf den Kormoran. »Er ist der Mörder.«

»Habt ihr die *SAR* informiert?« Svea blickte zwischen den *Wilden* und Mattis hin und her. »Sie müssen wissen, was hier vor sich geht.«

»Moment«, krächzte der Kormoran, als wäre er heiser. »Hier steht Aussage gegen Aussage.«

»Willst du leugnen, dass ich dich am Tatort erwischt habe und, dass du niemanden um Hilfe gerufen hast?«

»Ganz und gar nicht.«

»Dann bist du überführt.« Ungeduld schwang in Mattis' Stimme mit und er fuchtelte mit den Flügeln, um seine Beweisführung zu untermalen. Jeder sollte wissen, was er von dem Fremden hielt, der sich nachts am Südstrand umtrieb und Dinge über ihn wusste, die niemanden etwas angingen. »Wir halten dich hier fest, bis Pit die Entenpolizei informiert hat.«

Pit nickte Mattis gehorsam zu, breitete die Flügel aus und flog davon. Die Langfeder war nach Mattis der schnellste Flieger unter den *Wilden*.

Der Kormoran zeigte sich unbeeindruckt und schüttelte lachend den Kopf.

»Ihr dürft mich Lutger nennen«, stellte er sich vor und verbeugte sich tief. »Journalist bei der *Stillen Post*.«

Der Gedanke, sich auf ihn zu werfen und ihn die fiesesten Kopfnüsse spüren zu lassen, die Haui ihm gezeigt hatte, brodelte in Mattis und wurde jeden Augenblick reizvoller.

»Lügner!«, fauchte Mattis. »Glaubt ihm kein Wort.«

Lutgers arrogantes Lächeln steigerte seine Wut ins Unermessliche.

»Vorsicht!«, rief Mattis, als Lutger sich bewegte. »Lasst ihn nicht entwischen.«

Berti, der an Lutgers Seite stand, öffnete die Flügel und versperrte ihm den Weg zur Promenade.

»Ganz ruhig, Großer. Ich zeige euch nur meinen Stempel.« Lutger hob den linken Schwimmfuß und präsentierte den Abdruck zweier ineinander verfangener Kronkorken.

Das offizielle Zeichen für die Grenzenlosigkeit der *Stillen Post* und die Berechtigung, jedes Ereignis nach Belieben mit eigenen Worten auszuschmücken.

»Ich verfolge die Morde schon eine ganze Weile.«

»Es gibt noch mehr Tote?«, fragte Alina und kreischte erschrocken auf.

Bei ihren quietschenden Tönen fuhr Berti neben Mattis zusammen. Svea strich ihrer Freundin beruhigend mit dem Flügel über den Rücken, während Mattis auf Lutger zutrat.

»Ich glaube dir nicht.« Wütend sah Mattis zu ihm hoch und hob bedrohlich den rechten Flügel an. »Jedes einzelne Wort aus deinem spitzen Schnabel ist gelogen.«

»Wieso sollte es?«, konterte der Kormoran leise.

»Weshalb weiß dann niemand von den Morden?«, fragte Mattis. »Ihr Klatschvögel von der *Stillen Post* erzählt doch alles weiter, was ihr aufschnappt.«

»Und verdreht es, wie es euch beliebt«, fügte Berti hinzu und schenkte Mattis ein wissendes Zwinkern.

»Weil mir die Beweise fehlen. Ohne Beweise keine Story, so läuft das bei mir. Und nicht anders.« Wie einem Küken tätschelte der Kormoran Mattis den Kopf. »Die *SAR* verheimlichte die Morde. Ich konnte sie nie auf frischer Tat ertappen. Alles schienen bloße Gerüchte zu sein. Bis gestern Vormittag.«

»Warum sollte Henk Morde vertuschen?«, mischte Svea sich ein und drängelte sich neben Mattis. Sie roch nach Sandstrand und Streicheleinheiten. Seine Beine gaben kurz nach, doch er fing sich wieder.

»Wer bist du, meine Schöne?« Lutger schenkte Svea ein schiefes Grinsen und beugte sich zu ihr hinunter.

Meine ... was?!

Aufgebracht schnappte Mattis nach Luft.

»Das geht dich überhaupt nichts an!« Demonstrativ stellte er sich zwischen die beiden und schnaufte.

»Ich bin Svea«, summte sie aber und schob Mattis ungeniert beiseite, als wäre er nicht vorhanden. »Und dort drüben stehen die *Seidenfedern* Hilda, Alina und Stine.«

Lächelten die *Seidenfedern* den Kormoran an? Empörung und Neid zogen schmerzende Feuerbahnen durch Mattis' Adern und ließen seinen Schnabel klappern.

»Du hast ein außergewöhnlich schickes Federkleid, Schätzchen.« Lutger schien jede einzelne von Sveas Federn zu betrachten. »Lass mich raten: eine Hälfte Silbermöwe, zur anderen Hälfte Mantelmöwe?«

Svea nickte und ... Strahlten ihre Augen? Übelkeit stieg in Mattis auf.

»Das stimmt. Wir *Seidenfedern* sind alle Hybridinnen und sehr stolz auf unsere Herkunft.«

Lutgers Schnabel zuckte. »Das solltet ihr auch. Aber seht euch vor. Der Mörder jagt ausschließlich Hybriden.«

»Was?« Mattis starrte ihn ungläubig an. »Ein Serienmörder, der Hybriden jagt?«

Livia war das Küken einer Zwergmöwe, die sich in eine Lachmöwe verliebt hatte. Das letzte Opfer war auch keine reinrassige Möwe gewesen, daran erinnerte sich Mattis genau, sie besaß silbergraue, pechschwarze und hellbraune Federn.

Sollte der Kormoran recht behalten? *Hybriden?* Seine Augen weiteten sich und seine Kehle fühlte sich staubtrocken an.

»Wir ... wir müssen das Henk sagen«, röchelte er und blickte zu Svea. »Ihr ... Ich meine, alle Hybriden, sie müssen besonders beschützt werden. Die Räte müssen informiert werden. Alle sollten es wissen.«

Den Gedanken, Svea tot in der Düne zu finden, brachte Mattis' Puls zum Hämmern und er stieß mit dem wedelnden Bürzel an Berti, der ihm hinter sich Halt gab.

»Wir bilden einen Wachtrupp«, schlug Berti vor.

»Genau!«, stimmte Haui ein. »Wir werden euch beschützen, bis der Ältestenrat Bescheid weiß.« Er lächelte aufmunternd und flatterte wie ein mächtiger Schwan mit den Schwingen.

Vermutlich wollte er Stine wieder einmal beeindrucken, aber ihre Aufmerksamkeit galt allein dem Kormoran. Haui sah sie nicht einmal an.

»Beim großen Njörd, seid ihr naiv.« Lutger lachte laut. »Die Räte schmieren die Entenpolizei, um den heiligen Schein der Sonneninsel zu wahren. Sollten die Morde bekannt werden, ist es vorbei mit dem friedlichen Paradies am Südstrand.«

Mattis seufzte und kniff die Augen zu, als könne er diese Behauptung dadurch in Luft auflösen. Tante Tilda und sein Vater wussten von den Morden? Ohne dass er Svea ansah, fühlte er ihren anklagenden Blick auf ihm ruhen.

»Alles Lügen«, brummelte Mattis vor sich hin und ahnte bereits, dass ihm kaum jemand zuhören würde.

»Wir sollten unbedingt zusammenarbeiten, Schätzchen«, schlug Lutger an die *Seidenfedern* gewandt vor.

»Das hättest du wohl gern.« Vehement schüttelte Mattis den Kopf.

»Abgemacht«, mischte sich Svea ein und bedachte Mattis mit einem Gesichtsausdruck, der nichts Gutes bedeuten konnte.

»Was? Nein!« Mattis kreischte aus voller Kehle, kreischte sich all das Unbehagen von der Seele, das sich seit dem Fund der ersten Leiche bei ihm aufgestaut hatte. »Nicht mit ihm, Svea! Du kennst ihn nicht einmal.«

Wie einen Fremden musterte sie ihn, ohne eine Spur von Wärme im Blick. Mattis schluckte erschrocken. Hatte er sie für immer verloren?

»Dich kenne ich. Hat mich das weitergebracht? Nein!«

Treffer. Versenkt.

Sein Kopf wurde schwer wie steinharte, alte Brötchen und er sank beschämt nach unten.

»Wollen wir dann, *Schätzchen*?« Mattis konnte nur ahnen, wie sehr Lutger jedes einzelne dieser Worte genoss. »Wir könnten unsere *Theorien* austauschen, während wir den Sonnenaufgang betrachten.«

Der schmalzige Ton, in dem der Kormoran sprach, trieb Mattis beinahe in den Wahnsinn. Dass der Morgen bereits dämmerte, war ihm entgangen, doch das Bild, wie beide eng aneinander gedrückt den Sonnenaufgang genießen würden, bohrte sich ihm fest in den Kopf.

Er musste diesen dämlichen Kormoran aufhalten.

»Wartet«, flehte seine Stimme weinerlicher, als es ihm lieb war. »Ihr vergesst das Offensichtliche. Vielleicht ist *er* der Mörder. Er befand sich am Tatort.« Obwohl es unnötig war, deutete Mattis mit beiden Flügeln gleichzeitig auf Lutger. Er durfte nicht gegen diese Schleimer verlieren.

Doch der Kormoran drängelte sich mit Svea an ihm vorbei und ignorierte seine Anschuldigung. Gemeinsam mit Hilda, Alina und Stine schlenderten sie die Düne hinab in Richtung Ostsee.

»Lass gut sein, Klugscheißer. Du hast dein Bestes gegeben. Gegen einen Journalisten von der *Stillen Post* kommst du nicht an.«

»Von wegen Journalist«, wetterte Mattis und schüttelte seine Flügel. »Ich werde nicht zulassen, dass er sich einmischt. Ich werde seine *Theorien* widerlegen.«

»Wie das?«, fragte Fiete und trat hinter Berti hervor, hinter dem er sich die ganze Zeit versteckt hatte.

Mattis überlegte kurz.

»Henk. Wir verfolgen Henk. Dann werden wir sehen, ob er zusammen mit dem Ältestenrat Morde verheimlicht.«

Von Weitem bemerkte er, wie Pit mit zwei Enten und einem Erpel an der Seite auf sie zugeflogen kamen.

»Spionieren? Cool.« Haui grinste über das ganze Gesicht.

»Aber erst *Mensch ärgere dich*.« Berti rieb sich mit dem Flügel über den runden, weißen Bauch. »Ich will Brötchen.«

In geheimer Mission

— Burgtiefe. Yachthafen —

Die Hafenluft in Burgtiefe schmeckte bitter. Nach Eifersucht und Frustration. Obwohl er den Kormoran nirgendwo sehen konnte, ahnte Mattis, dass Lutger bei Svea war. Und dieser Gedanke schürte seine Abneigung auf den Journalisten nur noch mehr. Wenn er doch nur Beweise dafür hätte, dass er der Mörder war — oder zumindest ein Lügner —, könnte er den Langhals bloßstellen und Svea würde ihn wie eine schimmlige, verrottete, kaputte, alte, grauhaarige Muschel fallen lassen.

Seit einer gefühlten Ewigkeit saß er mit den *Wilden* auf dem Dach eines schwarzen Autos gegenüber dem Grillplatz vom Yachthafen und spionierte das Hauptquartier der *SAR* aus: ein rot-weiß-grünes Schiff mit dem Namen *Eduard Nebelthau*, das zur Tarnung als Schauplatz für Strandläufer diente, die auf der Flaniermeile des Yachthafens spazieren gingen.

128

Aber von Kriminalhauptkommissar Henk war nichts zu erkennen. Mattis hatte ihn die *Eduard Nebelthau* über die Holztreppe auf dem Rasen betreten, aber nicht wieder verlassen sehen.

An beiden roten Seiten der Schiffskabine waren vier Bullaugen eingelassen, neben denen das rot-weiße Kreuz auf weißem Grund der Seenotretter zu sehen war. Das Symbol der *SAR*, die sich um den Schutz sowie die Sicherheit der Vögel zu Land und zu Wasser kümmerte.

Zwei Enten und ein Erpel hockten auf dem erhöhten Ausguck des weißen Decks und hielten Wache. Backbord und Steuerbord am Bug der *Eduard Nebelthau* prangten die drei roten Buchstaben *SAR* auf weißem Grund, die dahinter zwei senkrechte rote Streifen zierten.

»Vielleicht gibt es einen Geheimgang?«, grübelte Pit und rutschte auf die Motorhaube hinunter. Er kniff die Augen zu schmalen Schlitzen und stierte zum Schiff.

Haui gackerte leise. »Du meinst einen Tunnel, der durch den Schiffsboden in den Yachthafen führt? Hat die *SAR* Maulwürfe in ihrem Team?«

»Vielleicht nutzen sie ihn, um die Knastvögel zu kontrollieren, die unter den Bootsstegen ihre Haftstrafen absitzen.« Pit drehte sich zu Mattis zum. »Bist du nicht mal auf dem Schiff gewesen?«

»Ja, aber nur an der Treppe. Ich durfte das Hauptquartier nicht betreten, um mir meine Abmahnung abzuholen.«

»Das war wegen dem Mülltonnentauchen auf der Promenade, oder?«, fragte Berti. Er grinste, als könnte er sich noch gut an den Augenblick erinnern, an dem die *Wilden* aus jedem Mülleimer am Südstrand den Abfall herausgepickt hatten, bis die Entenpolizei heranflog und alle die Flucht ergriffen. Alle, bis auf

Mattis, der mitten in der Mülltonne hockte und an den Resten eines Hamburgers nagte.

Mattis nickte leicht beschämt, während er Hilda, Stine und Alina entdeckte, die über die Straße hinwegflogen, um auf dem Dach des Ferienhauses *Am Rundsteg* zu landen, ganz in der Nähe von Raudi und seinen Leibwächtern.

Svea konnte Mattis nicht entdecken.

Die *Biester* hockten auf der anderen Seite des Daches. Unter wildem Gekreische beschossen sie die Strandläufer, die auf der Flaniermeile spazieren gingen, mit ihren Exkrementen.

Wieso recherchierten sie nicht wegen der Morde? Wussten sie längst, wer der Täter war? Hatte Mattis die Wette schon verloren? Nachdenklich wippte er auf dem Dach des Autos hin und her und knirschte nervös mit dem Schnabel, als Raudi, Tillmann und Klaas sich den *Seidenfedern* näherten.

»Die *Seidenfedern* unterhalten sich mit den Rüpeln!«, rief Fiete und deutete auf das gegenüberliegende Dach. »Ob sie mit den Rüpelmöwen zusammenarbeiten?«

Das ist alles andere, nur keine Unterhaltung, dachte Mattis und schabte unruhig mit den Schwimmfüßen.

»Sollen wir eingreifen?« Haui hatte dasselbe bemerkt wie er.

Die *Biester* belästigten die *Seidenfedern.* Raudi bedrängte und schubste Hilda, betatschte sie mit den hellgrauen Flügeln und hinderte sie daran, wegzufliegen, während seine Leibwächter Stine und Alina davon abhielten, ihrer Freundin zu helfen, und sie über das gewölbte Dach jagten.

Sich an Weibchen zu vergreifen, war nicht die feine norddeutsche Art, die am Südstrand herrschte.

»Den zeigen wir's!« Mattis wollte vom Autodach abheben, da hielt Berti ihn zurück und deutete in den Himmel.

»Seht«, schrie Fiete euphorisch. »Da kommt dieser Lutger, mit Svea. Der Kormoran ist so groß wie ein Schwan. Er wird die Rüpelmöwen vertreiben.«

Ein genervtes Stöhnen entwich Mattis.

»Ruhig, Klugscheißer«, brummte Berti.

Mit einem ziehenden Magendrücken beobachtete Mattis, wie Lutger zusammen mit Svea auf dem Dach landete und sich sofort auf Raudi und seine Leibwächter stürzte. Kreischend suchten die *Biester* das Weite, während der Kormoran hinter ihnen angriffslustig mit den bronzeschwarzen Flügeln wedelte.

»Schau«, sagte Berti und amtete erleichtert aus, »der Kormoran hat alles unter Kontrolle. Es droht keine Gefahr.«

Nachdem die drei verschwunden waren, legte Lutger den Flügel um Svea und drückte sie an sich, wobei die *Seidenfedern* um sie herum aufgeregt schnatterten.

Obwohl Mattis ihre Gesichter nicht aus der Nähe sehen konnte, befürchtete er, dass Sveas bernsteingelbe Augen vor Bewunderung leuchteten.

Verfluchte Scheiße.

Mattis stampfte mit den Schwimmfüßen auf dem Autodach herum. »Wir sollten vorsichtig sein, Jungs. Das wird noch ein böses Ende geben, denkt an meine Worte.« Er wollte den Blick von den beiden abwenden, doch seine Augen wurden von ihnen magisch angezogen. Jetzt lachte sie auch noch über etwas, das er gesagt hatte. »Ich traue dem *angeblichen* Journalisten nicht, dieser dämliche Ich-weiß-alles.« Die letzten Worte spie Mattis förmlich aus dem Schnabel, gefolgt von einem langgezogenen Brummen. Er war es leid, ertragen zu müssen, wie der Kormoran an Sveas Seite haftete, als wäre er an ihr festgewachsen.

»Ist da jemand eifersüchtig?« Pit kam zurück auf das Autodach geflogen und knuffte Mattis mit den hellgrauen Flügeln in den Bauch.

»Ganz und gar nicht!«, protestierte Mattis und fühlte, wie Hitze unter seinem Gefieder aufstieg. Verbissen kniff er den Schnabel zusammen, damit seine Gefühle ihn nicht überwältigten. Dann zuckte er gleichgültig mit den Flügeln, als bräche ihm bei ihrem Anblick nicht das Herz.

»Ich bin nur eine besorgte Möwe. Den *Seidenfedern* soll eben nichts passieren. Ein Mörder läuft oder fliegt noch immer frei herum, der es, nach dem Langhals da oben, nur auf Hybriden abgesehen hat. Macht ihr euch etwa keine Sorgen?«

»Doch, doch.« Haui schmunzelte, was Mattis gar nicht gefiel. »Nur versuchen wir nicht, den Journalisten mit unseren Blicken zu töten, der wie Klebstoff an der Seite unserer Ex-Freundin hängt und eben die *Seidenfedern* gerettet hat.« Gleichgültig winkte Haui mit dem Flügel. »Wenn du mich fragst, sollten wir eher Raudi im Auge behalten. Der Zwergmöwe scheint gar nichts mehr heilig zu sein.«

»Ich bin ganz Hauis Meinung«, wetterte Fiete und wedelte mit den Schwingen. »Die Rüpelmöwen sind gemein.«

»Seht ihn euch nur an«, entgegnete Mattis, der Fietes Worte keinerlei Beachtung schenkte. »Wie hoch er den leichenblassen Schnabel trägt. Als wäre er etwas Besseres. Und wie er mit den Schwingen beim Reden gestikuliert – wie ein altes, lahmendes Huhn.«

Mit seinem lauten Lachen blieb Mattis allein.

»Eifersucht ist keine sehr edle Eigenschaft, Klugscheißer.«

»Ich bin nicht …!«, fauchte Mattis Berti an und wurde von Haui unterbrochen, der aufgeregt mit dem Flügel in Richtung der *Eduard Nebelthau* zeigte.

»Es geht los«, wisperte er. »Henk verlässt das Hauptquartier der *SAR*.«

Kriminalhauptkommissar Henk schien es eilig zu haben. Nachdem er auf dem weißen Schiffsdeck aufgetaucht war, begab der Erpel sich in die Luft und flog in Richtung Norden der Insel. Zum Ältestenrat der Möwen wollte er offenbar nicht, da er einen besonders weiten Bogen um die Kohlhof-Insel zog.

Oder er traf die Ratsmitglieder an einem geheimen Ort, an dem sie ihre nächsten vermeintlichen Lügen und Vertuschungen zum *Wohle des Südstrands* besprachen, sofern es nach Lutger ging.

Schon dieser lächerliche Name. *Lutger* …

Mattis konnte und wollte nicht glauben, was der Kormoran ihnen weismachen wollte. Das durfte nicht sein. Sein Vater und die Ältesten besaßen konservative Ansichten – sicher. Aber sie würden niemals zulassen, dass die Öffentlichkeit nicht von einem Mörder erfuhr. Die Möwen waren das wichtigste Gut der Ältesten, das sie gegen jeden beschützten und nicht wie Freiwild herumfliegen ließen.

Er würde beweisen, dass der Ältestenrat nicht involviert und der Kormoran ein Lügner war. Danach würde er zu seinem Vater gehen, der sich dem Thema annahm – und Lutger.

Der Wind fühlte sich warm an, während Mattis Flügelschlag um Flügelschlag so tief wie möglich über die *Strandallee* flog. Fast tanzte er dabei mit den platten Schwimmfüßen auf den vorbeifahrenden Dächern der Autos.

Kriminalhauptkommissar Henk überquerte bereits das Gerstenfeld in Neue Tiefe, flog zügig in die Höhe. So hoch, als wolle er sich vor aller Vogelaugen verstecken.

Um nicht entdeckt zu werden, flog Mattis mit den *Wilden* weit hinter ihm, falls der Erpel den Schulterblick wagen sollte.

Dass Berti einem Strandläufer auf dem Fahrrad in den Helm geflogen war, war nicht beabsichtigt, ließ sich jedoch auf der niedrigen Höhe und bei dem Verkehr auf der Straße neben dem angrenzenden Radweg nicht vermeiden. Mattis war froh, dass der Erpel das Geschrei des Radfahrers nicht gehört hatte.

»Warum verfolgen wir Henk noch mal?«, fragte Berti, nachdem er die *Wilden* eingeholt hatte.

»Wir spionieren«, antwortete Fiete und lächelte wie auf der Jagd nach warmen Brötchen.

»Danke, Kleiner. Dessen bin ich mir bewusst.« Mit dem Schnabel schnappte Berti nach Fiete, erreichte ihn jedoch nicht.

Die Jungmöwe segelte hinab und steuerte gefährlich tief auf zwei Strandläufer zu, die auf einem Tandem fuhren. Kurz vor ihren Köpfen zog er hoch, setzte auf ihren Fahrradhelmen auf, nur um gleich wieder in die Luft zu steigen.

Pit und Haui jubelten anerkennend, während die Strandläufer bremsten und Fiete nörgelnd hinterherstarrten.

»Nicht so laut«, zischte Mattis. »Henk darf uns nicht hören.«

»So fliegt man, Berti.« Fiete kicherte, als er neben ihm wieder einscherte und mit einem stolzen Grinsen weiterflog.

Berti hingegen verzog den hellgelben Schnabel, nickte jedoch zustimmend. »Weshalb muss ich mir das antun, Klugscheißer? Ich könnte jetzt gemütlich an der Promenade abhängen und nach butterweichen Brötchen Ausschau halten. Vielleicht mit Rosinen oder mit …«

»… Käse. So ein fieses Käsebrötchen käme jetzt gut«, unterbrach Pit ihn und flog zu Mattis nach vorn. »Wollen wir nicht *Mensch ärgere dich* spielen?«

»Wir haben eine Wette zu gewinnen!«, wütete Mattis, sodass Pit das Gesicht verzog und hinunter zu Haui verschwand. »Versteht ihr das denn nicht? Wenn wir verlieren, ist es vorbei mit Brötchen. Vorbei mit *Mensch ärgere dich*. Vorbei mit dem Südstrand.«

»Sollten wir dann nicht den Mörder suchen, anstatt uns ständig mit diesem Lutger zu beschäftigen?« Berti war der Einzige, der Mattis noch ansah. Er wusste genau, wo er ihn treffen konnte. Alle anderen blickten in die Ferne und taten, als beobachteten sie die Wolken, die langsam den hellblauen Himmel verschleierten.

Mattis schwieg. Berti hatte recht und das gefiel ihm gar nicht. Er starrte auf den Erpel, der das Ende des hellgrünen Gerstenfeldes bald erreicht hatte. Flügelschlag um Flügelschlag zog er hinter ihm her.

»Henk wird uns zum Mörder führen. Irgendwann. Schließlich ist er Kriminalhauptkommissar.« Mehr zu sagen, war nicht nötig. Bertis abfälliges Kopfschütteln überging Mattis mit Absicht.

»Vielleicht ist er der Mörder?« Haui schwang die Flügel kräftiger und scherte über Mattis ein. »Wie sonst war er in der Lage, die Leichen zu entdecken und zu verstecken, ehe sie von jemand anderem gefunden wurden?«

»Wir könnten ihn mit Lutgers Verdacht konfrontieren«, schlug Berti vor. Großzügig umflog er einen Baum am Feldrand, um nach den *Wilden* auf das Rapsfeld zu fliegen, das Henk bereits zur Hälfte überflogen hatte.

Das strahlende Sonnengelb der Pflanzen blendete Mattis und er schloss für einen kurzen Augenblick die Lider. Tief sog er den verlockenden Duft nach Honig, Blüten und knackigen Käfern ein und genoss die Stille, die über den Feldern herrschte. Der Lärm der Autos und der Fahrradfahrenden mischte sich mit dem Rauschen des Windes zu einem murmelnden Zischen, das er mit jedem Schlag seiner Flügel immer weniger wahrnahm.

»Klar, Berti«, brummte Haui über ihm. »Geh du zu Henk und frag, warum er tote Möwen versteckt. Kommt sicher gut. Wir besuchen dich dann im Knast. Vielleicht bekommst du ein Abteil unter einem Bootssteg, der nicht marode ist.«

»Ich will nicht im Kittchen landen. Da riecht es nach altem Schwimmfuß, hat Pit mir gesagt.« Fiete wirkte, als weine er jeden Moment.

»Keine Panik, Jungs«, ermahnte Mattis seine Freunde. »Niemand von uns kommt ins Kittchen.«

Anders als Mattis vermutet hatte, bog der Erpel nicht nach Burg zur Zentrale der Entenpolizei am Schwanenteich ab, sondern steuerte auf die Sahrensdorfer Straße zu. In kurzen kraftvollen Zügen passierte er die fahrenden Autos, um geradeaus auf das dunkelgrüne Weizenfeld neben dem Friedhof zu fliegen.

»Wo will er denn hin?«, fragte Berti und runzelte die Stirn. »Hoffentlich nicht zum Katharinenhof oder gar nach Puttgarden, sonst müssen wir uns da einen Ast zum Übernachten suchen. Den Rückflug schaffe ich heute garantiert nicht mehr.«

»Vielleicht fliegt er zu einer geheimen Übergabe von Beweismitteln«, warf Haui ein und glitt hinunter zu Pit, der links außen neben Mattis flog. »Deshalb ist er auch allein unterwegs.«

Ruckartig rempelte er Pit mit Absicht im Flug an und schob ihn unter sich.

»He!«, krächzte Pit und rammte Haui von unten mit dem Kopf in den Bauch, sodass er weit nach außen floh.

»Oder er trifft sich mit dem Mörder«, murmelte Mattis, der das Rangeln von Pit und Haui kaum wahrnahm.

Es gab zu viele Möglichkeiten, zu viele Unklarheiten, was die Morde betraf. Nach und nach würde er jede einzelne Lücke füllen und die Wahrheit ans Licht bringen.

Er. Nicht Lutger.

»Da vorn! Henk setzt zum Sinkflug an«, hörte er Berti sagen.

Mattis beobachtete, wie der Kriminalhauptkommissar auf ein Wäldchen zusteuerte, das links von einer kaum befahrenen Straße und rechts von einem Gerstenfeld umgeben war.

»Kennt ihr diesen Ort?«, brummte Haui, der sich damit zufriedengab weit außen zu fliegen. »Scheint mir ziemlich abgelegen zu sein.«

»Also doch eine geheime Übergabe«, flüsterte Pit. »Vielleicht kassiert er jede Menge Miesmuscheln dafür, dass er die Morde verschleiert?«

»Glaubst du, die Ältesten machen sich die Mühe, in das abgelegene Wäldchen hinter Burg zu fliegen, nur um jemanden zu schmieren?« Berti rümpfte den Schnabel und lachte stumpf. »Das glaube ich nicht.«

»Still jetzt. Gleich sind wir da«, sprach Mattis und übernahm die Spitze ihres Vogelfluges, um die *Wilden* an der östlichen Seite des Waldes hinabzuführen. Nahe der Stelle, an der Henk in der Gerste abgetaucht war.

Der lehmige Feldboden unter den Schwimmfüßen fühlte sich trocken an, als sie zwischen den Grannen der Gerste verschwanden. Seit Wochen hatte es auf Fehmarn nicht mehr geregnet.

»Niemand spricht ein Wort«, flüsterte Mattis und forderte die anderen mit einem Flügelwink auf, ihm zu folgen.

Vorsichtig steckte er den Kopf durch die Halme am Feldrand. Von dem Erpel war nichts zu sehen. Mattis horchte in das Wäldchen hinein, vernahm jedoch nur Bertis schwere Atemzüge. Für Langstreckenflüge war seine Mantelmöwe zu wenig trainiert.

Mattis seufzte und setzte einen Schwimmfuß vor den anderen, um so leichtfüßig wie möglich den Waldboden zu betreten. Ein sumpfiges Duftgemisch aus Harz, Moos, Brennnesseln und leckeren Weinbergschnecken umfing ihn, das er vom Südstrand her nicht gewohnt war. Die stämmigen Bäume um ihn herum ächzten unter dem Druck des Windes, als trügen sie die Last der Insel zwischen ihren verzweigten Ästen.

»Ich hab Hunger«, jammerte Pit leise und kassierte von Berti einen Seitenhieb, der ihn zum Schweigen brachte.

»Da ist er«, flüsterte Haui und trat neben Mattis. »Auf der Sitzbank an der Feuerstelle.«

Hoch oben auf der Lehne einer dunkelbraunen Bank saß Henk und blickte sich suchend zu allen Seiten um. Der kleine Kronkorken an seiner Brust schwang bei jeder seiner ruhelosen Bewegungen mit.

Mattis und die *Wilden* drückten sich tiefer in das Gestrüpp aus Ästen und Gräsern.

Wen er wohl traf, fernab seines Einsatzgebietes, ohne Begleitung der *SAR?*

Mattis neigte den Kopf und sah sich um. Mitten im Wäldchen erkannte er den Ansatz eines Tümpels, der von meterhohen Brennnesseln wie ein Schutzwall gegen Eindringlinge gesäumt war. Schief gewachsene, üppige Trauerweiden tauchten ihre langen Arme in das Nass des Tümpels, als stillten sie ihren Durst. Farne in allen Größen pflasterten den Waldboden, umringt von vertrockneten Blättern aus dem letzten Herbst. Ein schmaler Trampelpfad verlief von der gegenüberliegenden Straße durch das Wäldchen hindurch, direkt auf die kalte Feuerstelle und bog um die Kurve in ein Dickicht aus Zweigen und großen, schlanken Gräsern mit weißen Blüten. Das Ende des Weges blieb ihm durch Baumstämme, Brennnesseln und wuchernde Brombeerbüsche verschlossen, doch Mattis ging davon aus, dass der Pfad u-förmig zurück zur Straße führte.

Keine Rehe waren zu sehen. Nicht einmal Hasen.

Der Wind, der sich durch Zweige drängte, war zu hören, aber kein Flügelschlag. Nur ein Kuckuck unterbrach die lauernde Stille mit seinem durchdringenden Ruf, der hoch oben in den Wipfeln der Birken, Eichen und Buchen sitzen musste.

»Kuckuck. Kuckuck.«

Mattis blinzelte und durchsuchte die gegenüberliegenden Bäume, konnte den Vogel jedoch nicht entdecken.

»Kuckuck. Kuckuck.«

»Da gibt sich aber jemand ganz schön Mühe mit seinem Balzgesang«, sprach Haui leise.

»Kuckuck. Kuckuck.«

»Gleich habe ich einen Ohrwurm«, jammerte Pit. »Für den Rest des Tages nur noch *Kuckuck, Kuckuck*«, äffte er den gefiederten Sänger nach.

Fiete drückte sich gegen Mattis. »Das klingt gruselig.«

»Kennt der nur eine verdammte Tonlage?«, knurrte Berti.

»Wieso? Willst du mit ihm ein Duett singen«, witzelte Haui und duckte sich noch tiefer in Richtung Boden, um Bertis Flügelschlag zu entgehen – nicht einen Herzschlag zu spät.

»Kuckuck. Kuckuck.«

»Pst! Da kommt jemand.« Mattis zwang die *Wilden*, tiefer im Gebüsch abzutauchen. Mit dem Schnabel berührte er selbst fast den Waldboden, besaß dafür aber zwischen den Zweigen freie Sicht auf einen anderen Erpel, der wie auf heißen Kohlen vorsichtig auf dem Trampelpfad entlangwatschelte.

»Kuckuck. Kuckuck«, dröhnte es weiter aus einer der Baumkronen.

Pit knurrte jedes Mal wie ein Wachhund, wenn er den hämmernden Laut des fremden Vogels vernahm. »Kuckuck. Kuckuck«, echote er genervt vor sich hin.

»Kennt ihr den Schleicher?«, fragte Berti und hielt Pit den Schnabel zu, der sich vehement wehrte.

Zeitgleich schüttelten die anderen den Kopf.

Henk schien es anders zu gehen: Ruckartig sprang er von der Lehne auf die Sitzfläche hinunter und wippte ungeduldig mit dem Bürzel, bis der Erpel ihn erreicht hatte und zu ihm auf die Sitzbank flog.

Einen Moment lang sahen sich beide nur an. Sprachen nicht. Bewegten sich nicht. Lächelten bloß. Ein Lächeln, das Mattis daran erinnerte, wie Svea ihn einst verstohlen von der Seite betrachtet hatte, als sie sich das erste Mal begegnet waren.

Das war keine Muschelübergabe. Definitiv nicht.

Hatte Henk nicht eine Ente und ein Nest auf einem der Ferienbungalows nahe des Yachthafens?

»Kuckuck. Kuckuck«, schallte es von oben und Mattis hatte den Eindruck, als erhebe der Vogel mit jedem weiteren Ruf die Stimme.

»Gleich setzt es Kopfnüsse«, murmelte Pit. »Dieses wiederkehrende Gebrüll hat sich in meinem Kopf festgesetzt.«

»Pst! Leise!« Mattis stupste Pit mit dem Flügel an.

»Kuckuck. Kuckuck«, nuschelte Pit vor sich hin. »Ich kann nichts dafür.« Entschuldigend hob er die Flügel. »Kuckuck. Kuckuck.«

»Kuckuck. Kuckuck.«

Der fremde Erpel legte die Flügel um Henk, zog ihn an sich und umarmte ihn innig.

»Kuckuck. Kuckuck.«

»Du gehst mir auf den Schnabel, Pit«, meckerte Haui. »Sei endlich still.«

»Kuckuck. Kuckuck.«

»Ich bin das nicht«, sagte Pit.

»Kuckuck. Kuckuck.«

»Ich stehe direkt hinter dir. Ich höre das.«

»Kuckuck. Kuckuck.«

»Pst«, sagte Mattis leise. »Seht ihr nicht, was dort vor sich geht? Vielleicht sollten wir verschwinden.«

»Kuckuck. Kuckuck.«

»Verdammt noch mal, Pit«, fluchte Haui und stieß mit dem Kopf gegen Pits Rücken.

Berti und Fiete gackerten leise.

»Kuckuck. Kuckuck.« Pit keuchte. »Es lässt sich nicht aufhalten. Kuckuck. Kuckuck. Es hat sich in mein Gehirn gefressen. Kuckuck. Kuckuck. Wie Schluckauf.«

»Ich geb' dir was zu schlucken.« Haui schwang den kleinen schwarzen Kopf und rammte ihn Pit von hinten auf den hellgrauen Rücken.

Pit kreischte aus Leibeskräften. Zeitgleich hüllte Berti die *Wilden* mit einem intensiven Verwesungsgeruch aus halbverdauten Brötchen ein.

Scheiße.

»Passt auf!«, jammerte Fiete. »Passt auf! Henk sieht zu uns.«

Mattis wandte den Blick zu Boden und stöhnte.

Ein Regenwurm schlängelte sich ihm zu den Schwimmfüßen über den Waldboden, doch er war zu kraftlos, sich zu bücken. Zu lustlos, den kleinen Snack zu schnappen und frustriert hinunterzuschlingen. In Staberhuk am Leuchtturm würde er demnächst genügend langweilige Würmer aus dem Boden ziehen können, da er wegen der *Wilden* die Wette verlieren würde.

Was auf der Sitzbank geschah, brauchte Mattis nicht zu beobachten – er ahnte es. Kriminalhauptkommissar Henk war auf sie aufmerksam geworden und strafte sie mit dem zornigsten Gesichtsausdruck, den er hervorbringen konnte. Diese Art von bösen Blicken kannte Mattis von seinem Vater, obwohl bei Moje sowohl Enttäuschung als auch Verbitterung mitschwangen.

»Henk wird uns zum Mörder führen«, imitierte Berti Mattis' Stimme. »Schließlich ist er Kriminalhauptkommissar.« Als er sich bückte, um den Zigarettenstummel aus dem Sand zu sammeln, entwich Berti ein dumpfes Lachen. Dann stolzierte er mit seiner Beute zu der offenen Mülltonne neben der Düne, vor der eine miesgelaunte Ente der Entenpolizei stand. Gewissenhaft achtete sie darauf, dass er die Reste der Zigarette ordnungsgemäß entsorgte und wieder an den Strand zurückkehrte, um seine Strafe abzuarbeiten.

Zigarettenstummelsammeln. Bis die Sonne in der Ostsee unterging.

Das war ihre Bestrafung, weil sie dem Kriminalhauptkommissar heimlich gefolgt waren und sein Privatleben ausspioniert hatten.

»Wie oft soll ich es dir denn noch sagen, Fridbert?«
Mattis stampfte mit den Schwimmfüßen im Sand, als
Berti wieder zu ihm zurückkehrte. »Es tut mir leid!«

»Erstens«, schimpfte Berti und wedelte aufgebracht
mit den schwarzen Flügeln. »Nenn mich nicht so. Du
weißt, dass ich das nicht leiden kann. Und zweitens:
Nur wegen dir und deiner Eifersucht muss ich jetzt
Dreck von den Strandläufern aufheben.«

»Ich bin nicht eifersüchtig!«, protestierte Mattis und
spuckte den Rest einer Zigarette, die er soeben auf-
gehoben hatte, zurück in den Sand. »Wenn Haui die
Ruhe bewahrt hätte, säßen wir jetzt nicht in diesem
Schlamassel.«

»Sieh mich nicht so an«, zeterte Haui weiter vorn
am Strand mit zusammengekniffenem Schnabel und
watschelte mit seiner Zigarettenbeute in Richtung
Düne. »Die Langfeder ist schuld.«

»Kuckuck. Kuckuck«, ertönte es hinter einem der
Strandkörbe, nur wenige Schritte entfernt. »Kuckuck.
Kuckuck.« Mehr traute Pit sich offenbar nicht zu
sagen. Mit gesenktem Kopf sammelte er protestlos
den Abfall der Strandläufer aus dem Sand und trug
ihn an seinen Bestimmungsort.

Fiete war der Einzige, den es glücklich zu machen
schien, diese Aufgabe zu erfüllen.

»Noch eine«, sprach er mit sich selbst, während er
sich bückte. »Und noch eine«, nuschelte er mit vollem
Schnabel und wanderte sorglos in Richtung Mülltonne.

Einmal so zufrieden sein, dachte Mattis und blickte
von Fiete zu den Strandkörben hoch, auf denen
schaulustige Möwen saßen und sich über ihn amüsierten. Lachmöwen, Sturmmöwen, Zwergmöwen,
Mantelmöwen, Hybriden und Silbermöwen. Alle
waren sie da und schauten auf die *Wilden* hinab.

Wie sein Vater wohl reagierte, wenn er auch davon erfuhr?

Ein mulmiges Gefühl breitete sich in ihm aus. Vermutlich hatte Lutger bereits der *Stillen Post* gemeldet, dass die *Wilden* von der Entenpolizei mit ein paar Stunden Zigarettenstummelsammeln abgestraft wurden.

Da oben stand er, der angebliche Journalist. Auf dem Strandkorb mit der Nummer 13. Neben Svea. Sie unterhielten sich und deuteten hin und wieder auf Mattis.

Er grummelte vor sich hin, als könne sein Missmut den Kormoran in Fetzen sprengen oder in Luft auflösen oder wenigstens vom Strandkorb fegen.

Hilda, Alina und Stine hockten hinter Lutger und Svea und sahen nicht weniger belustigt aus als die anderen Möwen. Nur Svea trug denselben Ausdruck in den Augen wie sein Vater: bittere Enttäuschung.

Mattis wollte sich abwenden, konnte aber nicht. Lutger stupste Svea mit dem Schnabel an und brachte sie zum Lachen, ehe er den Flügel um sie legte, als wäre sie sein persönlichster Besitz. Frust stieg in Mattis auf und er wünschte sich, Lutger und Svea würden fortfliegen, jetzt gleich, weit weg, nach Westermarkelsdorf oder nach Puttgarden, wo er diese Tragödie nicht mehr zu sehen brauchte.

Er seufzte tief und seine Augen wurden feucht. Der Tag war schon schlimm genug verlaufen und jetzt bestrafte ihn der große Njörd auch noch mit dieser aberwitzigen Flirterei? Machten das beide etwa mit Absicht?

Scheiße.

Mattis kniff den spitzen Schnabel zusammen und schnaufte frustriert. Das Schlimmste, was ihm passieren konnte, war eingetreten. Er hatte Svea nicht nur verloren, sondern ein anderer, viel größerer, älterer, verdammter Langhals warb um sie. Und es schien ihr auch noch zu gefallen.

Krampfhaft unterdrückte Mattis dicke Tränen, die sich an die Oberfläche drängten, und schluchzte leise.

Vielleicht war es doch keine Strafe, wenn er Zeit in Staberhuk verbringen würde, fernab dieses lächerlichen Schauspiels. Leuchttürme waren schön. Gute Aussicht. Ab und zu ein Strandläufer zum Ärgern. Und Bertis Darm würde eine Brötchenpause sicher guttun.

Er könnte die Suche nach dem Mörder aufgeben, *Mensch ärgere dich* spielen, auf der Ostsee in der Sonne nach Algen fischen oder ein Wettschwimmen veranstalten, bis Raudis Wette in ein paar Tagen vorbei war, und vermutlich Lutger und die *Seidenfedern* das Rätsel um die toten Möwen gelöst hatten.

Mit Tränen in den Augen beobachte Mattis, wie Svea sich an Lutgers Seite vom Strandkorb erhob. Sein Herz zog sich zusammen, während sie über ihm wie eine Einheit synchron hinwegschwebten. Die *Seidenfedern* folgten ihnen mit lautem Gegacker. Als der Kormoran die Promenade erreicht hatte, drehte er sich im Flug um und fixierte Mattis.

Zwinkerte er ihm zu?

»Arschloch!«

Mit aller Kraft stampfte Mattis einen Zigarettenstummel in den Sand und verfluchte die Tatsache, dass er nicht auf Treibsand stand. Dann hätten seine Qualen endlich ein Ende.

»Nicht schummeln, Mistmöwe. Schön aufsammeln. Wir beobachten dich genau«, witzelte Raudi, der zwei Strandkörbe weiter saß und bösartig lachte.

Mattis' Blick schnellte nach oben und bedachten Raudi, Tillmann und Klaas mit dem hasserfülltesten Ausdruck, den er hervorquetschen konnte.

»Oh, oh.« Tillmann beugte den schwarzbraunen Kopf nach vorn und begutachte Mattis. »Seht euch vor! Wir haben ihn verärgert.«

»Heult er gleich?« Klaas stellte sich neben Tillmann. »Seht euch nur diesen traurigen Wurm an.«

»Kommt herunter, wenn ihr euch traut!«, fluchte Mattis und hob provozierend die Schwingen.

»Komm du doch hoch, du feiges Muttersöhnchen«, tönte Tillmann.

»Seine Mutter ist doch tot.« Klaas gackerte ohne Scheu, während Raudi breit grinste. »Die konnte wohl seinen hässlichen Anblick nicht länger ertragen.«

Mattis' Geduldsfaden riss. Er sprang in die Höhe, schwang die Flügel und raste hoch in die Luft.

»Der will abhauen!«, wetterte Raudi und winkte bereits der Ente, die das Müllsammeln beaufsichtigte.

Aber Mattis wollte nicht verschwinden, er setzte zum Angriff an, schnellte im Sturzflug auf den Strandkorb der *Biester* zu. Die umherstehenden Möwen jubelten vor Begeisterung.

»Zeig's ihm, Klugscheißer«, dröhnte Berti.

»Kuckuck. Kuckuck!«, rief Pit ihm zu, der seinen Ohrwurm noch immer nicht losgeworden war.

»Kopfnuss!«, riefen Haui und Fiete zur gleichen Zeit, während Mattis überlegte, wen er sich zuerst vornehmen sollte. Er gierte danach, den dottergelben Schnabel in weiche Federn zu rammen, und griff sich Klaas, der rechts außen stand. Mit dem ganzen Gewicht fiel er auf die Lachmöwe hinab und drückte sie auf den Strandkorb.

Klaas gab ein dumpfes Stöhnen von sich, während Mattis den Kopf gegen den schwarzbraunen Schädel seines Gegners schlug. Einmal, zweimal, dreimal. Das piepsige Winseln, das Klaas von sich gab, ähnelte dem eines Spatzen.

Weichling.

146

Die Möwengangs um ihn herum auf den Strand-körben stampften mit den Schwimmfüßen und verlangten nach einer Zugabe.

Tillmann kam auf ihn zu und wollte Mattis von Klaas hinunterschubsen, doch Mattis war schneller. Links, rechts, links, rechts und wieder links knallte er ihm die Flügel um die Ohren. Tillmann taumelte, stolperte ungeschickt über die eigenen Schwimmfüße und plumpste vom Strandkorb in den Sand. Ein schmerzhaftes Stöhnen bestätigte Mattis, dass auch das zweite *Biest* sich nicht mehr rühren würde.

»Jetzt du«, raunte Mattis Raudi zu, der in der gegenüberliegenden Ecke stand und ihn wie einen Verrückten ansah. Die kleinen dunklen Augen waren schreckhaft aufgerissen und sein Schnabel hing offen, als wäre er tonnenschwer.

»Der Südstrand ist mein Revier!«, schrie Raudi ihm hektisch zu. »Ich entscheide, wer hier lebt und wer nicht!«

»Los doch, greif mich an!« Mattis winkte ihn zu sich und wartete. Offenbar war Raudi unsicher, ob er fliehen oder kämpfen sollte.

Aber dann breitete er die hellgrauen Flügel aus, tänzelte von einem Bein auf das andere und nahm seine Kampfstellung ein.

Gut so.

Mattis nahm Anlauf, rannte, ohne zu zögern, auf Raudi zu, klammerte die überraschte Zwergmöwe mit den Flügeln wie ein Krebs ein und zog ihn mit sich in die Tiefe.

Der Aufprall der beiden war hart und schmerzvoll, aber das störte Mattis nicht. Er rollte sich von Raudi hinunter und stand nur wenige Sekunden später wieder auf – schnell genug, um Raudis kraftvollen Schwingern auszuweichen. Sofort setzte Mattis nach, wirbelte den Flügel direkt gegen den schwarzen Kopf seines Gegenübers, doch Raudi wich nach hinten aus. *Flexible Mistmöwe.*

Dann eben auf die harte Tour.

Mattis schmiss sich gegen Raudi, um ihn niederzuwerfen, aber die Zwergmöwe blieb standhaft. Um sie herum entstand ein Wirbelsturm aus anfeuernden Zurufen und aufgekratztem Gekreische.

Wie zwei kleine Ringkämpfer verkeilten sie sich ineinander, drückten, zerrten, strampelten, traten nacheinander, schnappten mit ihren spitzen Schnäbeln zu. Sand schmeckte Mattis, Federn, Blut und Befriedigung.

Das Gejohle der Menge geriet in den Hintergrund, wandelte sich in ein leises Summen und verschmolz mit dem Rauschen der Wellen, während Mattis den Schnabel zusammenbiss und sämtliche Kräfte mobilisierte, die er noch aufbringen konnte.

Wie eine Nähmaschine pickte er durch Raudis Gefieder, schlug den Schnabel überall hinein, wo er Widerstand spürte. Die Zwergmöwe versuchte mitzuhalten und zwickte ihn. Mattis fühlte jeden Treffer des kleinen, fiesen Spitzschnabels zwischen den Federn, als schwämme er in einem Meer voller Dornen.

Sein Gegner würgte, hustete, röchelte. Alles auf einmal.

Hatte er sich am Gefieder verschluckt?

Raudi lockerte den Griff, Mattis schnappte nach Luft und nutzte seine Chance. Er holte weit aus und schmetterte den Kopf mit aller Wucht gegen Raudis – die beste Kopfnuss seines Lebens.

Wie ein schwächlicher Grashalm glitt die Zwergmöwe zu Boden, fiel in den Sand und rührte sich nicht mehr.

Mattis jedoch gab noch nicht auf, wollte mehr, wollte Rache. Die Leitmöwe der *Biester* sollte für jede

Beleidigung zahlen, für jede Provokation, für jedes Verpetzen an den Ältestenrat.

Jetzt und hier.

Ungezügelt pickte er los und rupfte ihn – ja! – er rupfte ihm sein ganzes Gefieder aus. Und er genoss jede einzelne Feder, bis …

»Kuckuck«, flüsterte Pit und holte Mattis aus seinen Gedanken.

Mit dem Schwimmfuß fischte Pit die Reste einer halb aufgerauchten Zigarette unter Mattis aus dem Sand und hob sie mit dem Schnabel auf.

Mattis schüttelte den Kopf und spähte zu Raudi und seinen Leibwächtern auf dem Strandkorb. Sie gackerten noch immer über ihn, zeigten mit den Schwingen hinunter und zogen Grimassen. Mattis seufzte und wünschte sich innig, er hätte nicht gezögert.

»Das musst du nicht tun, Langfeder«, sagte er und legte Pit den Flügel auf den hellgrauen Rücken.

»Ich weiß«, murmelte Pit mit zusammengepresstem Schnabel. »Willst du Raudi später verprügeln? Die Jungs und ich sind auf deiner Seite. Immer!«

Mattis lächelte dankbar.

»Danke, nein. An denen machen wir uns nicht mehr die Federn schmutzig. Für heute hatten wir auch genug Ärger.«

»So kann das nicht weitergehen!«, rief Berti ihnen keuchend zu. »Ich gehe auf Diät!« Er hob einen Zigarettenstummel auf und seufzte schwer. »Nächstes Jahr definitiv, dieses ist eh schon fast vorbei. Aber es tut mir wirklich leid, dass ich euch auf dem Feld eingenebelt habe.«

»Mir tut es auch leid, Mattis«, murmelte Haui, während er auf Pit und ihn zukam. »Wenn ich nicht wieder ausgerastet wäre, hätte Henk uns nicht entdeckt.« Mit gesenktem Kopf blickte Haui zu ihm auf.

»Vielleicht probiere ich dieses Yoga aus, das morgens am Strand angeboten wird. Ich habe gehört, das wirkt beruhigend.«

»Ist dieses Yoghurt auch gut gegen In-Fettnäpfchen-Treten?«, fragte Pit. »Dann begleite ich dich. Vielleicht passieren mir danach weniger solche nervigen Dummheiten.«

»Yo-ga, nicht -ghurt«, knurrte Haui und schnappte nach Pit.

»Macht das Yoga auch mutiger?« Fiete gesellte sich zu ihnen. »Wenn ich nicht so ängstlich gewesen wäre, hätte ich euch alle vor dem Erpel retten können.«

Bei all den Entschuldigungen ging Mattis das Herz auf.

»Ihr seid alle gut, so wie ihr seid, Jungs«, begann er. »Irgendwie ist es auch meine Schuld, dass Henk uns erwischt hat.«

»Irgendwie?«, brummte Berti aus der Ferne. »Es war deine Idee, Klugscheißer.«

»Jaja.« Mattis grinste verschämt, während Haui, Pit und Fiete weiter Zigarettenstummel mit den Schnäbeln aufpickten.

Was für ein Tag, dachte Mattis.

Im Lösen des Mordfalls waren sie keinen Schritt weitergekommen. Lutger klebte noch immer an Svea wie geschmolzenes Eis an hungrigen Kinderlippen und Kriminalhauptkommissar Henk hatten sie einmal zu oft geärgert.

Ich beobachte dich, adeliges Söhnchen, hatte Henk ihm hinterhergerufen, als die Ente sie von der *Eduard Nebelthau* zum Strand abgeführt hatte. *Es gibt Gerüchte über dich und die toten Möwen. Mir fehlen nur noch die Beweise, dann sitzt du schneller ein, als du* Mensch ärgere dich *sagen kannst.*

Ein kalter Schauder lief Mattis bei der Erinnerung an seine Worte über den weißen Rücken. Wenn Raudi den Kriminalhauptkommissar mit seinen Lügen einwickeln konnte, musste er wohl selbst die *SAR* vom Gegenteil überzeugen und den Mörder eigenhändig stellen. Ihm blieb keine andere Wahl.

Mattis schnaufte müde.

Morgen war ein neuer Tag. Morgen würde alles anders werden. Hochkonzentriert würde er auf die Jagd gehen und den Mörder stellen.

Er sah zu Berti hoch an die Düne. Die Mantelmöwe wirkte, als schwinde ihr jede Sekunde mehr Kraft aus dem korpulenten Körper.

Mattis schmunzelte. Es war Zeit. Zeit für Brötchen. Zeit für *Mensch ärgere dich.*

Aber erst nach dem Zigarettenstummelsammeln.

O himmlischer Sonnenuntergang

– Irgendwo am Südstrand –

Sie brannte wie Feuer, die Sonne, die in der See versank, um dem großen Njörd zu dienen. Blasses Gelb, dunkles Orange, kräftiges Rot, umrandet von einem zarten Violett, das sich im düsteren Blaugrau der Wolken verlor, welches die Nacht ankündigte.

Ein immer wiederkehrendes Ritual, das ihn inspirierte und ihn auf die Nacht vorbereitete, in der er seine Kunst vollbrachte. So wie die Sonnengöttin Sol die Farben auswählte und raffiniert miteinander verband, wollte er die Federn seiner Opfer mit Blut vermischen, in Sand tränken und mit Blütenblättern bestücken.

Abseits stand er auf einem der hinteren Strandkörbe, sein Blick glitt über den Südstrand. Auf der Promenade liefen vereinzelte Strandläufer, der Lärm des Tages verging in abendlichen Spaziergängen und verteilte sich über die Hotels und Ferienwohnungen.

Wie jeden Abend versammelten sich viele Vögel am Strand und huldigten den nordischen Göttern, denen sie ihr Leben verdankten. Ein Leben, das der Ordnung, dem Wohl und der Reinrassigkeit gewidmet war. Jene, die wider die Natur handelten, sich den Regeln der Ordnung widersetzten und sich mit anderen Gattungen paarten, sollten bestraft werden für ihr einfältiges Handeln.

Er würde die Hybriden jagen, bis zu seinem letzten Atemzug. Sie sollten ihn fürchten, ein Leben in Angst führen. Ganz gleich, was sein Muschelspender forderte. Seine Werke verschwanden nicht mehr in der Dunkelheit, dafür war seine Kunst zu göttlich.

Und die Offenbarung seiner Kunst war ein voller Erfolg gewesen. Der Südstrand sprach nur über ihn und seine Werke. Hinter vorgehaltenem Flügel tuschelten sie, schlossen sogar Wetten auf seine Ergreifung ab, suchten nach Beweisen, die sie niemals finden würden.

Zufrieden strahlte er über das gefiederte Gesicht, öffnete die Schwingen und ließ sich den Wind durch die Federn ziehen, als das Meer die Sonne verschluckte, und den Beginn seiner Jagd einläutete.

»Wer von euch darf es heute sein?«, flüsterte er vor sich hin, wobei sein Blick gierig über den Strand wanderte und auf dem Strandkorb mit der Nummer 13 verharrten.

»Hübsche, kleine Svea«, murmelte er. »Und ihre *Seidenfedern*. Wie sie ahnungslos auf die ruhige Ostsee schauen und fröhlich miteinander schnattern. Wer von euch wird heute Nacht in den Genuss meines künstlerischen Genies kommen?«

Unter Verdacht

— Südstrand. Schlafeiche —

Ein Schrei weckte Mattis. Ruckartig. Er hob den Kopf, blickte sich um. Die Dämmerung schlüpfte bereits zwischen der Wolkendecke hindurch und ein zarter rosa Streifen zeichnete sich am Horizont über der Ostsee ab.

Die *Wilden* schliefen neben ihm auf dem Ast der alten Eiche. Obwohl Haui weit außen lag, hörte er dessen Schnarchen, das sich immer mehr wie eine ratternde Melodie anhörte.

Mattis gähnte, tief und innig, und wollte sich wieder gegen den Baumstamm lehnen, als der Schrei eines Vogels erneut durch die kühle Nachtluft gellte.

Ohne nachzudenken, sprang er auf, segelte vom Baum und flog dem Geräusch entgegen.

Er schlägt wieder zu, dachte er bei jedem Flügelschlag und erhöhte das Tempo. *Ein weiterer Mord.*

Wie bei einem Wettrennen hastete er um die Ecke des Appartementhauses und bog im Flug auf die Promenade ein.

Kein Strandläufer war zu sehen, auch kein Tier, oder doch?

Mattis reckte den Hals. Unter ihm, in der Düne, bewegte sich etwas. Die Gräser des Strandhafers beugten sich, als schlängele sich eine Natter hindurch oder als zöge jemand eine Leiche hinter sich her.

Wenige Flügelschläge später setzte er zum Sinkflug an, um hinter der Mülltonne an der Düne zu landen.

Er horchte in das Halbdunkel hinein – nichts. Er spähte um die Ecke, sah den Strandhafer in der Dämmerung. Schritt für Schritt begab er sich leise über den Sand der Düne, bog vorsichtig die beharrten Ährchen der langen Gräser um, die wie schmale Soldaten ihre Pflicht taten und ihm den Weg versperren wollten.

Unter dem Gebüsch einer Dünenrose erkannte er die Umrisse einer Möwe. Dahinter stand eine Gestalt, schwarz und groß, und hackte mit dem Schnabel im Gefieder der reglosen Möwe unter ihr herum.

War das Lutger?

»Erwischt!«, fauchte Mattis und rannte auf ihn zu, wollte ihm eine heftige Kopfnuss verpassen, ihn mit den Schwingen ohnmächtig schlagen und auf ihm herumtrampeln, bis die Entenpolizei kam. Oder länger.

Doch nichts davon geschah.

Mattis' schwefelgelbe Augen blieben an der Leiche haften, als er erkannte, wer vor seinen Schwimmfüßen lag.

Svea.

Etwas in ihm brach, der Schmerz zog ihm wie viele kleine Schnabelpikser durch den Körper. Mattis riss den Schnabel weit auf, aber der Schrei steckte ihm in der Kehle fest, die sich zuschnürte und ihn zum Röcheln brachte.

Lutger lachte bösartig, erfreute sich an seinem Leid. Die smaragdgrünen Augen des Kormorans glühten auf. Er beugte sich zu ihm herunter und fletschte die Reißzähne wie ein wütender Wolf.

Die ... was?

Der Strandsand unter Mattis löste sich auf und er fiel.

Hinab ins Bodenlose.

Finsternis umfing ihn, während die Schwimmfüße in der Luft baumelten wie haltlose Blätter im Wind.

Kurz vor dem Aufprall auf den steinernen Weg öffnete er die Augen, riss die Schwingen auseinander und glitt wenige Meter von dem Fußweg über die Wiese, kam mit den Schwimmfüßen auf und taumelte umher, bis er wieder Herr seiner Sinne war.

Scheiße!

»Was war das?«, murmelte er benommen und blickte hinauf zur Schlafeiche, auf der die *Wilden* nach wie vor ungestört schlummerten.

Sein Schnabel fühlte sich trocken an, die Lider schwer wie sperrige Felsen. Hitze durchströmte sein Gefieder und brachte das Blut in seinen Adern beinahe zum Kochen.

Wo war er?

Sein Puls raste derart schnell, dass er immer wieder nach Luft schnappte. Mattis schüttelte Kopf und Flügel. Er befand sich mitten auf der Wiese neben der *Strandburg*.

War das ein Albtraum?

Was hatte das zu bedeuten?

Svea!

Er musste sie sehen, musste prüfen, ob sie am Leben war! Also lief er, ohne nachzudenken, los.

Um nicht entdeckt zu werden, schlich er in der Dämmerung am Zaun des Fußweges nahe der Wiese entlang, huschte von Busch zu Busch und versteckte sich hinter Erdhügeln, wenn er glaubte, jemanden zu hören. Die Nacht war noch nicht ganz vorüber, doch es würde nicht mehr lange dauern, bis die Sonne den Strand erhellte und die Strandläufer aus ihren Betten fielen.

Ein kurzer Blick über die Promenade – nichts. Dann betrat er in schnellen Schritten die Düne, drängelte sich durch die hohen Gräser des Strandhafers, sein Magen schmerzte bei den Erinnerungen an seinen Albtraum. Vehement schüttelte er den Kopf, aber die Bilder seiner toten Freundin – seiner toten *Ex*-Freundin – bissen sich in seinen Gedanken fest wie Berti sich in einem weichen Brötchen.

Am Ende der Düne hielt er Ausschau nach dem Strandkorb mit der Nummer 13. Umringt von anderen Strandkörben stand der Schlafplatz der *Seidenfedern* nur wenige Meter von ihm entfernt.

Jedoch war er leer.

Mattis' Herzschlag beschleunigte sich so stark, dass er nicht merkte, wie ihm der Schnabel offenstand. Sein Blick huschte von Strandkorb zu Strandkorb, suchte den Sandstrand darunter nach Anzeichen eines Kampfes ab, nach irgendwelchen Anzeichen. Jede Menge schlafende Möwengangs konnte er erkennen. Tratschtanten, Schwäne, sogar ein paar *Dunkle Ritter*, doch keine *Seidenfedern*.

Jemand kicherte in der Ferne. Ein Kichern, das ihm bekannt vorkam. Sein Blick wanderte dem fröhlichen Geräusch nach und verharrte auf Svea. Svea, die in der Ostsee badete. Mit Lutger.

Hatte er bei ihr übernachtet?

Eine seltsame Mischung aus Unverständnis, Ekel und Übelkeit kroch Mattis die Kehle hoch und kratzte ihn gefährlich im Rachen. Er zwang sich, von den Turteltauben wegzusehen, und biss vor Verzweiflung

in einen der langen, breiten Grashalme, die ihn umgaben.

Mit aller Gewalt riss er an dem Grünzeug, bis er
den Halm mit dem Schnabel kappte und sich ein
leichtes Gefühl der Befriedigung einstellte. Obwohl es
sich dabei nicht um Lutgers Federn oder seinen langen, faltigen Hals gehandelt hatte.

Der nächste Grashalm folgte. Dann noch einer.
Und ein weiterer. Mattis schlug den Schnabel in jeden
verdammten Grashalm, den er finden konnte. Wie
eine Maschine.

Tränen quollen ihm aus den schwefelgelben Augen
und er schluchzte laut.

Svea zu verlassen, war das Dümmste gewesen, das
er in seinem Leben getan hatte. Und diese Liste war
lang. Sehr lang.

»Jetzt ist er völlig übergeschnappt.«

Mattis hielt inne und wischte sich die feuchten Augen, da das dreckige Lachen hinter seinem Rücken
ihm bekannt vorkam. Er durfte nicht riskieren, dass
gerade dieser Jemand ihn weinen sah. Achtlos spuckte
er den Grashalmrest in den Sand.

Als er sich umdrehte, sah er Raudi in Begleitung
seiner Leibwächter, die ihn verächtlich angrinsten.

»So ganz ohne Begleitung unterwegs?«

Tillmann gaffte ihn hinter dem Strandhafer wie ein
lebendig gewordenes Brötchen an.

»Einsam und allein wie ein zartes Küken«, wetterte
Klaas und verschluckte sich vor Lachen.

Aber Mattis empfand nicht das Bedürfnis, sich auf
ihre Spiele einzulassen. Sein Herz schmerzte, als hätten Kaninchen darauf mit ihren Pfoten ihre Hymne
getrommelt, sein Magen war so leer wie sein Kopf
und die Müdigkeit der kurzen Nacht lag ihm schwer
auf der Zunge.

Er wandte sich um und ging.

»He!«, hörte er Raudi brüllen. »Bleib gefälligst hier.«

»Ja«, krächzte Tillmann. »Jetzt beginnt der Spaß erst.«

»Die Abreibung deines Lebens!«

Die letzten Worte kamen von Klaas, jedoch drehte Mattis sich nicht zu ihm um. Die Schwimmfüße der *Biester* schabten über den Sand und er ahnte, dass sie seinetwegen kamen. Mit jedem Atemzug beschleunigten sich seine Schritte, er lief querfeldein über die Düne und quälte sich durch die kratzigen Stängel des Strandhafers, die ihm ins Gesicht peitschten.

Das gehässige Gackern der *Biester* trieb seinen Herzschlag in die Höhe und er japste vor Schreck nach Luft.

»Gleich haben wir ihn!«, rief Raudi und Mattis hörte ihr Gelächter, sie waren ihm dicht auf den Schwimmfersen.

Zwei, drei Schritte noch, dann … Sein Fuß hing fest, an etwas Weichem, er strauchelte und fiel mit dem Schnabel voran über einen Haufen Federn in den Sand.

Die vielen Sandkörner schmeckten nach Blamage und Dreck.

»Igitt, was ist das?« Raudi und seine Leibwächter blieben wie angewurzelt stehen.

Mattis drehte sich um, bemerkte, auf was Klaas den hellgrauen Flügel gerichtet hatte und hielt die Luft an.

»Hil…da«, stotterte er. »Beim großen Njörd, das ist Hilda.«

»Wer?«, gackerte Tillmann, als verstünde er nicht, was passiert war.

»Hilda von den *Seidenfedern*, Sveas Freundin.«

Mattis starrte auf ihre gebrochenen Flügel, die ebenso schwarzbraun wie ihr Kopf und mit Blutflecken übersät waren. Ihre ehemals fröhlichen Augen waren dunkle Löcher, wie bei den anderen Opfern.

Der weiße Bauch lag offen. Dünenrosenblüten ruhten darin vermischt mit Gedärmen und Sand, viel Sand. Mattis würgte und schnappte nach Luft. Hellgraue, schwarzbraune und weiße Federn erstreckten sich überall um sie herum wie buntes Konfetti.

Mattis drehte sich um und übergab sich in den Strandhafer zu seiner Rechten.

Er hatte ein abfälliges Lachen erwartet oder Spott, doch Raudi fragte lediglich mit leiser Stimme: »Hast du sie deshalb ermordet?«

»Bitte, was?« Mit dem Flügel wischte Mattis sich Stücke von aufgeweichten Brötchen und unverdauten Grashalmen vom Schnabel und sah ihn fragend an.

»Stell dich nicht dümmer, als du bist«, erwiderte Raudi.

»Ja«, stimmten Klaas und Tillmann ihm gemeinsam zu. »Mörder!«

»Ihr spinnt doch! Ich habe niemanden getötet.«

»Mörder!«, kreischten die *Biester* im Chor. »Mattis ist ein Mörder. Mörder!«

Mattis schwindelte und er wandte den Blick von Hilda ab. Das musste ein Scherz sein. Sein Magen drückte und er fürchtete, sich abermals erbrechen zu müssen.

Da hörte er sie auch schon heranfliegen, die Schaulustigen. Von allen Seiten. Wildes Geschnatter folgte, als Möwengangs, Tratschtanten, Piepmätze und einige Chorknaben auf der Düne aufsetzten.

»Wir haben ihn auf frischer Tat ertappt«, schimpfte Raudi und deutete mit dem Flügel auf Mattis. »Er ist der Mörder der Möwen.«

»Ja, wir sind Zeugen«, stimmte Tillmann ihm zu, während Klaas wie wild geworden nickte. »Wir haben gesehen, wie er in der Leiche herumgestochert hat.«

»Das stimmt alles nicht!«, versuchte Mattis sich zu wehren. Verzweifelt suchte er nach einem Gesicht, das er kannte, das ihm Glauben schenkte.

Die Sonne trat aus der Ostsee und bedachte das Wasser und den Strand mit den ersten Strahlen des Tages wie Scheinwerfer, die Mattis' schlimmsten Albtraum in Szene setzten.

»Hilda!«, kreischte Svea und drängelte sich durch die Menge hindurch, gefolgt von Lutger.

Frustriert schnaufte Mattis, als er den Kormoran sah, der ebenso neugierig wirkte wie die anderen Vögel um ihn herum. Dieser lange Hals, diese weißen Schläfen, der dürre Schnabel, den er viel zu hoch trug. Alles an dem Kormoran schürte Mattis' Wut.

»Was ist geschehen?« Svea sah Mattis vorwurfsvoll an, während Tränen haltlos ihr Gesicht heruntertropften und sie zu zittern anfing.

»Ich weiß es nicht. Ich ...«, fing er an, wurde jedoch von Raudi unterbrochen.

»Auf frischer Tat haben wir ihn ertappt. Er hat sie gerade gerupft, als wir ihn gefunden haben.«

»Jemand sollte die *SAR* holen«, hörte Mattis eine Möwe im Hintergrund flüstern, aber er hatte nur Augen für Svea, deren Gesicht in Tränen schwamm.

»Ich habe Hilda nichts getan«, sprach er leise. »Glaube mir, bitte.«

Während er ihr den Flügel umlegen und sie trösten wollte, trat Lutger dazwischen. »Ich denke, das lässt du lieber.«

»Du hast mir nichts zu sagen«, schnaufte Mattis und hob bedrohlich die Flügel. »Erzähl uns lieber, wo du diese Nacht gewesen bist?«

»Ich habe geschlafen und vorhin gebadet.«

»Ha! Geschlafen und geba...« Mattis stockte und der Anblick einer kichernden Svea auf der Ostsee kehrte in seine Erinnerung zurück. Für einen kurzen

Moment schloss er die Augen und atmete schwer aus, um den Gedanken zu vertreiben, doch er blieb und verharrte in seinem Kopf wie eine nervtötende, surrende Mücke.

»Ich kann es bezeugen«, erwiderte Svea und verzog dabei merkwürdig den Schnabel. War ihr die Bemerkung unangenehm? Schnell wischte sie sich Tränen aus den Augen. »Lutger war ... die ganze Nacht bei mir. Und den ganzen Morgen.«

Tiefschlag. Direkt in die Magengrube.

Mattis spürte, wie sich der Drang, sich vor aller Augen ein weiteres Mal zu übergeben, verstärkte. Angestrengt schluckte er und versuchte, die Kontrolle über seine Körperfunktionen zurückzuerlangen. Hitze und Kälte überwältigten ihn gleichzeitig, der Kopf schmerzte und alle Federn taten ihm weh.

»Seht«, gackerte Raudi, »der Mörder kotzt gleich.«

»Ich bin kein ...«, setzte Mattis an, doch der Frust und die Trauer, die stückchenweise aus ihm herausbrachen, schnitten ihm das Wort ab.

Die Ostsee fühlte sich schmutzig an und irgendwie lästig. Die Luft unter dem *Jollensteg 1* ganz hinten am Aussichtsturm nahe den wenigen Hausbooten schien dünn und verbraucht.

Mörder erhielten in Burgtiefe nicht den besten Platz im Gefängnis der *SAR*. Mörder saßen nicht weit vorn am Yachthafen, an dem die Strandläufer, wenn sie zu ihren Schiffen schlenderten, die Häftlinge unter den Bootsstegen durch die Sehschlitze mit Brötchenkrumen fütterten.

Ein Erpel patrouillierte auf dem äußeren Rundsteg hin und her, obwohl Mattis im Trakt für Schwerverbrecher, der einzige Insasse war. Ein anderer Wärter war direkt für seine Bewachung abgestellt. Nahe dem

Ufer hockte der Erpel im Wildrosengebüsch und ließ Mattis nicht aus den Augen.

Henks Worte waren eindeutig gewesen, als er Mattis seinen Platz unter dem letzten Steg zugewiesen hatte: *Den Südstrand siehst du nie wieder.*

Mattis hätte weinen können, aber selbst die Tränendrüsen taten ihm weh. Der Rachen schmerzte vom zweimaligen Übergeben, das Herz war in Stücke zerfetzt, die unendliche Scham über die Schmach des Erlebten krallte sich in seinen Knochen fest und ließ ihm die Glieder schwer werden.

Sein Prozess würde nicht viel Zeit in Anspruch nehmen, hatte Henk ihm angedroht, wobei er einen schadenfrohen Ausdruck auf dem Gesicht getragen hatte. Die Beweise waren eindeutig und drei Augenzeugen belasteten ihn schwer.

Drei *Biester*, die ihn hassten.

Die Ältestenräte auf der Kohlhof-Insel würden eine schnelle Entscheidung fällen und sein Vater nie wieder ein Wort mit ihm wechseln, vermutlich sogar seine Existenz leugnen.

Scheiße.

Frustriert hielt Mattis den Kopf in das kühle Wasser und paddelte mit den Schwimmfüßen im Kreis. Nur nicht wieder über den Rand des Bootssteges hinausschwimmen. Das alarmierte den Wärter und eine Einheit der Entenpolizei kam angeflogen und umzingelten ihn unter lautem Kreischen, bis er wieder an seinem rechtmäßigen Platz angekommen war. Im Dunkeln unter dem Steg, an dem kein Boot anlegte. Verlassen und allein, wie es sich für einen Angeklagten gehörte.

»Mörder!«, drang es dumpf an seine Ohren. »Du hast bekommen, was du verdienst!«

Ein dreckiges Lachen folgte, als Mattis erschrocken aus dem Wasser auftauchte. Die Tropfen perlten ihm über die Federn und ließen das Silbergrau seiner Flügel glänzen. Aus zusammengekniffenen Augen erkannte er Raudi durch den Schlitz im Holzsteg, wie die Zwergmöwe ihn herablassend angrinste.

»Bist du gekommen, um zu triumphieren?«

Raudis Grinsen intensivierte sich.

»Du siehst elend aus, Mistmöwe.«

»Verschwinde! Ich habe dir nichts zu sagen.« Mattis versuchte, sich vor Raudis abfälligen Blicken zu verstecken, was ihm jedoch nicht gelang, denn sein Besucher beugte sich zu ihm herunter und beäugte ihn durch den Spalt.

»Ich dir aber.« Raudis schwarzer Kopf verschmolz mit dem dunklen Holzton des Steges. »Du wirst den Südstrand nie wieder betreten. Hast du mich verstanden? Das ist mein Reich. Ich bin der König vom Südstrand. Und deinen feinen Sitz im Rat kannst du ebenfalls vergessen. Mörder sind dort nicht zugelassen.« Seine Stimme triefte vor Neid und Rachegelüsten.

Mattis dagegen brach in harsches, freudloses Gelächter aus. »Du bist ein Witz, nichts weiter. Niemand erkennt dich als König vom Südstrand an.«

»Das mag sein.« Raudis Augen verdüsterten sich. »Aber im Gegensatz zu dir, bin ich frei. Du wirst für die Morde verurteilt werden und ich werde jeden Tag *Mensch ärgere dich* spielen, durch die Luft gleiten und die Sonnenstrahlen genießen.«

Mattis stutzte. War das Raudis Plan gewesen? Die ganze Zeit über? Er knurrte und biss den Schnabel so fest aufeinander, dass es wehtat. Ruckartig hob er den Kopf und fixierte seinen Besucher zwischen den Holzlatten.

»Hast du überhaupt nach dem Mörder gesucht oder war die Wette nur ein Vorwand, um jeden gegen mich aufzuhetzen?«

Raudi musterte ihn verächtlich.

»Seit deiner Geburt warst du der Liebling aller Ratsmitglieder. Der einzige Sohn von Moje, dem Unfehlbaren, und dazu noch der Neffe der ehrenhaften Altmeisterin.«

»Lass meine Familie da raus«, grummelte Mattis.

»Mir wurde keine Aufmerksamkeit geschenkt, nicht einmal von meinem eigenen Vater. *Sieh dir Mattis an,* hat er stets gesagt. *Schau, wie hoch Mattis fliegt, wie er spricht und wie er denkt. So musst du das machen — wie Mattis.* Bla, bla, bla.«

»Und das ist mein Problem?«

»Selbst als du dich mit Berti, Haui und Pit getroffen hast, den unbedeutendsten Möwen am ganzen Südstrand, und es nur Ärger wegen den *Wilden* gab, warst du der Lieblingssohn des Ältestenrats. Dann allerdings«, sagte Raudi mit einem boshaften Grinsen, »hast du dich mit dieser Hybridin eingelassen und meine Hoffnung stieg, dass sie dich aus dem Ältestenrat ausschließen würden. Schließlich sind Hybriden der Abschaum unserer Gesellschaft. Aber nein!« Er schenkte Mattis einen verachtenden Blick und hob angewidert den rötlichbraunen Schnabel. »Sogar danach wollten sie, dass du auf ihren heiligen Baum zurückkehrst und dich ihnen anschließt.«

Je mehr Worte Raudi sprach, desto mehr grollte Mattis. Er war gefangen, musste im Kreis schwimmen, starrte an marode Holzlatten und diese neidische Dummmöwe war frei? Wegen ihm und seiner Rache würde er ewig im Gefängnis festsitzen?

Mattis schnaufte bitter.

»Deshalb bin ich hier?«, schrie er aus Leibeskräften. »Weil du eifersüchtig bist?« Sein Brustkorb bebte unnatürlich heftig auf und ab und er hätte alles für die Möglichkeit getan, das Grinsen aus Raudis Gesicht zu schlagen.

Es dauerte mehrere Herzschläge, bis Mattis sich einigermaßen beruhigt hatte. Mit Wut kam er nicht gegen die Zwergmöwe an, so wie diese sich an seinem Leid ergötzte.

»Du kannst den Rat haben, wenn du möchtest«, sprach Mattis so gefasst wie möglich und war gleichzeitig froh, dass sein Vater ihn nicht hörte. »Die Ältesten interessieren mich nicht.«

»Das sagst du jetzt.«

»Was soll das wieder bedeuten? Ich will kein Ratsmitglied sein. Das wollte ihn nie.«

»Wenn dein Herr einmal tot ist, was sicher nicht mehr lange dauern wird, werden die Ältesten und die Altmeisterin dich anbetteln, seinen Platz einzunehmen. Und du wirst nicht widerstehen können. Du aus dem Clan der *edlen* Silbermöwen. Aber wenn die *SAR* dich als Mörder verurteilt, wird sich der Ältestenrat endlich gegen dich wenden. Das ist meine Absicherung.«

»Ich habe niemanden ermordet, verdammt! Und das weißt du ganz genau!«

»Ich weiß das und die toten Möwen wissen das. Aber die *SAR* weiß das nicht.« Raudi lachte hämisch und zwinkerte ihm übertrieben lang zu. »Die Entenpolizei glaubt den Beweisen und diese sprechen eindeutig gegen dich.«

In Mattis drehte sich alles. Verzweiflung mischte sich mit Aggression und Angst. Tief sog er die spröde Seeluft unter dem Steg ein, um sich zu beruhigen, was ihm nur minder gelang.

»Raudi, bitte«, begann er verzweifelt. Vielleicht half es Raudis Ego, wenn er sich ihm unterwarf? »Ich tue alles, was du von mir verlangst, aber lass mich nicht im Gefängnis verrotten. Du bist doch keine schlechte Möwe. Ganz tief in dir drin hast du ein gutes Herz. Du könntest sogar helfen, den Mörder zu finden. So wärst du ein Held und die Ältesten würden dich auf ihren Flügeln tragen. Niemand würde mir mehr Beachtung schenken.«

Das musste ihn doch überzeugen. Immerhin lechzte Raudi nach Aufmerksamkeit, seitdem Mattis ihm das erste Mal als Küken begegnet war.

Doch die Zwergmöwe musterte ihn nur argwöhnisch und strafte ihn mit einem scharfen Blick.

»Ich weiß längst, wer die Morde begeht.«

»Was?« Beinahe hätte Mattis sein Gleichgewicht verloren und wäre zur Seite gekippt. Aufgebracht schlug er mit den Schwingen um sich. »Warum gehst du damit nicht zu Henk?«

Raudi grinste spöttisch.

»Henk!«, brüllte Mattis so stark, dass ihm schwindelig wurde. »Henk! Hilfe! Ich brauche Hilfe! Raudi weiß, wer der wahre Mörder ist.«

Über sich auf dem Steg hörte Mattis ein belustigtes Schnaufen. »Du brauchst nicht zu schreien, du Mistmöwe. Der Erpel wird dir nicht helfen. Niemand kann das. Außer mir.«

»Dann tu es. Hilf mir. Lass mich frei, sodass ich den Mörder stellen kann.«

Raudi zuckte mit den Flügeln und schien gelangweilt.

»Wieso sollte ich? Ich bin kein Hybride. Mir droht keine Gefahr.«

Mattis stieß einen erbitterten Schrei aus, der all sein Leid, all seine Verzweiflung, all seine Wut zum Ausdruck brachte. Mit Raudi zu reden, war wie Berti davon abhalten zu wollen, auf Brötchenjagd zu gehen – schlicht verlorene Zeit.

Er musste seine Strategie ändern.

»Denk nur an Svea, Stine, Alina und all die anderen Hybriden am Strand. Sie alle sind in Gefahr. Wenn du sie beschützt, wären sie dir ewig dankbar. Sie würden dir huldigen wie einem echten König.« Mattis riss sich zusammen, um so überzeugend wie möglich zu klingen, als er die Stimme hob, obwohl sich ihm bei dieser Vorstellung der Magen zusammenzog. »Der König vom Südstrand.«

Einen Augenblick sah Raudi ihn durch die Schlitze im Holzsteg an und Mattis bemerkte zu seiner Erleichterung, wie seine Worte zu wirken anfingen.

»Das ist die Idee«, murmelte Raudi vor sich hin und wandte sich von Mattis ab. »Ich werde so tun, als sorge ich mich um die Sicherheit der Hybriden und die dämlichen Möwen werden mir für immer dankbar sein.« Dann ging er fort. »Der König vom Südstrand«, hörte ihn Mattis noch sagen. »Ein Titel, wie für mich gemacht.«

»Großartig, Mattis. Ganz großartig«, zischte er und schlug den Kopf gegen einen der Pfeiler, die den Bootssteg zusammenhielten. Immer wieder. Bis er es vor Schmerzen nicht mehr aushielt.

Mit seinem Brummschädel schwamm er im Kreis und versuchte, die wirren Gedanken zu ordnen. Noch war er nicht verurteilt. Noch gab er nicht auf. Ihm würde ein Plan einfallen. Immerhin wusste er nun, dass Raudi den Mörder kannte. Er brauchte nur mit dem Kriminalhauptkommissar sprechen und ihm die Neuigkeit mitteilen und … Mattis schnaufte frustriert. Henk würde ihm nicht glauben.

Wieso sollte er auch? Er hatte seinen Mörder schon gefangen, der Ruhm war ihm sicher. Wieso zugeben, dass er einen Fehler gemacht hatte?

Weil weitere Möwen sterben werden, dachte Mattis und kniff die Augen zu.

Der Mörder würde nicht aufhören, Hybriden zu töten, nur weil er im Gefängnis saß. Oder etwa doch?

Jemand stakste über den Steg in seine Richtung.

War das der Wärter? Mattis sah sich um, erkannte jedoch niemanden. Der Watschelgang des Wärters hörte sich anders an als diese Schritte, die vor Gelassenheit trieften. Sie waren größer, gemütlicher.

»Moin!«, hörte er eine selbstbewusste Stimme, während sich der Geruch nach Vogeldung und vertrockneten Algen ausbreitete. »Stör ich dich?«

Mattis schaute durch den Schlitz über ihm und entdeckte zwei ahorngelbe Augen, umrandet von tiefen schwarzen Streifen, die ihn unverhohlen begafften.

»Mein Name ist …«

»Ich weiß, wer du bist«, unterbrach Mattis den Graureiher ruppig. »Du bist Jonte und arbeitest für die *Stille Post.*«

Der Journalist hatte ihm gerade noch gefehlt.

»Wie schön, dass es auch unter den Knastvögeln Fans gibt. Da wird sich unsere Redaktion sicher freuen.«

Mattis schnaufte und schnappte nach einer Alge, die neben ihm schwamm. »Was willst du von mir?« Genervt schlürfte er die Alge hinunter.

»Dich berühmt machen. Jeder auf Fehmarn wird deinen Namen kennen.«

»Ich will nicht berühmt werden. Ich will frei sein.«

Der Graureiher unterdrückte ein Lachen. »Du hast Vögel getötet. Sehr viele Vögel, wie es heißt. Möchtest du unseren Abonnenten mitteilen, warum du es auf Möwen abgesehen hast? Weil du selbst eine Möwe bist?«

»Ich bin kein Mörder.«

Jonte stöhnte dumpf. »So kommen wir nicht weiter, Mattis.« Er schwieg kurz und begann von Neuem. »Was sagen die *Wilden* denn dazu, dass du …«

»Kein Kommentar«, presste Mattis zwischen dem Schnabel heraus und wedelte aufgebracht mit den Flügeln.

Dass Pit und Fiete geweint hatten, als ihn die *SAR* abgeführt hatte, brauchte der Journalist nicht zu wissen. Und dass Haui den Kriminalhauptkommissar mit Kopfnüssen attackieren wollte und nur Berti ihn davon abhalten konnte, ebenfalls nicht. Mattis war froh, dass seine *Wilden* den Tumult und die *SAR* überhaupt bemerkt hatten und wussten, wohin er gebracht worden war.

»Soll ich die Story etwa allein erzählen?« Jonte trampelte auf den zerschlissenen Holzlatten wie ein bockiger Jungvogel herum.

Er war ebenso nervig wie Lutger. Lutger. Dieser ... *Argh!*

Schon der Gedanke an den Kormoran schürte in Mattis tiefe Aggressionen. Frustriert versenkte er den schmerzenden Kopf in der Ostsee.

Als er wieder an die Luft kam, hörte er Jonte mit sich selbst sprechen.

»Sohn von Ratsmitglied tötet Möwen ... Nein, das kann ich besser.« Er fing an umherzulaufen und redete weiter vor sich hin. »Serienkiller entpuppt sich als Sohn von Ratsmitglied. Nein, viel zu lang.« Er blieb stehen und starrte wie abwesend in Richtung Südstrand. »Serienkiller während Bluttat gefasst.« Jonte grinste und blickte Mattis durch den Spalt an, als ob er ihn provozieren wollte. »Was hältst du von meiner Schlagzeile? Immerhin widme ich sie dir.«

Und genau wie Lutger war Jonte ein Lügner. Er würde seine Story erzählen, ob mit oder ohne Wahrheit. Mattis hielt inne und lächelte schief. Dann könnte er ihm wenigstens von Nutzen sein.

»*SAR* fasst den falschen Täter«, murmelte Mattis. »Das wäre eine echte Schlagzeile.«

170

»Komm schon, Mattis. Etwas musst du mir geben. Du bist *das* Gesprächsthema am Südstrand und ich werde der Erste sein, der über dich berichtet.«

Mattis gab vor, sich überwinden zu müssen. Übertrieben schüttelte er den Kopf, dann nickte er immerzu. Dann wieder Schütteln und wiederkehrendes Nicken, bis er schließlich theatralisch seufzte.

»Also gut. Du bekommst dein Interview, das dich zum berühmtesten Graureiher auf ganz Fehmarn werden lässt, wenn du mir vorher ein paar Fragen beantwortest.«

»Ehrlich?«

»Serienkillerehrenwort.«

Jonte riss Augen und Schnabel vor Freude auf. »Was willst du von mir wissen?«

Mattis lächelte in sich hinein und freute sich über das Glück im Unglück, das ihm widerfahren war. Jetzt konnte er den Kormoran entlarven und beweisen, dass alle seine Aussagen gelogen werden.

»Kennst du diesen Lutger? Den Kormoran?«

Der Graureiher überlegte kurz und nickte.

»Ein Kollege von der *Stillen Post*.«

Was? Alles hätte Mattis vermutet, aber nicht, dass dies der Wahrheit entsprach. Er stöhnte innerlich.

»Macht er diesen Job schon lange?«

»Er hat ein paar Jahre vor mir angefangen. Wieso fragst du? Verkehrst du mit ihm?« Langsam beugte Jonte den langen Hals herunter und lächelte herablassend. »Dann sei vorsichtig. Lutger ist ein intelligenter Zeitgenosse mit einem Hang zu hübschen Weibchen. Das weiß ich aus eigener Erfahrung.«

Matti schluckte und dachte sofort an Svea, wie sie mit Lutger auf der Ostsee turtelte, oder wie der Kormoran sie zum Lachen brachte.

»Seitdem er von seiner langjährigen Hybridenfreundin verlassen wurde, jagt er jedem hübschen
Paar Augen nach, das er kriegen kann.«

*Ein gutaussehender Journalist mit gebrochenem Herzen auf
Beutefang. Klasse, Mattis. Du hast ihn Svea direkt in die
Flügel getrieben.*

Mattis biss den Schnabel zusammen und hätte sich
am liebsten selbst eine Kopfnuss verpasst.

»So, jetzt bin ich dran: Wieso tötest du Möwen?«

»Ich bin kein Mörder.«

»Das sagtest du schon, aber warum hast du sie
umgebracht? Erregen dich ihre Schreie? Oder törnt es
dich an, ihre Eingeweide zu fressen?«

Verzweifelt schüttelte Mattis den Kopf. »Ich habe
niemanden getötet. Die *Biester* haben das erfunden.
Sie hassen mich. Schon seit Kükentagen.«

»Wirst du sie ebenfalls töten?«

Mattis grunzte. Er konnte sagen, was er wollte,
Jonte hörte ihm gar nicht zu.

»Wie denkst du, wird dein Urteil ausfallen? Lebens-
länglich oder Tod durch Fuchswiese?«

»Die Zeit ist um!«, rief der Wärter drei Abteile weiter auf dem Steg.

»Aber ich habe meine Story noch nicht.«

»Das ist nicht mein Problem.« Die Schadenfreude
des Erpels konnte Mattis selbst durch die schmalen
Schlitze des Bootssteges erkennen.

Jonte zuckte die mattgrauen, ausgefransten Flügel
und verabschiedete sich mit einem kurzem: »Mach's
gut, Mattis.« Dann schlenderte er davon.

»Mörder gesteht Morde«, hörte Mattis ihn in der
Ferne murmeln. »Nein, besser klingt: Serienkiller
frisst Opfer.«

Was immer sie auch über ihn tratschen würden,
Mattis kannte die Wahrheit, ebenso wie seine *Wilden*
und auch Svea. Tief in ihrem Herzen, mochte sein

Platz darin auch noch so klein geworden sein, musste sie wissen, dass er Hilda nicht getötet hatte. Und allen anderen würde er es beweisen.

Es gab noch immer Zeit, das Urteil war noch nicht gefällt. Die *Wilden* waren am Südstrand. Sie würden den wahren Mörder finden. Er selbst könnte bei Henk um ein Gespräch betteln, ihm erklären, wieso er bei der Leiche gestanden hatte und warum diese angeblichen Zeugen ihn als Täter anprangerten. Über seine Verbindung zu …

»Wenn deine Mutter dich so sehen könnte.«

Mattis hielt die Luft an und starrte auf die leicht wellige See unter ihm. Die Stimme seines Vaters zu hören, monoton und kälter als jemals zuvor, ließ ihn erschaudern.

Wenn er den Kopf lange genug unter Wasser hielt, würde Moje bestimmt wieder gehen und ihn nicht mit einem Ausdruck voller Verbitterung und Verachtung strafen.

»Traust du dich nicht, mir in die Augen zu sehen?«

Tief atmete Mattis ein und blickte durch den Schlitz.

»Vater«, begrüßte er ihn und versuchte sich an einem unbeschwerten Lächeln, was ihm nicht sonderlich gut gelang. »Was für ein Zufall, dass wir uns hier treffen.«

»Werde nicht frech, mein Sohn. Ich bin nicht einer deiner *Wilden*.« Moje hob den Kopf, was seine Augen schmaler und die Ringe darunter dunkler wirken ließ.

Ein Seufzen entwich Mattis. »Es tut mir leid, Vater.«

»Was tut dir leid? Deine Frechheit oder die peinliche Lage, in die du mich gebracht hast?« Entrüstet starrte Moje ihn an. »Das Gerede auf der Kohlhof-Insel ist unerträglich.«

Mattis seufzte erneut. »Raudi lügt die *SAR* an, um mich zu belasten, aber im Yachthafen will mir niemand glauben.«

»Wundert dich das? Bei all dem Unsinn, den du mit deinen *Wilden* angestellt hast. Mehrfach habe ich dir gesagt, dass du dich im Hintergrund halten sollst. Denk nur an mein Ansehen. Jetzt muss ich die Konsequenzen für deine Taten tragen.« Angewidert blickte er sich um. »Zum Glück bewohnst du diesen schmutzigen Steg allein. So kann zumindest niemand unser Gespräch belauschen.«

Sein Ansehen war offenbar alles, was seinem Vater wichtig war.

»Aber es werden Möwen getötet. Beinahe jede Nacht«, protestierte Mattis. »Und wer weiß, wie lange das schon geht.«

Sein Vater musste doch begreifen, dass er nicht tatenlos zusehen konnte, wie seine Artgenossen starben. Von der dummen Wette durfte Moje nichts erfahren.

»Möwen sterben. Tag ein, Tag aus. Solche Dinge geschehen. Dagegen können wir nichts tun. Der Ältestenrat muss sich mit wichtigeren Themen beschäftigen.«

Mattis erschrak. Wieso besaß sein Vater plötzlich kein Mitleid mehr? Er dachte nach und schwamm dabei im Kreis. Natürlich! Jetzt ergab alles Sinn. Aufgebracht blickte er Moje an.

»Du weißt, dass die Opfer alle Hybriden waren, oder? Deshalb zuckst du keine Feder. Wenn reinrassige Möwen unter den Opfern wären, hättest du Henk längst die Flügel gestutzt, weil der wahre Täter noch frei herumläuft.«

»Sei vorsichtig, wie du mit mir sprichst!«

»Gib einmal in deinem Leben zu, dass ich recht habe!«

Moje schwieg und wirkte nachdenklich, während Mattis wütend in der Ostsee hin und her paddelte, immer darauf bedacht, den ihm zugewiesenen Bereich nicht zu verlassen.

»Irgendwann wirst du verstehen, mein Sohn, dass man nicht immer seinen eigenen Kopf durchsetzen kann. Nur gemeinsam kommt man ans Ziel. Als Einheit. Nur so kann eine Insel geführt werden. Mit Kompromissen.«

»Du meinst den Ältestenrat.«

Sein Vater nickte.

»Dann ist es also wahr?« Mattis biss den Schnabel zusammen, bis es schmerzte.

Lutger hatte nicht gelogen?

Mattis spürte das Verlangen, irgendwo den Schnabel hineinzurammen oder den Kopf so lange unter Wasser zu halten, bis die Wut verflogen war. Oder seine Besinnung.

»Wovon sprichst du?«

»Ich meine euch. Euch alle. Die Räte und die Entenpolizei. Ihr alle wisst längst, dass ein Serienmörder am Südstrand sein Unwesen treibt. Ihr habt es gewusst, noch ehe ich die erste Leiche gefunden habe, nicht wahr?«

Einen Moment lang sah Moje ihn an, als überlege er, was er seinem Sohn anvertrauen konnte.

»Die ausgelassene Stimmung am Südstrand darf nicht kippen. Die Möwen müssen bleiben, ansonsten erlangen die nutzlosen Schnattertanten und unfähigen Piepmätze die Oberhand oder – Njörd bewahre! – die *Dunklen Ritter*. Der Südstrand ist der wichtigste Strand auf der Sonneninsel. Wir dürfen ihn nicht verlieren.«

»Und die Hybriden bleiben auf der Strecke. Genauso wie dein untalentierter Sohn, der unschuldig im Gefängnis sitzt.«

»Im Krieg gibt es Verluste, Sohn. Das wirst auch du noch lernen, wenn es so weit ist.«

»Es geht um Möwenleben, Vater. Keine mutwillig zerstörten Nester oder gerupftes Gefieder. Möwenleben! Und auch um mein Leben!«

Mojes Gesichtszüge wandelten sich und ein leichter Schleier von Trauer legte sich darüber.

Mattis schnappte nach Luft. Hörte sein Vater ihm tatsächlich zu?

»Es ist besser, ich gehe jetzt.« Moje blickte sich um. »Nicht, dass mich noch jemand im Gefängnistrakt sieht.«

Mattis wollte ihn aufhalten, ihn fragen, ob er Bewährung für ihn beantragte oder zumindest Tante Tilda danach fragen würde. Doch seine Kehle fühlte sich wie zugeschnürt an und alles, was daraus hervorkam, war ein liebloses Krächzen zum Abschied.

Stunden vergingen. Viele einsame Stunden, in denen Mattis seine Runden unter dem *Jollensteg 1* drehte, in denen er weder die *Wilden* noch Svea oder eine der anderen *Seidenfedern* sah. Mit jedem weiteren Herzschlag fragte er sich, ob seine Freunde ihn vergessen hatten. Bei jedem Watscheln, das er hörte, schaute er auf, doch es war nur der Wärter, der die Plätze unter den Stegen kontrollierte und ihn mit einem Grinsen im Gesicht herablassend anquakte.

Traurig krächzte Mattis vor sich hin und zählte die dicken Wolken, welche er zwischen den Schlitzen erahnen konnte. Mittlerweile hatten sie die Sonne verdrängt und tauchten zum Abend hin den Himmel in ein tiefes Grauschwarz, passend zu seiner Laune.

Enttäuscht schniefte Mattis und steckte den Kopf unter Wasser, um die rasenden Gedanken abzukühlen.

Vielleicht suchten die *Wilden* flügelringend nach dem wahren Täter und kamen deshalb nicht vorbei. Oder ... Mattis tauchte wieder auf und spie das Wasser aus, welches er geschluckt hatte. Oder seine Freunde hatten die Suche aufgegeben und spielten längst *Mensch ärgere dich* oder tauchten in Mülltonnen nach weggeworfenen Leckereien. Schließlich waren das alles viel spannendere Aufgaben, als ihren nervigen Freund im Gefängnis zu besuchen, der sie ständig herumkommandierte.

Scheiße.

Seine Gedanken bohrten ihm gerade ein tiefes Loch in die Brust, da vernahm er ein leises Geräusch.

»Kuckuck«, drang es im Flüsterton über die Wiese am Kai. »Kuckuck.« Und noch einmal. »Kuckuck.«

War das Pit? Am Südstrand und am nahegelegenen Yachthafen hatte Mattis den Ruf eines Kuckucks noch nie gehört.

Aufgeregt drehte er sich zum Ufer. Vielleicht waren es die Jungs, die ihm Trost spenden wollten. Sein Blick wanderte von dem Aussichtsturm über den Weg und durchforstete das Gebüsch, den Strandhafer und die Felsbrocken, die von der Wiese direkt ins Wasser führten. Doch das Einzige, das Mattis erkannte, war der Kopf des Erpels zwischen Zweigen, der ihn noch immer beobachtete und sicher bald abgelöst werden würde, wenn die Nachtschicht begann.

Mattis wandte sich ab, um weiter kleine Wirbel auf der Ostsee zu zeichnen, da hörte er das Geräusch erneut.

»Kuckuck.« Und wieder. »Kuckuck.«

Er grinste erleichtert. Das konnte kein Zufall sein.

Unauffällig schwamm er weiter im Kreis, hob und senkte dabei den Kopf, als errege nichts Besonderes seine Aufmerksamkeit.

Dann sah er sie, direkt am Ufer. Vier Möwenköpfe, die hinter seinem Wärter, aus dem Gebüsch herausspähten.

Pit, Berti, Haui und Fiete.

Sein Herz tat einen großen Sprung und er unterdrückte einen freudigen Aufschrei. Für einen kurzen Moment steckte er den Kopf unter Wasser, um sie nicht zu verraten.

Was hatten sie vor? Wollten sie ihm bloß winken oder nach der Sperrstunde einen heimlichen Besuch abstatten?

Er tauchte wieder an die Oberfläche und wagte einen Blick ins Wildrosengebüsch, aber niemand war mehr zu sehen. Mattis stockte und starrte in die Richtung des Wärters, dessen Augen reglos auf ihm ruhten. Hatte er sich die *Wilden* nur eingebildet?

Ein kleiner, graubrauner Möwenkopf ragte hinter dem Erpel empor und Mattis pfiff leise Luft durch den Schnabel. Er hatte sich nicht geirrt. Gespannt beobachtete er, wie Fiete breit grinste und ... Nein! Das ... Was hatte er vor?

»Beim großen Njörd!«, wisperte Mattis vor sich hin. Ließen Haui, Pit und Berti das zu?

Machtlos sah Mattis dabei zu, wie Fiete von hinten an den Wärter heranschlich, tief Luft holte, die Augen zukniff und den eigenen Kopf gegen den des Erpels schwang.

Die Luft blieb Mattis beinahe im Hals stecken. Mit geöffnetem Schnabel beobachtete er, wie der Wärter zur Seite in die Wildrosen kippte und nicht mehr zu sehen war. Sein Blick schnellte zum Steg, patrouillierte der andere Wärter nicht mehr? Doch niemand schlug Alarm. Alles blieb still auf dem *Jollensteg 1*.

Neben Fiete, der überglücklich strahlte, tauchten drei weitere Möwen fröhlich lächelnd zwischen den

Zweigen auf und Mattis hätte nicht aufgeregter sein können.

Hektisch winkte Berti ihm zu. Was sollte diese Geste?

Je länger Mattis zögerte, desto aggressiver fuchtelte die Mantelmöwe mit den schwarzen Flügeln. Pit und Haui taten es Berti nach. War das ihr Ernst?

Mattis schüttelte den Kopf. An Flucht war nicht zu denken, so sehr er es auch leid war, seine Kreise zu ziehen. Ein Ausbruch würde die Anschuldigungen gegen ihn bloß bestätigen, das konnte er nicht riskieren.

Serienkiller auf der Flucht. Ohne die Augen zu schließen, wusste Mattis, wie das Gesicht seines Vaters aussehen würde, wenn er von seinem Verschwinden durch die *Stille Post* erfuhr.

Er seufzte schwer und schüttelte den Kopf. Zu fliehen war keine Option.

Berti schnaubte genervt, trat aus dem Gebüsch, rannte wie auf der Jagd nach frischen Brötchen vom Ufer die Felsbrocken herunter zum Wasser und ließ sich so leise wie möglich in die Ostsee gleiten. Im Schutz der dunklen Wolken schwamm er ihm entgegen.

»Bist du verrückt geworden?« Angespannt sah Mattis zwischen dem Steg und der Mantelmöwe hin und her, als Berti bei ihm eintraf. »Wenn der andere Wärter dich sieht, bekommst du das Abteil gleich neben mir.«

»Dann hast du wenigstens Gesellschaft bei dir, Klugscheißer.«

»Das ist nicht witzig.«

»Doch, irgendwie schon.« Berti zwinkerte ihm zu. »Mach dir um den Erpel keine Sorgen, Haui hat sich um ihn gekümmert. Der zählt Sterne.«

Erleichtert atmete Mattis aus. Bei der Stärke von Hauis Kopfnüssen würde der Wärter bis morgen früh durchschlafen.

»Trotzdem musst du wieder gehen. Ich kann nicht fliehen. Nicht nach all dem, was ich meinem Vater schon angetan habe. Außerdem will ich Henk nicht noch mehr Munition liefern.« Mattis drückte den Rücken durch und richtete sich vor Berti auf. »Morgen werde ich mit Henk sprechen und das Missverständnis aufklären. Auch wenn ich noch nicht weiß, wie.«

Sein Freund lächelte schwach. »Alle halten dich für schuldig. Raudi und seine Schatten haben ganze Arbeit geleistet.«

Scheiße.

»Dein Vater hat uns einen Besuch abgestattet.«

Doppelte Scheiße.

»Hat er euch beschuldigt? Es tut mir so leid, wenn er euch beleidigt hat. Er weiß es nicht besser. Dieser Ältestenrat ist wie die schlimmste Gehirnwäsche.«

Berti grinste breit.

»Tief durchatmen, Klugscheißer. Es war seine Idee, dass wir dich befreien.«

Mattis verschluckte sich am eigenen Atem und röchelte bitter.

»Pst«, flüsterte Berti und sah sich um. »Wir sollten verschwinden, ehe sie uns bemerken.«

»Aber warum?« Ungläubig schüttelte Mattis den Kopf. »Warum sollte mein Vater wollen, dass ich fliehe?«

Berti schwamm dicht an Mattis heran und flüsterte: »Aus genau zwei Gründen. Erstens: Du sollst den wahren Mörder finden und euren Namen wieder reinwaschen. Und ...«

»Und zweitens?«, unterbrach Mattis ihn aufgeregt. Das alles konnte nur ein böser Scherz sein. Sein Vater stachelte die *Wilden* an, seinen Sohn aus dem Gefängnis zu befreien? Fielen gleich die Sterne vom Himmel?

»Hildas Beerdigung findet jeden Augenblick statt. Svea braucht dich jetzt. Lutger klebt an ihr wie eine blutleckende Zecke.

»Das ... hat mein Vater ... gesagt?« Mattis warf Berti einen misstrauischen Blick zu.

»Seine Worte. Nicht meine.«

Mattis verharrte auf der Stelle und starrte gedankenverloren ins Wasser. Sein Vater wollte, dass er Svea beistand?

»Los jetzt, Klugscheißer.« Berti schubste ihn und gab ihm mit einem Nicken zu verstehen, dass er ihm folgen sollte.

Innerlich flehte Mattis den großen Njörd an, dass niemand sie entdeckte. Doch Zug um Zug, während er Berti nachschwamm, legte sich ein breites Grinsen auf sein Gesicht. Nun war er sich sicher: Mit seinen *Wilden* konnte er jedes Ziel erreichen, gemeinsam versetzten sie Leuchttürme.

Dass sein Vater seine Flucht organisiert hatte, konnte Mattis noch immer nicht glauben. Selbst als er bereits in den Dünen zwischen den langen Gräsern des Strandhafers hockte und die *Seidenfedern* an der Ostsee dabei beobachtete, wie sie sich zwischen Tratschtanten, Piepmätzen und anderen Möwengangs von Hildas Leichnam verabschiedeten. Sogar Irmgard und Adelheid waren gekommen, um Hilda die letzte Ehre zu erweisen, die für alle sichtbar auf einem Nest aus Muscheln und vertrockneten Algen aufgebahrt im Sand lag.

Berti, Haui, Pit und Fiete hielten um die Düne herum Wache und sorgten dafür, dass ihn niemand sah.

181

Svea wirkte gebrochen. Das sah er trotz der angehenden Dunkelheit. Ihr Gesicht wirkte verquollen und leer, die silberschwarzen Flügel hingen trostlos im Sand, während sie ihren graublauen Kopf zu Lutger beugte, um Halt zu finden.

Lutger.

Mattis grummelte in sich hinein.

Der Kormoran stand neben Svea und als Mattis sah, wie er sie mit seinem großen Flügel an sich drückte, wollte er sich am liebsten übergeben. Stattdessen erfasste er mit dem Schnabel einen der Grashalme und riss kräftig daran.

Die Identität des Kormorans mochte wahr sein, seine Aussagen ebenso, doch seine Anwesenheit bewirkte, dass Mattis vor Wut fast die Federn ausfielen. Er presste den Bauch weiter in den angewärmten Sand und spie den Grashalm angewidert aus, während Pit – wie besprochen – unauffällig den Strand hinunterschlenderte. Als er die Traube der trauernden Vögel erreicht hatte, drängelte er sich bis zu den *Seidenfedern* durch. Stine und Alina standen neben Svea und stützten sich gegenseitig. Ihre Blicke ruhten auf Hilda.

Pit verbeugte sich besonders tief vor dem Leichnam und wandte sich anschließend an Svea, indem er sich zu ihr stellte.

Was er sagte, konnte Mattis nicht hören, aber als Svea sich kurz darauf zu den Dünen umdrehte, zog er sofort den Kopf ein. Während er vorsichtig hinter einem besonders dicken Büschel Gräser hervorschaute, kam sie mit Pit zusammen in seine Richtung.

Lutger schaute ihr nach, ein wenig zu lange für Mattis' Geschmack, dann blickte er wieder auf Hilda und stimmte in das Lied mit ein, welches die Trauergemeinde um ihn herum für die Tote im Chor kreischte.

»Was, beim großen Njörd, treibst du hier?«, rief Svea so plötzlich, dass Mattis erneut zwischen den Gräsern der Düne abtauchte. Die langen Stängel verschluckten ihn wie die Wellen der Ostsee den Sandstrand.

Pit hatte sich anstandslos zurückgezogen und befand sich mittlerweile wieder auf seinem Posten am Strandeingang neben der Düne.

»Nicht so laut«, bat Mattis und winkte die Hybridin zu sich herunter. »Ich bin auf der Flucht.«

»Das sehe ich«, murmelte Svea und rollte mit den Augen. Nur widerwillig begab sie sich auf seine Augenhöhe und huschte zu ihm in den Strandhafer. »Warum hast du das gemacht?«, fauchte sie und pickte mit dem Schnabel in sein Gefieder. Es war kein Schmerz, der einsetzte, als sie ihn traf, es war die Erinnerung an ihre gemeinsame Vergangenheit, an eine sehr viel schönere Zeit. »Alle werden denken, dass du der Mörder bist.«

Mattis bog das lange Dünengras zur Seite, damit es Svea nicht ins Gesicht fiel.

»Ich wollte dich sehen, bei dir sein.« Seine Kehle schnürte sich zu. Mit jeder Silbe verlor seine Stimme mehr an Kraft. »Das mit Hilda tut mir unendlich leid. Ich weiß, wie viel sie dir, wie viel sie euch allen bedeutet hat.«

Svea blickte ihn an, als wolle sie ihm tausend Dinge sagen. Doch das Einzige, was sie hervorbrachte war: »Danke.«

Ihre bernsteingelben Augen musterten ihn, wirkten mit einem Mal undurchdringlich.

Nervös räusperte Mattis sich und versuchte, den wachsende Kloß in seinem Hals zu unterdrücken.

»Und …«, fing er an zu stottern, »ich will den Mörder stellen … und ihn der *SAR* ausliefern. Bloß weiß ich noch nicht, wie.« Entschuldigend zuckte er die

Flügel und lächelte schief in der Hoffnung, dass er nicht ganz so albern wirkte, wie er sich fühlte.

Sveas Gesichtsausdruck veränderte sich und ihr rötlicher Schnabel zitterte leicht. Mattis wollte nicht glauben, dass sie noch trauriger aussehen konnte.

»Ich muss dir etwas sagen«, sprach sie mit einem Beben in der Stimme und schloss die Lider.

Mattis schluckte und war froh darüber, dass er bereits im Sand hockte. Die Nachricht darüber, dass sie mit Lutger gemeinsam ein Nest bauen wollen würde, würde ihm sicherlich die Schwimmfüße wegziehen oder ihn in Ohnmacht fallen lassen.

Bitte nicht umfallen, flehte er innerlich. *Bitte nicht umfallen.*

Als Svea die Augen wieder öffnete, waren sie mit Tränen gefüllt.

»Lutger hält dich und deinen Vater für die Mörder und hat die gesamte *Stille Post* auf Moje angesetzt. Er will ihn ebenso in Gewahrsam sehen wie dich.«

»Bitte wie? Warum das?«

Zwar war sein Vater ein konservatives Ratsmitglied mit Stock im Bürzel und antiquierten, verschrobenen Ansichten, aber deswegen hatte er noch lange keine Haftstrafe verdient.

Schämte Svea sich?

»Sag es mir. Bitte!«, flehte Mattis sie an und strich ihr gleichzeitig mit dem Flügel sanft über den Bauch, so wie er es früher immer getan hatte. Vor nicht allzu langer Zeit. Als sie beide ein Paar gewesen waren und die Welt am Südstrand noch sonnig und ohne nächtliche Leichen in den Dünen war.

Er hielt den Atem an, wartete, ob sie seinen Flügel wegstoßen würde, doch sie ließ es geschehen und schloss die Augen. Ihre weichen Federn wieder zu berühren, fühlte sich an, wie nach Hause zu kommen, wie durchzuatmen nach einem Marathonflug quer

184

über die Insel und wie der Duft Hunderter frisch gebackener Brötchen ganz für ihn allein.

»Ich habe ihn gesehen«, wimmerte sie leise. »Moje. In der Nacht als Hilda starb.«

»Und?« Mattis zog den Flügel zurück und fixierte Svea. Sein Tonfall war gröber, als er beabsichtigt hatte. »Was willst du damit sagen?«

Sie zögerte und drehte sich von ihm weg.

»Ich habe es der *SAR* nicht gesagt, weil …« Sie schluchzte leise. »… weil wir einmal ein Paar waren. Und weil ich nicht möchte, dass du mich für eine Verräterin hältst.«

»Du denkst auch, dass mein Vater der Serienmörder ist?« Abfällig lachte Mattis. »Hat Lutger dich einer Gehirnwäsche unterzogen?«

Noch ehe er die letzten Worte ausgesprochen hatte, wusste er, dass sie ein Fehler gewesen waren. Zurücknehmen wollte er sie jedoch nicht. Warum erzählte sie solche Absurditäten? Lutgers Einfluss brachte sie offensichtlich völlig durcheinander. Svea sah ihn an, als wäre er jemand anderes. Nicht derjenige, der sie noch vor wenigen Herzschlägen liebkost hatte, nicht derjenige, der sie bis in alle Ewigkeit lieben würde.

Ihr Blick machte ihm Angst und er stand auf. Sanft breitete er die Schwingen aus und wollte sie umarmen, doch sie wich mit einem Kopfschütteln vor ihm zurück.

»Warum sonst war er dort nachts unterwegs? Dein Vater hat den Südstrand nicht mehr betreten, seitdem wir zusammengekommen sind. Erinnerst du dich?« Ihre Worte überschlugen sich beinahe, so schnell redete sie. »Lutger sagt, dass Moje öfter nachts in den Dünen herumschleicht. Er konnte ihn bislang als Täter nur nicht überführen.«

»Dieser Vollidiot!«, wetterte Mattis. Ihn scherte es nicht mehr, ob ihn jemand entdeckte. »Der Kormoran leidet doch schon an Sehschwäche, so alt wie der ist. Glaub ihm kein Wort, Svea. Der will nur, dass du dich von mir abwendest. Dafür benutzt er meinen Vater. Er weiß, dass ich mich seinetwegen von dir getrennt habe. Jeder am Südstrand weiß das. Lass dich nicht von den weißen Schläfen und dem schlauen Gerede blenden. Mach endlich die Augen auf und erkenne die Wahrheit.«

»Und die wäre?«

Er öffnete den Schnabel, wollte ihr sagen, dass er sie liebte, dass alles wieder in Ordnung kommen würde, alles würde wieder wie vorher sein, wenn sie Lutger verlassen, er den Mörder gefunden und sich entlastet hatte. Aber ihm stockte der Atem bei ihrem Blick, der aus purer Ablehnung bestand.

»Nicht … bitte«, stammelte er, als sie sich von ihm abwandte und ging. »Bitte. Geh nicht. Nicht so.«

»Ich muss«, antwortete Svea kühl, ohne sich zu ihm umzudrehen. »Lutger wartet auf mich.«

Mattis sackte zurück in den Sand. In ihm drehte sich alles, sein Puls raste mit seinen Gedanken um die Wette.

Krampfhaft dachte er darüber nach, was gerade geschehen war. So hätte dieses Gespräch nicht verlaufen dürfen. Wieso vergötterte sie diesen Kormoran? Weil er Journalist bei der *Stillen Post* war? Weil er größer war als er? Seine Federn bronzeschwarz und nicht silbergrau?

Wenn Lutger bei der *SAR* mit seiner absurden These Gehör fand und seinen Vater zusätzlich des Mordes beschuldigte, wäre Mojes Ruf vollständig ruiniert und er würde seinen Platz im Ältestenrat verlieren. Das würde sein Vater niemals verkraften. Wie konnte Svea das zulassen?

Enttäuscht schnaufte Mattis und nickte immerzu. Das Ganze konnte nur einen Grund haben.

Svea war dem Kormoran blind ergeben. Lutger hatte sie mit seinen Worten und seinem Charme manipuliert, sodass sie seine Worte für ihre eigenen hielt. Wie sonst konnte sie annehmen, dass sie Moje nachts in der Düne gesehen hatte? Sein Vater mied den Südstrand, seitdem sein einziger Sohn sich in eine Hybridin verliebt hatte.

»Schnell, Mattis. Komm!« Haui kämpfte sich durch den Strandhafer zu ihm und rempelte ihn von hinten an. Mit wehenden Flügeln drängte er ihn, sich zu bewegen. »Dein Geschrei hat ordentlich Aufmerksamkeit erregt. Du musst fliehen, sonst wanderst du zurück in den Knast.«

Wie in Trance folgte Mattis den Anweisungen, die ihm sein Freund zuflüsterte, und erhob sich an der Seite der *Wilden* in die Luft. Seine Aufmerksamkeit haftete auf Svea, die jeden seiner Flügelschläge mit einem eiskalten Blick verfolgte. Je schneller er flog, desto weiter entfernte er sich vom Südstrand und von seiner Liebe.

Während Mattis zum IFA Hotel flog, fiel ihm der beginnende Regen auf das Gefieder und hauchte ihm mit jedem kalten Tropfen wieder Leben ein.

Die *Wilden* hatte er zurück zur Trauerfeier geschickt, um die Lage zu sondieren. In der Düne sollten sie Patrouille laufen, denn die Nacht begann und ein Mörder lief frei herum. Raudi würde keine Feder krümmen, um irgendwen aufzuhalten, das wusste er, egal, was der Möchtegern-König vom Südstrand behauptete.

Mattis hingegen musste mit seinem Vater sprechen und es gab nur einen Ort, an dem er Moje um diese Zeit finden würde: das Dach, auf dem sie beide das letzte Mal gemeinsam glücklich gewesen waren.

Der Wind nahm zu, als Mattis sich von der Strandseite dem rechten Turm näherte. Das IFA Hotel bestand aus drei fast himmelhohen Fernblickhäusern, die direkt an die Promenade grenzten und jeweils sechs Seiten besaßen.

Mittlerweile war es so dunkel geworden, dass er den eigenen Schnabel nicht mehr vor Augen sehen konnte. Der Mond versteckte sich hinter dichten Regenwolken, kein Stern funkelte am Nachthimmel. Das Licht der Laternen an der Promenade wies ihm den Weg und gewährte ihm gerade genug Dunkelheit, um nicht von jedem Vogel erkannt zu werden. Kriminalhauptkommissar Henk hatte sicher schon entdeckt, dass er unter dem *Jollensteg 1* nicht mehr seine Bahnen zog.

Balkon für Balkon flog Mattis im Regen die steile Außenwand der siebzehn Stockwerke des rechten Turmes entlang, hinter den meisten Balkonfenstern herrschte Finsternis. Entweder schliefen die Strandläufer ihren Sonnenrausch aus oder saßen vermutlich in den Strandbars der Promenade und ließen mit ihrer Feierlaune die Vögel nicht ruhen.

Mit jedem Flügelschlag, der Mattis näher an sein Ziel brachte, wuchs seine Unsicherheit. Was, wenn Svea recht hatte und Moje nachts in der Düne umherschlich. Was, wenn sein Vater derjenige war, der …

Mattis brachte es nicht übers Herz, diesen Gedanken zu vollenden. Niemals könnte sein Vater solch grausame Dinge tun. Er verabscheute die Hybriden, das hatte Mattis am eigenen Leib erfahren dürfen, aber auf keinen Fall würde Moje eine Möwe auf solch kaltblütige Weise verletzen können.

Das Dach des Turms wirkte fremd und Mattis erschauderte, als er mit den Schwimmfüßen am nasskalten Geländer aufsetzte. Seit dem Tod seiner Mutter war er nicht mehr hier gewesen.

Die Erinnerungen an sie umfingen ihn nur langsam: frische Muscheln, weiche Federn und jede Menge Liebe. Noch nie hatte er ihre Sanftmütigkeit so vermisst wie in diesem Augenblick.

Um den stechenden Schmerz in seiner Brust zu unterdrücken, presste er die Lider zusammen und sprang auf das Dach hinunter. Als er im Regen nach Luft japste, entdeckte er ihn.

Hinten an der Ecke, an jenem Ort, an dem ihr Nest gestanden hatte, sah Mattis eine schemenhafte Gestalt.

Er hob ab und drei, vier Flügelschläge später stand er hinter ihm. Erst jetzt erkannte er im Dunkeln seinen Vater, der ihm den Rücken zuwandte und auf den Boden starrte, das Gefieder vollkommen durchnässt. Die Federn klebten an ihm, ließen ihn älter wirken, irgendwie zerbrechlich.

Ehe er ihn ansprechen konnte, vernahm er seine Stimme.

»Denkst du manchmal an sie?«, fragte er, ohne sich umzudrehen.

»Jeden Tag.«

»Sie fehlt mir, Mattis. Jede Stunde. Jeden verdammten Augenblick.«

Mattis verspürte das Bedürfnis, seinen Vater zu umarmen, brachte es jedoch nicht übers Herz. Das letzte Mal, als sie derart vertraut miteinander umgegangen waren, lag Jahre zurück.

»Wir waren glücklich hier oben. Zu dritt. Zumindest eine Zeit lang.«

Mattis nickte und schwieg. Noch nie hatte er seinen Vater über die Vergangenheit, geschweige denn über seine Mutter sprechen hören, ohne dass darauffolgte, dass sie sich für ihren Sohn schämen würde.

»Manchmal ... nein ... eigentlich immer ...« Einen Moment hielt Moje inne, ehe er weitersprach. »Ihr beide seid euch auf eine Weise ähnlich, die mir … Da ist dieser Schmerz, er …«< Sein Vater schüttelte den Kopf, als kämpfte er mit jedem einzelnen Wort.

Sollte er ihm antworten? Ihm sagen, wie er sich fühlte? Ohne seine Mutter, ohne seine Eltern? Mattis hielt den Atem an, um nicht eine Sekunde des Gesprächs zu verpassen.

»Erinnerst du dich an ihre Vorliebe für dicke Schnecken?« Moje lachte leise. »Jeden Tag bin ich zur Wiese der Galloway-Rinder geflogen und habe das Gras nach Weinbergschnecken abgesucht, nur um ihr eine Freude zu machen.«

Ein Schluchzen entwich Mattis. Das Lächeln seiner Mutter sah er direkt vor dem inneren Auge. Ihr reines, schneeweißes Gefieder, die feinen silbergrauen Schwingen, der goldgelbe Schnabel mit dem roten Gonysfleck an der Seite und die zartesten, schwefelgelben Augen, die er je in seinem Leben gesehen hatte. Die Erinnerungen überschwemmten ihn förmlich.

»Oder«, setzte Mattis schniefend an, »wie sie uns immer mit einem verrückten Tanz zum Lachen brachte, wenn wir uns mal wieder gestritten hatten. *Dickköpfige Streithähne*, so hat sie uns jedes Mal genannt, oder nicht?« Aufgeregt sah er den Hinterkopf seines Vaters an. Dass er sich ihm endlich anvertraute, diesen besonderen Augenblick würde er niemals vergessen.

Doch Moje schwieg. Erst nach einer Weile räusperte er sich, als hätte er sich an einer Miesmuschel verschluckt, und drehte sich zu ihn um. Sein Vater trug denselben Gesichtsausdruck wie jedes Mal, wenn sie sich begegneten.

»Was machst du hier?«, fuhr er ihn mit einem Mal an. »Solltest du nicht meinen Ruf retten? Ich habe dich nicht befreien lassen, damit du dich wieder einfangen lässt.«

Innerlich lachte Mattis. Vielleicht weinte er auch. Er wusste es nicht. Für einen Augenblick verharrte er reglos, bis er wieder klar denken konnte.

»Mich wird niemand finden.« Mattis wollte mit den Augen rollen, doch die Angst vor Mojes strafendem Blick hielt ihn zurück.

»Und warum vergeudest du wichtige Zeit?«

»Ich wollte dich fragen …« Mattis stockte und stöhnte.

Konnte es tatsächlich so schwer sein, seinem Vater eine Frage zu stellen?

»Sprich endlich. Wir können nicht ewig im Regen stehen.«

Doch, das konnten sie. Ihrem Gefieder machte die Nässe nichts aus, aber Mattis sah, wie unangenehm seinem Vater diese Begegnung war. Verständnisvoll nickte er, holte tief Luft und kratzte den letzten Tropfen Mut aus der hintersten Ecke seines Herzens.

»Warum der Sinneswandel, Vater? Warum begehst du eine Straftat für … mich?« Mattis trat zwei Schritte zurück, um nicht zu riskieren, sich den wehenden Flügel seines Vaters einzufangen.

»Sicher nicht, damit du gleich wieder eingesperrt wirst, weil du am Südstrand herumfliegst. Du solltest den Mörder finden und uns rehabilitieren. Mein Ruf steht auf dem Spiel. Deiner auch.«

»Und Svea?«

Die sonnengelben Augen seines Vaters verdunkelten sich.

»Was ist mit ihr?«

»Warum wolltest du, dass ich sie treffe? Ich dachte, ich sollte mich von ihr trennen?«

Ohne die geringste Spur von Eile schlenderte Moje ihm entgegen und sah ihn an, sah ihm direkt in die

Seele. Mattis fühlte sich wieder wie ein Küken, das frech und sorgenfrei dahergeredet hatte und nun mit Nachdruck zurechtgewiesen werden würde.

Doch er sollte sich irren.

»Ich will nicht, dass du leidest«, sprach sein Vater mit ernster Miene.

Mattis schluckte schwer, wagte jedoch nicht, zu sprechen, geschweige denn, zu atmen, während sein Herz vor Unsicherheit hüpfte. Was hatte das alles zu bedeuten?

»Das wollte ich nie«, fuhr Moje fort und seine Stimme nahm einen bedrückten Tonfall an. »All die Zeit habe ich nur nach unseren Regeln gehandelt, nach genau den Regeln, nach denen ich erzogen worden bin. Ich will, dass du das weißt.«

Sein Vater entfernte sich von ihm und blickte in die Richtung der Kohlhof-Insel, als suche er dort in der Dunkelheit nach passenden Worten. Der kalte Wind peitschte ihnen die Regentropfen auf das Gefieder, sodass Mattis Mühe hatte, sich zu konzentrieren.

»Und du solltest die Möglichkeit bekommen, dich von deiner Hybridin zu verabschieden, bevor der Rat beim nächsten Vollmond das Gesetz erlässt.«

»Wovon sprichst du?«, hakte Mattis stirnrunzelnd nach. »Welches Gesetz?«

Er wusste, dass der Ältestenrat einmal im Monat, wenn der Mond voll und rund am Nachthimmel hing, Gesetze erließ, die den Alltag der Möwen bestimmten.

»Sie wollen alle Hybriden gesetzlich verbieten lassen. Niemand von ihnen wird den Südstrand je wieder betreten dürfen.«

»Sie?«

»Wir. Du weißt, der Rat ist eine Einheit und entscheidet nur einstimmig.«

»Aber das könnt ihr nicht machen. Ihr habt nicht das Recht zu entscheiden, wen ein Vogel liebt. Hybriden sind ein Teil unserer Natur, unseres Lebens! Vater, das musst du verhindern. Bitte!«

Panik erfasste ihn und breitete sich wie heißes Feuer unter seinem Federkleid aus. Ein Leben am Südstrand ohne die *Seidenfedern*, ohne die anderen kunterbunten Vögel war für Mattis unvorstellbar.

Moje drehte sich zu ihm um und für einen kurzen Moment hatte Mattis das Gefühl, als wolle sein Vater ihn trösten. Aber der Gedanke löste sich in Luft auf, als Mojes Gesicht auf einmal wie versteinert wirkte und keine Regung zeigte.

»Der Ältestenrat ist allmächtig. Ihn interessieren keine Gefühle. Der Erhalt der Möwen in ihrer ursprünglichen Form ist sein oberstes Ziel. Dafür wurde er gegründet.«

Aufgebracht wedelte Mattis mit den Schwingen, um seiner aufsteigenden Hitze Einhalt zu gebieten.

»Du kannst dagegen stimmen, Vater. Setz dich für das Richtige ein. Eine Stimme genügt, um das Gesetz zu blockieren, nicht wahr? Eine einzige.«

»Das geht nicht.« Sein Vater wandte den Blick ab und schaute zu Boden. »Ich hänge viel zu tief mit drin. Du weißt nicht, wozu die Ältesten fähig sind.«

Wie meinst du das?, wollte er fragen, während ihm der Regen übers Gesicht lief. Doch Mattis schwieg — er ahnte, dass ihm sein Vater darauf keine Antwort geben würde. In die Geheimnisse des Ältestenrats würde er erst eingeweiht werden, sobald er sich offiziell den Ratsmitgliedern anschloss und den Initiationsritus durchlief.

»Genug der vielen Worte. Hast du nicht eine Aufgabe zu erfüllen?« Mojes Stimme klang hohl, als ränge er mit der Fassung.

Je länger Mattis im Regen stand und seinen Vater still beobachtete, desto mehr drang ihm die Kälte unter die Federn bis ins Mark und traf ihn dort, wo er seine Gefühle für Moje vergraben hatte. Ihm war nie bewusst, unter welchem Druck sein Vater durch den Ältestenrat der Möwen stand. Hatte er sich jemals gefragt, wie sein Vater sich fühlte? Ob er einsam war? Er konnte sich nicht daran erinnern.

»Mattis?«

»Hm?« Mattis schaute auf und blickte sein Gegenüber an.

»Du solltest jetzt gehen.«

»Gleich.« Mattis kniff die Augen kurz zusammen, um die Gedanken zu sortieren. »Ich wollte dich noch warnen.«

»Mich?«

»Vor der *Stillen Post*. Ein Journalist will beweisen, dass du die Möwen umgebracht hast. Er erzählt überall herum, dass du nachts am Südstrand in den Dünen herumschleichst.«

Zu seiner Verwunderung wirkte Moje nicht überrascht.

»Der Kormoran.«

»Woher weißt du das?« Kannte er Lutger?

»Unwichtig. Kümmere du dich darum, deine Unschuld zu beweisen und überlass den Vogel mir.«

Sein Vater wandte sich von ihm ab und hüpfte auf den Rand des Daches.

»Warte, Vater. Was hast du dort gemacht? In den Dünen.«

Mattis musste es riskieren, musste seinen Vater fragen, ob Sveas Anschuldigungen der Wahrheit entsprachen. Innerlich zerriss es ihn, aber wegzusehen war für ihn keine Option mehr.

Mojes Blick verdunkelte sich und erhobenen Hauptes sah er auf ihn herab, als wäre Mattis gerade erst aus dem Ei geschlüpft und lediglich in der Lage, den Schnabel zu öffnen, um gefüttert zu werden.

»Das hat dich nicht zu interessieren.«

Die harschen Worte seines Vaters peitschten Mattis ebenso schnell um die Ohren wie der Wind und ein Gedanke drängte sich an die Oberfläche, der ihm Unbehagen bereitete.

Konnte es wahr sein? War Moje der Mörder der Möwen? Mattis kannte niemanden, der Hybriden derart verabscheute wie sein Vater.

»Sag es mir, bitte. Ich muss es wissen.«

Eiskalt fuhr es ihm durch die Glieder, als er seinen Vater betrachtete, dessen Blick nicht ausdrucksloser hätte sein können. Mattis hielt die Luft an und unterdrückte das unbehagliche Gefühl, das ihm hinterhältig die Nackenfedern hochkroch und ihm einen kräftigen Schauder bescherte.

»Was musst du wissen? Ob der Kormoran recht hat? Ob ich in der Nacht Hybriden töte?«

Mattis nickte, traute sich jedoch nicht, in die aufgewühlten Augen seines Vaters zu schauen.

Ein Zischen erklang wie eine plötzliche Bewegung, Flügel schlugen in der Luft und als Mattis aufblickte, war Moje verschwunden.

Er schnellte zum Rand, suchte seinen Vater in der Nacht und fand ihn im Flug, der ihn direkt zur Kohlhof-Insel führte, bis ihn die Dunkelheit verschluckte.

Seufzend starrte Mattis seinem Vater hinterher.

Offenbar waren sie beide auf der Flucht.

O grausame Vergeltung

— Irgendwo am Südstrand —

Ein Wetter ganz nach seinem Geschmack. Je später die Nacht voranschritt, desto mehr tobte der Wind und desto stärker prasselte der Regen auf sein Gefieder. Zwischen dem Strandhafer der Düne roch es nach nassem Sand, feuchten Steinen und aufgeweichten Federn. Trotz des Unwetters glich der Südstrand einem Rummelplatz.

Wo er auch hinblickte, erahnte er Umrisse von Möwen, Erpeln und Enten, die zwischen hohen Gräsern hockten oder am Strand und auf der Promenade umherliefen. Der Südstrand war in Aufruhe, schließlich war ein Mörder auf der Flucht.

Er lachte in sich hinein.

Dass die *SAR* den anderen für die Morde verantwortlich machte, musste ein Wink des Schicksals sein.

Zwar bekam ein anderer die Anerkennung für seine göttliche Kunst und vor dem anderen, nicht vor ihm, schreckten die Möwen zurück, wenn sein Name im

Geheimen geflüstert wurde, doch trotz alledem hatte er sein Ziel erreicht.

Anonymität war der hohe, schmerzhafte Preis, den er bereit war, dafür zu zahlen, dass er seiner Bestimmung weiter in Ruhe nachgehen konnte. Auch wenn es ihn innerlich beinahe zerriss.

Die Hybriden lebten in Angst, und obwohl sich sein Muschelspender mehr Zurückhaltung in der Offenbarung der Kunstwerke gewünscht hatte, würde auch er mit seiner Arbeit zufrieden sein.

Er ging ein paar Schritte zum Strand hinunter, unbekümmert im Schutz der Nacht, und verschaffte sich einen Überblick. In seiner bevorzugten Düne saßen so viele Vögel, dass sie ohne Probleme den Chorknaben hätten Konkurrenz machen können. Er schmunzelte und huschte von Strandkorb zu Strandkorb, auf denen Möwen schliefen und sich in Sicherheit wähnten.

Naives Federvieh.

Wenn sie glaubten, er wäre nicht flexibel genug, den Ort seiner Inspiration zu wechseln, hatten sie nichts anderes als den Tod verdient.

Wenige Minuten schlich er am Strand entlang, hörte den rauschenden Wellen zu, wie sie sich mit den Regentropfen vereinten und erklomm eine weitere Düne, fernab des Trubels.

Er sog die nasse Nachtluft ein, bewegte den Hals von links nach rechts, dehnte die Flügel, senkte dabei den Bauch und erhob sich wieder, um seinen Beobachtungsposten zwischen Dünenrosen und Strandhafer einzunehmen. Sein Blick huschte über den Strand, auf der Suche nach einsamen Hybriden.

Ihm schwebte ein neues, aufregendes Kunstwerk vor: gebrochene Knochen und blutige Federn gemischt mit nassem Sand und sturmgepeitschten Grashalmen – ein Meisterwerk.

Wer durfte heute seine Leinwand sein?

Er schwenkte den Kopf zwischen den Halmen hin und her und entdeckte einen kleinen Hybriden am Strand, der sich einem Muschelhaufen widmete, als eine Stimme so kühl und leise an sein Ohr drang, dass er vor Schreck zusammenfuhr.

»Deine Dienste werden nicht mehr benötigt.«

»Beim großen Njörd!«, platzte es aus ihm heraus, wobei er den Schnabel zusammenpresste, um nicht laut zu schreien. Sogleich schoss er aus dem Strandhafer hoch und schaute sich um.

Niemand sah zu ihnen, niemand schien seinen Aufschrei im Sturm gehört zu haben.

»Schleich dich nicht noch einmal so an mich heran! Es könnte dein letztes Mal sein!«, fauchte er seinem hohen Besuch entgegen, während er ihn aufgebracht anfunkelte. »Was machst du hier?«

»Ich wiederhole mich nicht gern.«

Er schüttelte den Kopf und betrachtete sein Gegenüber.

Faltig und gebrechlich. Irgendwie erbärmlich.

»Das liegt nicht in deiner Macht, alter Vogel. Das hast du nicht zu entscheiden. Ein Künstler wie ich wird getrieben von der Kreativität und erst, wenn sie verschwindet, setze auch ich mich zur Ruhe.«

»Deine Muschelquelle ist versiegt.«

»Deine Muschelquelle ist versiegt«, imitierte er sein Gegenüber, nur in einem viel tieferen, theatralischen Tonfall. Wie konnte er annehmen, dass ihn Miesmuscheln bei seiner Gabe antrieben?

Zu Beginn vielleicht, doch jetzt leitete ihn die hohe Kunst selbst. Eine Kraft von unendlichem Ausmaß und Ausdauer.

Er bedachte seinen Besuch mit einem kritischen Blick, bevor er sprach.

»Stell dir vor, in meiner Kunst geht es nicht um öde Muscheln. Es geht um die Dramatik, den Nervenkitzel, die Farben, die Komposition der Zutaten und die gute Tat an der Gesellschaft. Ich dachte, wir wären uns einig.« Er seufzte schwer und wandte sich ab. »Jetzt lass mich zufrieden und störe mich nicht länger. Mein nächstes Opfer ist bereits gewählt.«

Ohne sich umzudrehen, kehrte er an die Stelle im Strandhafer zurück, an der er aufgeschreckt war, und suchte nach dem jungen Hybriden und seinem Muschelhaufen.

Dort. Direkt unten am Wasser. Der Hybrid bestaunte mittlerweile die Wellen.

Er lachte in sich hinein und flüsterte: »Gleich wirst du meinen kräftigen Schnabel bestaunen.«

Ein heftiger, dumpfer Aufprall ertönte und ein stechender Schmerz durchzog ihn am Hinterkopf. Er stöhnte, schwankte und kippte leicht zur Seite, fing sich jedoch wieder. Das Brummen seines Schädels vermischte sich mit dem Dröhnen des Windes.

Dann sah er auf. Sein Besucher stand nach wie vor hinter ihm.

»Was, beim großen Njörd, ist dein Problem?«, rief er, während er sich im Sand aufsetzte.

Der Blick seines Gegenübers war mörderisch.

Tumult am Südstrand

— Südstrand. Wasserrutsche —

Auf den Sturm folgte Ruhe und Mattis wagte sich im Morgengrauen näher an den Strand heran. Die regnerische Nacht hatte er auf der unruhigen Ostsee hinter einer Wasserrutsche verbracht. Oben nass, unten nass. Alles kein Vergnügen.

Der Strandabschnitt vor dem IFA Hotel wirkte wie ausgestorben. Kaum ein Vogel war zu sehen, geschweige denn ein Strandläufer. Selbst die Ostsee um Mattis herum war vogelleer.

Gemächlich bewegte er die Schwimmfüße und ließ sich in Richtung *Strandburg* treiben, während sich die Sonne hinter seinem Rücken aus dem Wasser erhob.

Die Neugierde trieb ihn voran und jedwede Vernunft, sich im Hintergrund zu halten, löste sich in Luft auf.

Hatten die *Wilden* den Mörder gefangen oder gab es ein weiteres Opfer? Er musste wissen, ob Svea und die anderen Hybriden wohlauf waren.

Je näher er seinem Strandabschnitt kam, desto aufgeregter wurde er. Sein Blick schnellte über den Strand und die See, dann wieder über den Strand. Beim kleinsten Anzeichen der Entenpolizei würde er fliehen müssen.

Was war das?

In der Düne vor der *FehMare* Badelandschaft nahe der *360 Grad Bar* versammelten sich Möwengangs, Schnattertanten, Dunkle Ritter und Piepmätze. Aufgebracht sprachen sie durcheinander. Einige weinten, andere kreischten laut.

Schlagartig schoss Mattis der Puls in die Höhe und er verließ das Wasser, um den Strand zu betreten. Der Sand unter den Schwimmfüßen fühlte sich krümelig und gleichzeitig fester vom Regen an. Er schlich zu einem der Strandkörbe, um sich an dessen Seite zu verstecken.

Niemand schenkte ihm Aufmerksamkeit, die Vögel waren zu sehr damit beschäftigt, in der Düne zu stehen und zu gaffen.

Mattis kniff die Augen und versuchte, Svea zwischen den Möwen zu entdecken oder einen von den *Wilden*.

Fiete erkannte er zuerst. Sein graubraunes Gefieder zitterte und er jammerte still. Neben ihm standen Haui und auch Pit. Mit offenen Schnäbeln und unruhigen Augen fixierten sie den Sand.

Mattis reckte den Hals, um zu sehen, was geschehen war, aber er besaß nicht den langen Hals eines Graureihers oder eines Schwans. Und auffallen durfte er nicht.

Berti konnte er nicht sehen. Ebenso wenig Svea oder Lutger. Dafür Alina und Stine. Sie befanden sich gegenüber von Pit in der Menge und drückten sich zwischen dem Strandhafer aneinander, wohl um sich gegenseitig Trost zu spenden.

»Eine weitere Leiche«, hörte er eine Möwe flüstern, die gemeinsam mit einer Taube die Düne betrat.

Mattis' Schwimmfüße bewegten sich vorwärts, ohne dass er sie davon abhalten konnte. Seine Gedanken kreisten um Svea und seine Angst verstärkte sich, dass sie dort vorn in … dass sie das nächste Opfer …

In seiner Kehle bildete sich ein schwerer Brocken voller Kummer und Sorge. Sein Herz überschlug sich, er rang nach Luft und huschte hinter den nächsten Strandkorb, um durchzuatmen.

»Tu dir das nicht an, Klugscheißer.«

Mattis fuhr zusammen und schnellte herum.

Berti stand hinter ihm und schaute ihn mit den zwei traurigsten blassgelben Augen an, die er je gesehen hatte.

»Ist es … Svea?« Mattis keuchte und spürte dabei, wie die Trauer aus ihm herauszubrechen drohte.

Bertis Kopfschütteln beruhigte ihn.

Doch wer konnte es sein? Von den *Wilden* hatte er jeden gesehen, auch von den *Seidenfedern.*

»Ist es Raudi?«

Auch wenn Mattis wütend auf die Zwergmöwe war, den Tod hätte Raudi nicht verdient.

Abermals schüttelte Berti den Kopf.

»Du musst von hier verschwinden. Bald wird es am Südstrand von der *SAR* nur so wimmeln.« Er sah sich um, als verfolge ihn jemand. »Dein Vater. Er liegt dort vorn …«

Mattis rannte los. Das Ende des Satzes brauchte er nicht zu hören.

»Klugscheißer«, zischte Berti hinter ihm, aber Mattis reagierte nicht. Er eilte um den Strandkorb herum und hechtete den Strand hinauf, bis er die Düne erreicht hatte und durch den Drahtzaun hüpfte.

Zwischen Haui und Pit zwängte er sich durch, drängelte sich an einer Möwe vorbei, deren Name ihm entfallen war, entdeckte die Leiche seines Vaters und erstarrte.

Das Getuschel der Vögel um ihn herum verstärkte sich mit jedem Atemzug, aber das Gerede war ihm gleich. Auch ob Henk ihn fasste, interessierte ihn nicht. Seine Konzentration galt seinem Vater.

Moje lag mit dem Rücken im nassen Sand. Blätter der Dünenrosen und abgerissene Grashalme waren mit blutigen Sandkörnern vermischt worden und hüllten ihn ein wie eine Decke des Todes. Beide Flügel hatte er in einer bizarren, abgeknickten Haltung von sich gestreckt und die Schwimmfüße ragten zum Himmel, als trete er noch immer nach dem Mörder.

Aber sein Vater bewegte sich nicht mehr, er starrte ihn nur aus schwarzen Höhlen an.

»Vater!« Mattis rang nach Luft und seine Stimme brach, während er den Blick von der Möwenleiche abwandte.

Jemand rempelte ihn von hinten an.

»Komm, Klugscheißer.« Er spürte Bertis schwarzen Flügel auf dem Rücken, der versuchte, ihn wegzuziehen. »Bevor es zu spät ist.«

Mattis rührte sich nicht von der Stelle, wusste nicht, ob er lachen oder weinen sollte, so absurd war Mojes Anblick, reglos im Sand.

Sein Vater tot in den Dünen?

Er wollte ihn berühren, ihm in die Seite stoßen, ihm sagen, dass seine Scharade ein Ende hatte, ihn anschreien, er solle sich bewegen.

Doch im selben Atemzug war ihm bewusst, dass diese Gedanken sinnlos waren. Nie wieder würde er Mojes enttäuschten Gesichtsausdruck sehen. Nie wieder würde er mit ihm reden, mit ihm streiten.

Mattis schluckte hart.

»Was wollte er hier? Wieso ist er nicht auf der verdammten Kohlhof-Insel bei den anderen Ältesten in Sicherheit?«, murmelte er vor sich hin und blieb standhaft, als Bertis Flügel an ihm zerrten.

»Wahrscheinlich hat er dich gesucht.«

»Nein, Berti.« Mattis schüttelte den Kopf. »Gestern Abend haben wir uns erst gesehen und uns gestritten – wie immer. Ich hatte nicht verstanden, warum er …« Mattis stockte und entdeckte zwischen dem nassen Sandgemisch eine bronzeschwarze Feder. Kein reines Schwarz wie das auf den äußeren Schwingen seines Vaters, sondern bronzeschwarz. Er beugte sich zu ihr hinunter und stupste sie mit dem platten Schwimmfuß an, als wäre sie ein seltenes Lebewesen.

»Komm jetzt, gleich taucht die *SAR* auf.«

Doch Mattis scherten Bertis Worte nicht, ebenso wenig die Entenpolizei oder der Platz unter dem Bootssteg, der auf ihn wartete.

Nur ein Vogel, der sich am Südstrand herumtrieb, an *seinem* Strand, besaß solche Federn. Ein Kormoran, den er abgrundtief hasste.

»Lutger.«

Mattis schrie aus voller Kehle. Ein Laut, der all seine Wut, all seinen Hass und all seine Verzweiflung ausdrückte.

Überlass den Vogel mir, hatte sein Vater gesagt.

Lass gut sein, hatte Berti gesagt. *Gegen einen Journalisten kommst du nicht an.*

Sie alle lagen falsch und sein Vater hatte seinen Irrtum mit dem Leben bezahlt. Selbst Svea hatte … Beim großen Njörd, Svea!

Hektisch blickte Mattis sich um. Alina und Stine standen in Sichtweite, nur wo war Svea? War sie bei ihm?

»Der Journalist?« Haui trat neben ihn. »Hängt der nicht mit Svea herum?«

»Jaha«, grummelte Mattis. So fest er konnte, biss er den Schnabel zusammen.

»Wo ist Svea?«, rief er den *Seidenfedern* zu, als fünf Enten zum Sinkflug ansetzten. Wenige Flügelschläge später trafen sie hart und kompromisslos im Sand auf.

»Sie wollte einer Spur nachgehen«, kreischte Alina ihm zu. Mattis beobachtete, wie Kriminalhauptkommissar Henk mitsamt vier seiner Gefolgsenten und - erpel die umherstehenden Vögel beiseitestieß, um direkt zu ihm zu gelangen.

»Sieh einer an«, sprach Henk fast tonlos, während zwei Enten den Bereich der Düne absperrten, sie vertrieben die Schaulustigen zurück auf die Promenade und den Strand. »Der entflohene Mörder kehrt an seinen Tatort zurück.«

Die beiden Erpel zwängten Mattis in ihre Mitte, wobei sie jede seiner Bewegungen bewachten.

»Mattis ist kein Mörder!«, rief Fiete. Berti und Haui kreischten ihre Zustimmung, während Pit mit Nachdruck betonte: »Mattis ist unschuldig! So glaubt uns doch.«

Aber weder die Enten noch die Erpel der *SAR* schenkten ihnen Gehör.

Die Entenpolizei drängelte sie zurück. »Danke, dass ihr ihn alle bewacht habt«, brüllte einer der Erpel lautstark über die Düne. »Ihr könnt nun verschwinden. Die *SAR* übernimmt jetzt.«

Ein Raunen und Murmeln ging durch die Reihen der Vögel. Tratschtanten, Piepmätze und Möwengangs erhoben sich in die Lüfte, flatterten davon. Nur wenige verharrten am Rand der Düne, unter ihnen erkannte Mattis seine *Wilden* sowie Alina und Stine.

»Wen haben wir denn hier?« Henk untersuchte die Leiche näher. »Moje?«, staunte er, wobei er der Möwe unsanft den Sand vom Gesicht strich. »Habt ihr euch nicht gestern gestritten?« Neugierig funkelte Henk in Mattis' Richtung. »Als er dich in deinem Abteil besucht hat? Ist das die Art und Weise, wie du dich an deinem Vater rächst?«

»Ich habe meinen Vater nicht ermordet«, widersprach Mattis entschieden. Er wollte ihm ein paar Schritte entgegen gehen, doch die Erpel ließen ihn nicht vorbei.

»Ebenso wie die anderen Möwen«, erwiderte Henk trocken. »An deren Tod du selbstverständlich auch nicht schuld bist.«

»Richtig.« Mattis nickte, bis er die Ironie in der Tonlage des Erpels erkannt hatte. »Der Kormoran ist es gewesen. Seht doch.« Energisch deutete Mattis mit einem Flügel auf die bronzeschwarze Feder vor ihm im Sand. »Die ist von Lutger.«

»Eine Feder«, murrte Henk voller Spot. »Er will seine Unschuld mit einer einzigen Feder beweisen. Eine Feder, die er ohne Probleme dort platziert haben könnte. Nur für uns.«

Mattis schnaufte schwer. Waren bei der SAR denn alle begriffsstutzig?

»Mein Vater hat sie ihm im Kampf ausgerissen. So muss es gewesen sein.«

»Sicher«, tönte der Erpel neben ihm und rollte mit den Augen. »Dein Vater war wie alt? 100? Der konnte sich nicht einmal selbst die Federn herausreißen, geschweige denn einem fast doppelt so großen Kormoran.«

Henk schmunzelte, während seine Kollegen anfingen, zu lachen. »Ruhig, Männer. Vor uns liegt eine Leiche. Lasst sie uns mit dem gebührenden Respekt behandeln, den sie verdient.«

»Aber hört mir doch zu«, bettelte Mattis und konnte dabei nicht fassen, dass ihm niemand Glauben schenkte. »Ich habe Lutger bei Livia in der Nacht erwischt, als sie ermordet worden ist. Er stand direkt an ihrer Seite, ohne euch über ihren Tod zu informieren.«

»Mhm«, stimmte Henk ihm nickend zu. »Das hast du bereits erwähnt und wir haben den Kormoran dazu befragt.«

»Und?«, fragte Mattis aufgeregt. »Warum habt ihr ihn nicht gleich festgenommen?«

»Weil wir bloß Mörder verhaften, Söhnchen«, brummte Henk. Sein verschmitztes Lächeln verschwand hinter einem gefährlichen Gesichtsausdruck, auf den Mattis lieber verzichtet hätte.

»Wir bei der *SAR* mögen die *Stille Post* und deren verdrehte Wahrheit nicht, aber deshalb können wir noch lange keinen von ihren Journalisten verhaften, nur weil er seine Arbeit macht.«

Mattis hätte am liebsten um sich geschlagen, die silbergrauen Flügel ausgebreitet und jedem Vogel in seiner näheren Umgebung mit der kraftvollen Wucht seiner Schwingen wachgerüttelt.

Was musste er noch tun, um sie zu überzeugen? Ein gedämpftes Grummeln entwich ihm. Die *SAR* zu beschimpfen, war sicherlich keine gute Idee. Auf der anderen Seite ... Was sollte ihm schon geschehen? Einsperren würden sie ihn so oder so.

»Du kommst jetzt mit uns, ohne Widerstand. Hörst du?« Henk bedachte seine Erpel mit einem ernsten Blick, die sich sogleich in Position stellten. »Die Anzahl deiner Wärter ist bereits aufgestockt. Den *Jollensteg 1* wirst du nie wieder verlassen.«

»Aber Lutger hasst die Hybriden.« Aufgebracht stampfte Mattis mit den Schwimmfüßen auf den nassen Sand. »Jonte, der Graureiher, hat es mir erzählt. Seine langjährige Hybridenfreundin hat sich von ihm getrennt.«

»Deswegen ist er noch lange kein Mörder«, entgegnete der andere Erpel an seiner Seite und warf ihm einen Blick zu, der ihn eindeutig als Idiot kennzeichnete.

Die Verzweiflung in Mattis nahm Überhand. Die aufsteigende Wut ließ ihn schwindeln, doch er biss den Schnabel zusammen, um nicht durchzudrehen.

»Der Mörder ist eifersüchtig, weil dieser Lutger mit Svea zusammen ist«, krächzte jemand aus der Vogelmenge, der sich stark nach Raudis heuchlerischer Stimme anhörte. Mattis hatte sich schon gewundert, dass die Zwergmöwe nicht längst in der ersten Reihe einen Freudentanz aufführte und Grimassen schnitt.

»Mit Svea?«, fragte Henk erstaunt. »Gehört die Möwe nicht zu den *Seidenfedern*?«

»Henk!«, rief eine Ente, die den hinteren Abschnitt der Düne vor Gaffern sicherte, indem sie die Flügel ausbreitete und nach jedem schnappte, der es wagte, den Tatort zu betreten. »Deswegen hat er seinen Vater umgebracht. Moje wollte nicht, dass sein Sohn sich mit Hybriden trifft.«

»Exakt.« Der Kriminalhauptkommissar nickte. »Ich erinnere mich. Herzergreifende Geschichte.«

»Nein, nein!«, protestierte Mattis und ärgerte sich, dass hier jeder über seine Liebschaft Bescheid zu wissen glaubte, aber keiner es für nötig hielt, ihm zuzuhören. »Ich habe niemanden umgebracht. Ich habe meinen Vater geliebt!«

»Verbrechen aus Leidenschaft«, tönte es hinter Mattis aus dem dichten Strandhafer. »Ein schöner Titel für meine Story.«

War das Jonte? Doch Mattis hatte keine Zeit sich umzudrehen. Ihm war egal, ob der ganze Südstrand und die Entenpolizei ihn für schuldig hielten. Er wollte Svea finden. Er musste sich davon überzeugen, dass sie in Sicherheit war. Danach würde er Lutger suchen und ihn ungespitzt in den Boden rammen, bis er sich als Mörder zu erkennen gab.

»Ihr da!« Henk wirbelte herum und bedachte zwei Enten mit einem herrischen Blick. »Kümmert euch um den Tatort. Lasst niemanden die Leiche berühren, bis Spürnase Manni hier ist.« Anschließend nickte er den beiden Erpeln zu, die Mattis in ihrer Mitte bewachten. »Und ihr kommt mit mir. Unser Mörder wandert wieder zurück in sein Abteil. Dort wird er bis an sein Lebensende Wasser treten.«

Dann flog er davon.

Mattis wollte Einspruch erheben, Kriminalhauptkommissar Henk als unnütz und blind beschimpfen, aber in seinem Augenwinkel bemerkte er Berti, der unentwegt mit dem Kopf wackelte und ihm zuzwinkerte.

Zögerlich schaute er seinen Freund an. Was wollte er ihm sagen? Da zwinkerte er erneut.

Mattis' Augen wanderten zu Haui, Pit und Fiete. Auch sie lächelten ihm vertrauensvoll zu. Er grinste und atmete erleichtert auf.

Die *Wilden* hatten einen Plan.

Auf seine Jungs konnte er sich verlassen. Sie würden ihm Rückendeckung geben, was immer er tun würde. Selbst wenn sie sich einen Bootssteg mit ihm teilen mussten oder sich lebenslang auf Fehmarn auf der Flucht befanden oder sogar nach Heiligenhafen auswandern mussten.

Die *Wilden* waren immer füreinander da.

»Auf drei!«, brüllte der Erpel rechts neben Mattis und warf ihm einen bedrohlichen Blick zu, der ihn wohl an seine aussichtslose Situation erinnern sollte.

Tief atmete Mattis durch. Wohin sollte er fliehen? Er wandte sich um und erblickte die drei Türme des IFA Hotels, wie übergroße Strandkörbe standen sie in seinem Rücken. Da könnte er die Erpel abschütteln. Danach würde er Svea suchen.

»Zieh Leine«, flüsterte Haui und bedeutete Mattis mit einem Kopfnicken in die Lüfte zu steigen.

»Eins«, begann der Erpel an seiner Seite zu zählen, während sein Kollege Mattis anstarrte, als könne er ihn damit in Schach halten. »Zwei.«

»Such Svea«, zischte Pit und wedelte aufgeregt mit den hellgrauen Schwingen.

Mattis lächelte dankbar und sprang in die Luft, ohne den Startschuss des Erpels abzuwarten.

»Hiergeblieben!«, brüllte ihm jemand nach.

»Hinterher!«, schrie ein anderer.

Dann hörte er die *Wilden* »Angriff!« rufen und vernahm dumpfe Geräusche von überraschten Lauten, unterdrückten Schreien und gequältem Gekreische.

Vermutlich hatten die *Wilden* die Erpel bedrängt. Vielleicht sogar mit Kopfnüssen angegriffen. Hatten die *Biester* sich gegen sie gestellt? Dem Lärm nach zu urteilen, war ein größerer Kampf auf der Düne ausgebrochen.

Aber Mattis drehte sich nicht um, auch wenn es ihm schwerfiel. Er spürte den Wind um den Schnabel und unter den Schwingen, atmete die frische Morgenluft ein, welche mit jedem Flügelschlag gen Himmel kühler wurde. Die aufgehende Sonne hatte den angehenden Tag noch nicht erwärmt, leuchtete jedoch kräftig genug, als weise sie ihm den Weg.

Sein Ziel waren die drei Türme. Er wollte das IFA Hotel erreichen und sich dort auf einem der hinteren Balkone verstecken, bis er …

Mattis hielt inne und lauschte.

Was war das? Ein Rauschen kam näher, das wie hektisches Flügelschlagen klang.

Er wandte den Kopf und erschrak. Einer der Erpel musste sich losgerissen haben und flog gierig hinter ihm her.

»Hiergeblieben«, hechelte er. »Im Namen der *SAR*. Sofort landen! Du bist festgenommen!«

Mattis beschleunigte den Flug, flog höher, flog schneller, ließ die Promenade unter sich, überquerte die grüne Außenrutsche der *FehMare* Badelandschaft, die sich wie eine übergroße Schlange an der Hauswand entlangschlängelte, und steuerte die Türme an. Die Flügel brannten ihm vor Anstrengung, doch er gab nicht auf. Wenn sie ihn jetzt fassten, würde er Svea niemals wieder sehen.

Der Flügelschlag des Erpels verstärkte sich, als Mattis der Front des ersten Turms näherkam. Hatte sein Verfolger ihn gleich erreicht? Das wilde Flattern seiner Flügel vernahm Mattis direkt hinter sich, aber den Schulterblick wagte er nicht. Er fixierte sich auf seinen Plan: Schutz hinter einem der Balkone suchen.

So schnell er konnte, zog Mattis an dem ersten Turm vorbei in Richtung Parkplatz auf der Straßenseite. Er flog eine Kurve und bog nach rechts ab, wobei er auf den mittleren Turm zusteuerte.

Sein Blick suchte nach dem perfekten Balkon, um sich zu verstecken. Kinder spielten auf dem einen, auf dem anderen frühstückten Strandläufer. Aus Erfahrung wusste er, dass Strandläufer beim Essen nicht gestört werden wollten und noch mehr Ärger brauchte er gerade nicht.

Mit aller Kraft intensivierte er den Flügelschlag und zischte zwischen den ersten beiden Türmen hindurch. Höher, schneller. Nur knapp flog er an der Außenwand des zweiten Turmes vorbei, um höher aufzusteigen und zurück auf die Promenade einzubiegen. Auch auf dieser Seite gab es keinen geeigneten Fluchtbalkon, das IFA Hotel schien bis auf das letzte Zimmer ausgebucht zu sein.

Mattis fluchte innerlich. Der dritte Turm, auf dessen Dach er noch vor ein paar Stunden mit seinem Vater gesprochen hatte, war seine letzte Möglichkeit.

»Du entkommst mir nicht!«, rief der Erpel, der ihm dicht auf den Schwimmfersen war.

Mattis kippte nach links und segelte auf der Seite um die Balkone herum, als er die Strandseite des dritten Turms umflog. Da schnappte der Erpel nach seinen Schwanzfedern und riss verbissen daran.

Der Schmerz zog Mattis bis in den dottergelben Schnabel.

Wellenartig bewegte er sich vorwärts, auf und ab, damit sein Verfolger ihn nicht zum Absturz bringen konnte. Er schlug die Schwingen kraftvoll nach unten, bis der Erpel ihn freigab und Mattis wieder an Höhe gewann. Dabei blickte er auf die Wiese der Galloway-Rinder hinter dem Parkplatz des IFA Hotels an der Straßenseite.

Noch vor wenigen Tagen war er dort mit den *Wilden* zum Rinderrammen gewesen. Ein sorgenfreies Leben, das er besonders in diesem Moment schmerzlich vermisste.

»Ergib dich. Du hast keine Chance.« Der Erpel japste hinter ihm. »Wir werden dich überall finden.«

»Vergiss es!«

Mattis wollte den Kopf abwenden, um den Turm an der Parkplatzseite zu umkreisen und in die Höhe zu steigen, als er sie entdeckte. Neben den Rindern. Mitten auf der grünen Wiese zwischen den hohen Gräsern. Eine Möwe und ein Kormoran. Svea und Lutger.

Er flog eine Schleife in ihre Richtung, um mehr erkennen zu können.

Kämpften sie? Svea schlug wild mit den Flügeln, Lutger, er ... Schubste er sie?

Mattis drehte um und raste im Flug auf einen der Balkone zu. Er hatte nicht genug Zeit, um zu sehen, was auf der Wiese geschah. Er durfte nicht mehr fliehen.

Sollte er seinen Verfolger auf die beiden hinweisen?

Mattis schüttelte den Kopf. Vermutlich würde der engstirnige Erpel ihr Verhalten als Liebesspiel deuten, ehe er selbst auf den Gedanken kam, dass Svea in Gefahr war.

Ihm blieb keine Wahl. Er musste sich dem Erpel stellen, ihn besiegen und zu Svea eilen, bevor es zu spät war. Wenn er mit seiner Vermutung recht hatte, war Lutger der Mörder und Svea offenbar sein nächstes Opfer.

Panik durchschoss Mattis und schenkte ihm die Kraft, den Flügelschlag weiter zu beschleunigen. Doch auf das Dach würde er es nicht mehr schaffen.

Dort. Ein verwaister Balkon.

Ehe er sich einen Plan zurechtlegen konnte, zog er an der Außenwand hoch, versuchte das gelbe Balkongeländer zu erfassen, flog jedoch zu schnell, rutschte ab und fiel direkt auf einen der dunkelbraunen Rattanstühle. Mit dem Kopf schlug er gegen die breite Lehne und knallte auf den grauen Fußboden.

Mattis stöhnte, ihm dröhnte der Kopf.

»Scheiße«, hauchte er und breitete die Schwingen aus, um zu prüfen, ob sie gebrochen waren. Doch er spürte keinen Schmerz. »Njörd sei Dank.«

»Tot oder lebendig.« Anmutig setzte der Erpel auf dem Geländer auf.

»Wie?«, fragte Mattis, um Zeit zu schinden.

Er befand sich in der hintersten Ecke des Balkons. Neben ihm stand der harte Stuhl, auf den er unsanft gestürzt war. Vor ihm ein schmaler, dunkelbrauner Tisch und eine Sitzbank für zwei Strandläufer in derselben Farbe. An der gegenüberliegenden Wand stand ein kleiner Wäscheständer, auf der Mattis zwei farbenfrohe Badeanzüge und ebenso viele dunkelblaue Badehosen erkennen konnte. Demnach waren sie nicht allein. Die hellblauen, schweren Gardinen waren hinter der breiten Fensterfront des Balkons zugezogen. Entweder schliefen die Strandläufer noch oder waren bereits unterwegs.

»Der *SAR* ist es gleich, ob ich dich tot oder lebendig zum Yachthafen zurückschleppe.« Das breite Grinsen des Erpels bedeutete Ärger.

Zwischen dem Mobiliar einen Kampf zu beginnen, wäre töricht. Der Erpel würde sich auf ihn fallen lassen und hätte sofort die Oberhand. Oder sollte er sie als Schutzmöglichkeit nutzen? Wie viel Zeit besaß er? Wie erging es Svea?

In Mattis drehte sich alles und er biss den Schnabel zusammen. Laut Haui war Angriff noch immer die beste Verteidigung.

Mit einem Satz sprang Mattis dem Erpel entgegen, breitete die Flügel aus und setzte neben ihm auf dem Geländer auf.

»Kommst du freiwillig mit oder muss ich dich etwa zwingen?«

»Ich bin kein Mörder!« Mattis schwang den Kopf, aber der Erpel wich aus, schwankte und hüpfte hinunter auf den Tisch. Das Rattan knirschte leise unter seinem Gewicht.

»Daneben.« Der Erpel lachte und öffnete die Flügel zum Kampf.

Jetzt hatte Mattis ihn genau da, wo er ihn haben wollte.

Das Erste, was du in einem Kampf unter Vögeln lernen musst, hatte Haui ihm beigebracht, *verliere nie die Oberhand. Wenn du unten sitzt, hast du verloren.*

Mit ausgebreiteten Schwingen stürzte Mattis auf den Erpel hinab und trat ihn unnachgiebig mit den

Schwimmfüßen, während er in der Luft schwebte. Einmal, zweimal, dreimal. Beim vierten Mal traf er ihn direkt am Schnabel.

Der Erpel stöhnte und taumelte.

Mattis setzte auf dem Tisch auf und legte nach, fegte seinem Gegner die Schwingen um die Ohren, bis der Erpel so laut um Hilfe schnatterte, dass hinter dem Fenster der Vorhang weggezogen wurde.

Ein Strandläufer blickte verschlafen durch einen Spalt und riss vor Erstaunen die Augen auf. »He!«, rief er nur mit Boxershorts bekleidet und pochte dabei gegen die Scheibe. »Verschwindet!«

Mattis musste sich beeilen und warf den Kopf nach hinten, um seiner Kopfnuss mehr Kraft zu verleihen, während er mit den Flügeln weiter wild um sich schlug.

Der Erpel war ihm hilflos ausgeliefert.

Ein kräftiges *Pock* ertönte, als Mattis mit dem Schädel den seitlichen Kopf des Erpels traf.

Das wimmernde Schnattern verstummte sofort. Der Erpel sackte vor ihm zusammen und fiel haltlos zu Boden.

»Schlaf gut.« Für eine Sekunde genoss Mattis seinen Sieg, als der Strandläufer die Tür aufriss und auf den Balkon stürmte.

»Verschwindet!«, rief er mit wedelnden Armen, als wolle er abheben.

Mattis zögerte nicht. Er wirbelte herum, sprang auf das Geländer und flog davon. Der Erpel sollte allein sehen, wie er dem aufgebrachten Zetern des Strandläufers entkam.

Er musste zu Svea und Lutger!

Mattis schlug mit den Flügeln und überflog im Sinkflug den Parkplatz, während seine Augen die Wiese absuchten.

Den Kormoran sah er zuerst, erkannte den langen bronzeschwarzen Rücken, wie er über Svea thronte, die reglos unter ihm im Gras lag.

Mattis stockte der Atem. Kam er zu spät?

Schneller, immer schneller schlug er mit den Flügeln und überquerte die Straße, dann die Reihe der Kugelahornbäume und den anschließenden schmalen Sandweg. Zwei, drei Flügelschläge mehr und er erreichte das angrenzende dichte Dornengebüsch mit der Baumreihe aus Ahorn und Linden, welche die Wiese der Horde Galloway-Rinder von dem Sandweg trennte.

Sein Kopf beherrschte ein Gedanke: Svea. Seine Svea, wie sie am Boden lag und sich nicht mehr wehrte. Mattis' Herz platzte fast vor Zorn, während er so leise wie möglich über die Wipfel der Bäume hinwegglitt und direkt auf Lutger zusegelte. Der Kormoran rührte sich nicht, starrte nur zufrieden auf Svea hinab.

Mattis streckte die Schwimmfüße im Flug wie bei einer Stoßstange nach vorn aus, zielte auf Lutgers Rücken, um ihn umzuwerfen, aber der Kormoran wich aus und bückte sich geschwind, kurz bevor er ihn treffen konnte.

Die Wucht, mit der Mattis im hohen Gras hinter Svea aufschlug, ließ ihm die Glieder schwer werden und hämmerte ihm durch den Kopf. Er taumelte auf der Stelle, als er sich aufstellte.

»Du elender, verwöhnter Nichtsnutz«, krächzte Lutger leise und fixierte ihn mit smaragdgrünen Augen.

Das Bild vor Mattis' Augen verschwamm, flimmerte wie gleißende Sonnenstrahlen, die auf die Ostsee trafen. Dunkle Flecken erschwerten ihm die Sicht. Er blinzelte und legte den Kopf nach links und nach rechts. Immer darauf bedacht, was Lutgers nächster Zug sein würde.

Wenige Augenblicke später entdeckte er Svea, direkt vor ihm und beugte sich zu ihr hinab.

»Svea«, stammelte er und rüttelte an ihr.

»Du kommst zu spät.«

Vor Schreck setzte sein Herz aus, aber dann bemerkte er, wie sich Sveas Bauch langsam auf und ab bewegte. Erleichtert atmete er auf. Sie lebte.

Njörd sei Dank!

»Deine kleine Svea wird mein Meisterwerk werden. Ein Gemisch aus Kuhdung, Grashalmen, blutigen Federn und … einer letzten Zutat.« Lutger grinste, als würde er Svea gleich mit Haut und Federn verschlingen wollen.

»Und die wäre?« Mattis war dankbar für jede Sekunde, in der seine Sehkraft wieder zurückkehrte.

»Deine Innereien.«

»Du widerst mich an.«

Lutger lachte abfällig und bewegte sich langsam um Svea herum, weshalb Mattis in die entgegengesetzte Richtung schlich und ihn auf Abstand hielt.

Wie sollte er den Kormoran bezwingen? Lutger war doppelt so groß wie er und breit wie ein Strandkorb.

»Ich bin Künstler und habe eine Mission.«

»Zu morden, bis du tot umfällst? Denn das wird gleich geschehen.«

»Mach dich nicht lächerlich, du mickrige Möwe. Du reichst mir gerade bis zur Schwanzspitze.«

»Jonte hat mir von dir und dem Hybridenweibchen erzählt.« Mattis erhöhte sein Tempo, damit der Kormoran ihn beim Umkreisen nicht erwischen konnte. Sollte er ihn wie eine Katze anspringen? Oder ihn in die Lüfte zwingen und den Kampf im Fliegen austragen? Wäre er dafür stark genug?

»Dieser Sabbelreiher«, wetterte Lutger und tänzelte mit geöffneten Schwingen um Svea herum, als präsentiere er sich der ganzen Insel. »Du weißt nichts von mir und meinen elendigen Qualen, die ich durch dieses Untier erlitten habe! Mein Herz hat sie gebrochen, ist darauf herumgetrampelt wie auf nassem Sand.« Der Kormoran senkte den schwarz-weißen Kopf, ließ Mattis jedoch nicht aus den Augen. »Alles habe ich für sie gegeben.« Er krächzte laut. »Und was habe ich dafür bekommen? Sie lebt in Katharinenhof am Strand mit einem anderen und mich hat sie ohne ein Wort des Abschieds zurückgelassen. Hybriden sind der letzte Dreck.« Er holte aus und trat Svea mit dem Schwimmfuß in die Seite.

»Rühr sie bloß nicht an!« Angriffslustig hob Mattis die Flügel.

Lutger schnaubte abfällig. »Du hast reines Blut, so wie ich. So wie die Natur es von Anfang an vorgesehen hat. Warum lässt du dich auf diese jämmerliche Hybridin ein? Hast du kein Ehrgefühl deiner eigenen Rasse gegenüber? Denk nur, wie dein Vater sich fühlen würde, wenn er ... ups.« Lautes Gelächter brach aus Lutgers spitzem, langem Schnabel heraus, sein ganzer Körper wackelte.

Vor seinem inneren Auge sah Mattis die Umrisse seines Vaters, wie er oben auf dem Dach des Hotels vor ihm stand und Erinnerungen an seine Mutter teilte. Sein Magen krampfte, als er die Augen schloss und Moje tot in der Düne liegen sah.

Das Flattern von Lutgers Schwingen holte Mattis zurück auf die Wiese.

Vor ihm stand der Mörder seines Vaters, der Mörder vieler Möwen. Und er hatte Svea bewusstlos geschlagen.

»Es war ein Genuss, deinen Vater zu töten.« Lutger schmunzelte. »Ich lasse mich von niemandem mehr von meiner Kunst abhalten.«

»Er wollte dich aufhalten?«

Mattis konnte nicht glauben, was er hörte. Wäre er gestern Nacht mit Moje gegangen, hätte er ihn nicht allein wegfliegen lassen. Warum hatte sein Vater nichts gesagt? Er hätte ihm helfen können!

»Und deswegen hast du ihn getötet?«

Lutger nickte. »Erst engagiert er mich, setzt meine Kreativität frei und dann will er mir meine Kunst wieder verbieten?« Er reckte sich nach vorn und flüsterte: »Nur lasse ich mir nichts verbieten. Von niemandem! Hörst du? Auch nicht von einem edlen Ältesten.«

Mattis entglitten jegliche Gesichtszüge und es ärgerte ihn zutiefst, wie sehr Lutger sich an seinem Leid erfreute.

»Ach, das wusstest du nicht? Das tut mir aber leid.«

Mit dem Kopf schnellte er nach vorn, wollte Mattis offenbar mit dem Schnabel erfassen, aber er schnappte ins Leere, denn Mattis war zurückgewichen, wankte wie benommen um Svea herum.

Sein Vater war schuld an den Morden? Sein Vater hatte einen Auftragskiller angeheuert, um die Hybriden am Südstrand …?

»Du lügst!«, schrie Mattis sich fast heiser. »Alles aus deinem Schnabel sind bloße Lügen.«

Svea stöhnte bei dem Lärm und bewegte die Flügel. Lutger schaute auf sie herab.

Dies war sein Moment. Mattis nahm Anlauf, setzte zum Sprung an, hüpfte über Svea hinweg und warf sich wie ein schwerer Felsbrocken gegen Lutger, der vor Erstaunen die smaragdgrünen Augen aufriss und unter dem ruckartigen Stoß zu Boden ging.

Mit seinen breiten, bronzeschwarzen Schwingen wehrte er sich, doch Mattis pickte ihm mit dem Schnabel in den Hals, in den Bauch, ins Gesicht. Wieder und wieder.

»Runter von mir«, zischte der Kormoran und trat mit den Schwimmfüßen nach Mattis, bis er ihn mit einem festen Stoß in die Seite erwischte.

Mattis stöhnte laut auf, ließ sich jedoch nicht vertreiben und legte all seine Kraft in seinen Bauch, um den Kormoran im Gras zu halten.

»Du wirst niemanden mehr verletzen.« Er rang nach Luft, versuchte, Lutger mit dem Schnabel zu erwischen und ihn mit einer Kopfnuss bewusstlos zu schlagen, aber sein Hals war zu kurz und traf bei jedem Versuch ins Leere.

»Ich-werde-nicht-der-Letzte-sein«, schnaufte der Kormoran. »Andere werden mein Werk vollenden.«

»Andere? Welche an…?«

Mit einem Ruck, der Mattis aufschreckte, bäumte sich der Kormoran unter ihm auf und warf ihn zur Seite. Mattis prallte unweit von Svea seitlings auf einen großen Stein und röchelte schwer. Mit jedem Atemzug schwand ihm die Kraft aus den Gliedern und Schwindel ergriff von ihm Besitz.

Wo war oben? Wo unten? Er streckte die Flügel aus. Zum Glück war nichts gebrochen.

Etwas bewegte sich in seinem Augenwinkel.

Lutger erhob sich aus dem Gras, breitete die bronzeschwarzen Flügel aus und glättete sich danach das Federkleid.

»Denkst du, ich bin der Einzige, der Hybriden den Tod wünscht?« Er gluckste leise und trat Svea abermals in die Seite. »Ihr Stöhnen ist wie ein erquickendes Lied der Chorknaben für meine Ohren.«

»Svea«, ächzte Mattis entkräftet. »Bleib weg von ihr, oder …« Unter Stöhnen setzte er sich auf.

»Oder was?« Lutger schnellte herbei und hämmerte ihm mit der Schnabelspitze auf den Kopf.

Unter dem andauernden Picken und Zwicken brach Mattis zusammen, fühlte sich wie das hilflose Pendel einer Uhr, als ihm der Kormoran die gewaltigen Schwingen um den Kopf donnerte. Schlag für Schlag. Gong für Gong. Der letzte Treffer ging direkt in die Magengrube. Mattis beugte sich nach vorn und würgte, hustete, wollte sich aufrichten, doch Lutger drückte ihn mit dem Flügel auf den Stein zurück und schlug ihm den Schnabel in die Seite, mit der er auf den Stein geschlagen war.

Mattis glaubte, in Ohnmacht zu fallen, so heftig durchfuhr ihn der Schmerz. Er wollte nicht nachgeben, wehrte sich immerzu, aber die Augen wurden ihm schwer.

Gab er auf? Hatte Lutger gewonnen?

Tief holte Mattis Luft, sammelte die ihm verbliebene Kraft, biss den Schnabel zusammen und raffte sich auf. Fast hatte er es geschafft, da erfolgte ein weiterer Flügelangriff seines Gegners, der ihn zurück auf den Stein warf. Lutgers hämisches Lachen traf Mattis unerwartet schmerzhaft wie Ohrfeigen.

»Du glaubst, du kannst mich aufhalten?« Lutger verstärke den Druck in Mattis' Bauch. »Mich? Den größten Künstler Fehmarns? Ganz allein?«

Flügelschläge rauschten durch die Luft, schlugen hektisch umher und ein Kreischen drang wie bei einem Großangriff aus abgehetzten Möwenkehlen über die Wiese. Ein rumpelndes Krachen folgte, als schlüge ein Blitz in die Erde ein, und eine bekannte Stimme erklang.

»Unser Klugscheißer ist nicht allein!«

Ruckartig erhob Mattis sich, obwohl ihm jeder Knochen wehtat. Ihn schwindelte es und er brauchte einen Augenblick, um wieder klar sehen zu können.

Was er dann neben sich entdeckte, brachte ihn unwillkürlich zum Grinsen.

Berti thronte auf Lutger, der bäuchlings neben dem Stein lag und schwer ächzte.

»Genau.« Haui setzte neben dem Kormoran auf und trat mit den platten Schwimmfüßen energisch auf ihn ein, ohne dass Lutger sich wehren konnte. »Wir sind ein Team.«

Lutgers Schmerzensschreie hallten über die Wiese und trieben die Galloway-Rinder in die entgegengesetzte Richtung.

»Ihr … könnt mich … nicht …«, stotterte Lutger, als Haui bereits den Kopf herumwirbelte und ihn auf den Kormoran herab schmetterte.

Einmal, zweimal, dreimal, viermal.

Stille kehrte ein.

Nur Hauis Schnaufen erfüllte die Luft.

»Alles okay, Klugscheißer?« Berti beugte sich zu Mattis, doch er winkte ab.

»Das wird schon.« Unter Schmerzen raffte er sich auf, um vom Stein hinunterzugleiten. »Ihr seid gerade rechtzeitig gekommen.«

»Die SAR hat Fiete und Pit leider geschnappt. Sie haben sich geopfert, damit wir entkommen konnten.« Berti hüpfte auf Lutger wie auf einem Trampolin herum, doch der Kormoran rührte sich nicht mehr. Nur ein ächzendes Pfeifen drang aus seinem Schnabel, wie bei einem alten, kaputten Ball, dem die Luft entwich.

»Wir werden wohl für immer Kippen sammeln müssen.«

Mattis hörte, wie Haui die Worte sprach, sein Blick ruhte jedoch auf Svea, die sich in dem Moment erhob und leicht schwankte.

»Hey du«, flüsterte er und stützte sie. »Alles in Ordnung?«

Sie schaute an ihm vorbei, als registriere sie seine Anwesenheit nicht.

»Ist Lutger ... tot?«

»Nein, leider nur bewusstlos. Haui hat ihm eine Kopfnuss verpasst.«

»Vier sogar«, triumphierte die Zwergmöwe im Hintergrund. »Ein dicker, fetter, hässlicher Kormoran. Mein größter Fang!«

»Ich habe ihn beobachtet, in der Nacht, als Hilda starb«, begann Svea und schluchzte laut auf. »Ich wusste nicht, was er vorhatte. Ich ...« Sie brach in Tränen aus und Mattis verstand kaum noch ein Wort. »Ich ...« Ununterbrochen wimmerte sie. »Ich ... habe ... ihn wegschleichen sehen ... in der Dunkelheit verloren ...«

Svea hatte ihn angelogen?

Mattis seufzte und erinnerte sich an ihren merkwürdigen Gesichtsausdruck an dem Morgen, als er Hilda gefunden hatte. Deshalb hatte sie so seltsam den Schnabel verzogen!

»Es ... tut ... leid.« Svea atmete viel zu schnell und schien sich nicht mehr entspannen zu können.

Behutsam strich Mattis ihr mit dem Flügel über den zitternden Bauch und stupste sie sanft mit dem Kopf an. Nur langsam beruhigte sie sich.

»Warum hast du nichts gesagt? Wir hätten ihn zusammen überführen können.« Schützend drückte Mattis sie an sich und spendete ihr Trost. Ihr zarter Körper bebte unter seinen Flügeln.

»Ich hatte keine Beweise«, sagte sie leise. »Und ich wollte die Wette gewinnen.«

Sture Möwe.

Jedoch hatte sie recht. Svea hatte den Mörder entlarvt und die Wette gewonnen.

Dankbar hielt Mattis sie an sich gedrückt, roch den lieblichen Duft ihrer Federn und war für jeden Atemzug dankbar, den sie zitternd von sich gab.

»Und ich wollte dich beeindrucken.«

Svea sah zu Mattis auf und lächelte ihn an. Dass sie ihm jemals wieder ein Lächeln schenken würde, hätte er nicht für möglich gehalten. Er hinterfragte diese wundervolle Geste nicht, wollte nicht daran denken, was zwischen ihnen alles schiefgegangen war, wer welchen Fehler gemacht hatte.

Mattis genoss das Hier und Jetzt. Mit Svea. Mehrere Herzschläge hielt er ihren Blick fest und schwor sich, sie nie wieder loszulassen.

»Jetzt werden die *Seidenfedern* den Südstrand beherrschen.« Sie kicherte und zwinkerte Mattis zu. »Und ihr, ihr werdet mit Raudi und seinen *Biestern* nach Staberhuk umziehen.«

»Was?«, rief Mattis gespielt entrüstet. »Zählt es denn gar nicht, dass die *Wilden* zu deiner Rettung geeilt sind?«

Svea zuckte die Flügel.

»Vielleicht ein bisschen.«

Dann lächelte sie und schmiegte sich an ihn.

»Darauf ein Fischbrötchen«, brummte Berti.

»Am besten zwei.« Haui grinste breit und knuffte Berti auffordernd in die Seite.

Die Zeremonie

– Südstrand. Silberlinde –

Tage waren vergangen, seitdem sie Lutger auf der Wiese bezwungen hatten. Tage in Trauer, weil sie Freunde und Familie verloren hatten, Tage in Diskussionen, um die *SAR* zu überzeugen, dass Lutger die Morde begangen hatte, und Tage voller Freude, da wieder Ruhe und Frieden am Südstrand eingekehrt waren. Die *Biester* gaben sich nun in Staberhuk vor Langeweile gegenseitig Kopfnüsse.

Mattis saß auf dem oberen Ast der Silberlinde an der Promenade vor der *Strandburg*. Mit einem Lächeln um den Schnabel beobachtete er Pit, wie die Lachmöwe eine Strandläuferin im bunten Sommerkleid anvisierte. Vor wenigen Sekunden war die junge Frau aus der Bäckerei *Börke* gekommen, um auf die Promenade zu gehen.

»Unsere Langfeder!« Berti lächelte voller Stolz. Er stand neben Mattis und wirkte überglücklich, als schlänge er bereits den weichen Brötchenteig hinunter.

Die Sonne war längst aufgegangen und schien für diesen besonderen Tag nur für die *Wilden* zu strahlen. Die Ostsee beugte sich dem leichten Wind und schwappte in mäßigen Wellen über den Strand, auf dem sich die Strandläufer Handtuch neben Handtuch gequetscht hatten, als gehöre ihnen der Sand. Ausgestreckt auf bunter Baumwolle beteten sie die Sonne an oder lagen in ihren Strandkörben, die sie von den Vögeln zurückerobert hatten.

»Du schaffst das«, grölte Fiete wie ein Großer einen Ast unter Mattis.

Haui hingegen sah genervt aus und grummelte neben der jungen Silbermöwe Schimpfworte, die Mattis lieber nicht verstehen wollte.

»Was gehst du auch eine Wette mit Langfeder Pit ein, Haui?«, unterbrach Mattis das andauernde Nörgeln. »*Mensch ärgere dich* ist sein Lieblingsspiel.«

»Er hat mich provoziert.« Haui kniff knurrend das dunkle Auge zu. »Entweder ich besiege ihn oder ich muss Stine um ein Date bitten.«

»Was ist daran schlimm?«, fragte Fiete und deutete auf die *Seidenfedern*, die auf dem Balkon über der Bäckerei saßen und Pit mit lautem Kreischen anfeuerten. »Sie ist sehr hübsch. Ich mag ihr Lächeln.«

Berti hüpfte vom oberen Ast zu Haui hinunter und klopfte ihm mit dem Flügel auf den Kopf.

»Unser kleiner Haudrauf hat Angst, sie zu fragen. Lieber kämpft er gegen einen Kormoran, der fünfmal so groß ist wie er, als der süßen Stine zu sagen, dass er sie gernhat.«

Fiete und Berti brachen in schallendes Gelächter aus.

»Hört auf!«, keifte Haui und fuchtelte energisch mit den hellgrauen Flügeln gegen das Lachen der beiden an, wobei er wütend mit den Schwimmfüßen auf dem Ast herumstampfte.

»Seht«, fuhr Mattis ihnen dazwischen. »Langfeder schnappt sich die Tüte.«

Es schien, als hielten alle Möwengangs, die sich um die Bäckerei herum angesammelt hatten, die Luft an, als Pit sich der Strandläuferin von hinten näherte.

In der linken Hand hielt sie ihr Smartphone und starrte wie gebannt auf das Display. In der rechten baumelte die gut gefüllte Tüte mit wohldufteten, vielleicht sogar noch warmen, Brötchen. Bei dem Gedanken lief Mattis das Wasser im Schnabel zusammen. Gebannt verfolgte er, wie Pit zum Sinkflug ansetzte.

Sein Freund schlug nicht mehr mit den hellgrauen Flügeln, sondern glitt langsam hinunter, um den genauen Moment abzupassen, in dem sich sein Schnabel auf gleicher Höhe mit der Tüte befand.

Dann schnappte er zu.

Die Strandläuferin kreischte erschrocken auf, als Pit sich an dem Papier der Brötchentüte festbiss und stürmisch mit den Schwingen wedelte. Es dauerte wenige Momente, dann gab sie die Tüte hilflos frei.

Die Möwen um die Bäckerei herum jubelten und kreischten, während Pit sich mit den Brötchen in die Luft begab. Die Strandläuferin sprang verzweifelt auf der Stelle, doch Pit ließ sie die Beute nicht erreichen und flog knapp über ihrem Kopf davon, während ihre Hände verzweifelt ins Leere griffen.

Haui stieß einen Fluch nach dem anderen aus, während Pit über der Silberlinde eine Siegesrunde drehte und ihnen triumphierend zuzwinkerte. Dann lenkte er ein und begab sich über die Wiese und den *Harem* zurück zur Schlafeiche, auf der er das Frühstück für die *Wilden* deponierte.

Mattis blickte zu Svea über der Bäckerei und winkte ihr zu. Ihr Lächeln brachte sein Herz zum Hüpfen. Wieder mit ihr zusammen zu sein und sich mit ihr eine Zukunft aufbauen zu dürfen, erfreute ihn mehr als jede Brötchentüte von ganz Fehmarn.

»Jetzt du«, stichelte Pit, während er neben Mattis aufsetzte und zu Haui hinunterstarrte. »Da läuft ein Junge mit einem Fischbrötchen.«

»Wie soll ich deinen Fang mit einem einzigen Fischbrötchen toppen? In der Tüte waren bestimmt fünf Brötchen.«

»Sieben Dinger konnte ich fühlen.« Pit strahlte über das Gesicht und riss die Flügel freudig auseinander.

»Angeber.«

»Feiges Huhn.«

»Ich rupf mit dir gleich ein Hühnchen.«

»Mach die Fliege und …«

Mattis hielt Pit den Schnabel zu und ließ ihn verstummen.

»Reißt euch zusammen! Heute ist ein wichtiger Tag. Vergesst das nicht. Lasst uns nicht streiten. Lasst uns lieber frühstücken fliegen. Ich muss mich vorbereiten.«

»Ich verstehe noch immer nicht, warum du uns verlassen willst.« Fiete sah zu Mattis hoch und verzog traurig den Schnabel.

»Ich verlasse euch doch nicht.«

»Aber du wirst einer von ihnen«, jammerte Haui. »Von den Ältesten. Und wir werden dich kaum noch sehen.« Er legte den Flügel um Fiete, dessen Augen bereits feucht wurden.

Mattis nickte.

Tante Tilda hatte ihn nach Lutgers Festnahme besucht und ihn angefleht, Mojes freien Ast im Ältestenrat einzunehmen.

Denk nur, wie stolz du deine Eltern machen würdest, hatte sie gesagt, doch damit nur bewirkt, dass er zunächst ihre Bitte abgelehnt hatte. Die Unterstellung, dass sein Vater angeblich Lutger für die Morde bezahlt haben sollte, konnte Mattis bis heute nicht glauben. Dieser Vorwurf lag schwer auf seinem Herzen.

Aber Svea hatte ihn ermutigt, dem Rat beizutreten. Sie erinnerte ihn daran, wie wichtig es war, seiner Stimme Gewicht zu verleihen. Er könnte dadurch neue, modernere Ansichten in den Rat einbringen und auf diese Weise das Gesetz über das Verbot der Hybriden verhindern, über das sie beim kommenden Vollmond am Sonntag abstimmen würden.

»Unsere Touren sind mir heilig«, erwiderte Mattis, wusste jedoch, dass seine Worte auf traurige, taube Ohren stießen. »Nur werde ich an einem anderen Ort schlafen.«

»Bei der tollen Svea«, brummte Haui eingeschnappt und verdrehte das linke Auge.

Mattis nickte und verbarg die Freude, die er empfand, wenn er daran dachte, mit Svea endlich gemeinsam ein Nest zu bauen. Oben auf dem Dach des IFA Hotels. Dort, wo er selbst aufgewachsen war, wo sie beide eine gemütliche und friedliche Zukunft haben würden. Mit Blick auf den Südstrand, den er so liebte.

»Du wirst viel Zeit mit den alten Möwen verbringen, Klugscheißer. Vergiss das nicht. So langsam wie die Alten schnattern, werden eure Sitzungen eine Ewigkeit andauern. Du wirst jede Menge *Mensch ärgere dich* verpassen oder das gute alte Mülltonnentauchen.« Berti sah ihn an, als würde Mattis den größten Fehler seines Lebens begehen.

Fiete schluchzte laut. »Oder das Rinderrammen.«

»Weine bitte nicht, Fiete.« Die junge Silbermöwe einen Ast unter ihm wimmern zu sehen, brach Mattis fast das Herz.

»Denkt doch an die guten Seiten. Ich werde mich für die Hybriden einsetzen können, unsere Freunde, und alles verhindern, was die Ältesten planen, um uns den Spaß am Südstrand zu nehmen.«

»Die haben alle einen Stock im Bürzel«, wetterte Haui, wobei er die Schwingen zuckte.

»Ja, und unser Mattis bald auch.« Pit kicherte und vergrößerte den Abstand zu Mattis, als dieser den dottergelben Schnabel öffnete, um nach ihm zu picken.

»Nimm das zurück, Langfeder.«

»Fang mich doch, wenn du dich traust!«, rief Pit ihm zu und erhob sich in die Luft, um über die Promenade in Richtung Strand zu segeln.

Das ließ Mattis sich nicht zweimal sagen.

Er breitete die silbergrauen Schwingen aus, glitt vom Ast hinunter, schlug kräftig mit den Flügeln und jagte Pit kreischend über die Strandkörbe nach. Im Hintergrund vernahm er die grölenden Geräusche von Berti, Haui und Fiete, die abwechselnd mal ihn, mal Pit anfeuerten.

Pit steuerte die Ostsee an und flog über Irmgard und Adelheid hinweg, die ihre schneeweißen Köpfe nach ihm reckten und ihn mit Flügelwedeln begrüßten.

»Gleich habe ich dich.«

Mattis war Pit dicht auf den Schwimmfüßen und glitt ebenso tief wie er über die Ostsee, bis er die kühlenden Wellen am Bauch spürte.

Jeder dieser vielen unbeschwerlichen Augenblicke war ihm heilig, denn er wusste, dass die Leichtigkeit des Lebens in ein paar Stunden ein Ende finden würde, wenn er das Erbe seines Vaters antrat.

Die Sonne versank in der welligen, blaugrauen Ostsee, als Mattis sich von den *Seidenfedern* und den *Wilden* am Strand verabschiedete. Er hatte sich vorgenommen, mit jedem der *Wilden* ein Gespräch zu führen, jedem einzelnen zu sagen, wie sehr er ihm fehlen würde und dass er nicht traurig sein sollte, dass Mattis nicht mehr jeden Augenblick mit ihm verbringen würde.

Als Trost hatte er sich für den kommenden Vormittag eine Überraschung ausgedacht, die er ihnen jedoch noch nicht mitgeteilt hatte: *Mensch ärgere dich* mitten in Burg.

Irgendwie würde er sich von dem Ältestenrat für ein paar Stunden befreien und mit seiner Möwengang einen Tagesausflug in die Stadt machen. Dort würden sie die jeweiligen Bäckereien und Cafés aufsuchen und warme, weiche Brötchen von den Strandläufern ergaunern, vielleicht sogar das eine oder andere Matjesbrötchen schlemmen, oder eine Großpackung frittierter Garnelen in Cocktailsoße entwenden, die Berti so liebte.

Nur kam alles anders, als Mattis es sich gedacht hatte. Pit und Haui hielten ihn unter ausführlichen Protesten am Strand fest und umzingelten ihn, damit er nicht zu den Ältesten fliegen und sie verlassen konnte. Sie umkreisten ihn mit ihren hellgrauen Flügeln und klammerten sich so sehr an ihm fest, dass er kaum atmen konnte.

Berti befreite ihn mithilfe von Stine und Alina aus ihren Fängen, während Svea abseits des Geschehens stand und Fiete tröstete, der leise vor sich hin wimmerte.

Nach zahlreichen aufbauenden Worten und einer extra großen Portion Teigwaren, die Mattis ihnen als Wiedergutmachung versprechen musste, war die Stimmung am Strand trotz seines Weggangs wieder ausgelassen. Mittlerweile brauchten sich die Hybriden nicht mehr zu fürchten. Nie wieder sollten Möwen am Südstrand leiden, dafür würde Mattis mit seinem Eintritt in den Ältestenrat sorgen.

Nach seinem Abschied flog Mattis eine größere Runde über den Strand, sog den Duft der Ostsee und ihrer Algen ein, erfreute sich an den Rosa-, Rot- und Orangetönen, die den sinkenden Feuerball umgaben, und sich mit dem Graublau des Himmels mischten. Er segelte über die Silberlinde, auf der sie täglich für ihr Frühstück den Strandläufern nachjagten, und bog auf die Promenade ab, um die Strandläufer zu beobachten, die sich bei einem Spaziergang oder in den Bars unterhielten und ihren Tag in der Abendsonne ausklingen ließen.

Vor dem IFA Hotel bog Mattis ab und überflog die *FehMare* Badelandschaft, von der aus er die Kohlhof-Insel schon erblicken konnte. In wenigen Augenblicken würde er die kleine Naturschutzinsel sein zweites Zuhause nennen dürfen. Bald würde er auf dem Ast Platz nehmen, auf dem sein Vater all die Jahre gesessen und mit den Ältesten Gesetze beschlossen hatte.

Auf dem Parkplatz unter ihm standen weniger Autos als noch am Vormittag und Mattis überholte mit Leichtigkeit einen behelmten Strandläufer auf dem Fahrrad, der in Richtung Yachthafen die Straße verließ.

Berti hatte ihm erzählt, dass die *SAR* Lutger dasselbe Abteil zugewiesen hatte, in dem er selbst geschwommen war. Jeweils fünf Erpel und Enten hatte die Entenpolizei auf dem *Jollensteg 1* und im Gebüsch auf dem Festland positioniert, um den Kormoran zu bewachen. Seit seiner Festnahme gab es bereits drei Ausbruchsversuche, die – Njörd sei Dank! – alle durch Kriminalhauptkommissar Henk und seine *SAR* verhindert werden konnten.

Anfangs hatte Mattis das Verlangen verspürt, den Kormoran zu besuchen und ihn nach den anderen Morden und deren Anfänge sowie die Verwicklung seines Vaters in das ganze Schreckensszenario zu befragen. Aber aus Angst, die Beherrschung zu verlieren und von Henk einen Bootssteg weiter eingesperrt zu werden, mied er den Yachthafen.

Mattis flog auf die Kohlhof-Insel zu und warf einen Blick auf den kleinen Strand der Vogelinsel, an dem sich Spatzen, Raben, Schwäne, Tauben, Möwen und Enten versammelt hatten. Mehrere Gänse schwammen auf dem leicht welligen Wasser der Ostsee und bemühten sich, ihrem Nachwuchs das Schwimmen beizubringen. Ein paar der Piepmätze spielten Fangen oder provozierten die *Dunklen Ritter*, was Mattis für bedenklich hielt, nachdem was Haui zugestoßen war.

Hinter dem Ältestenrat der Spatzen, die auf einer kleinen Linde tagten, und vor der üppigen Rotbuche der Tauben, befand sich die Heilige Birke der Möwen.

Tante Tilda thronte auf dem Wipfel des alten Baumes und schien Mattis' Erscheinen schon ungeduldig zu erwarten, indem sie zwischen den Blättern auf und ab hüpfte und nach ihm Ausschau hielt. Die anderen neun Ältesten hockten auf den ihnen zugewiesenen und von Generation zu Generation vererbten Ästen und schwiegen.

Als Mattis hinab auf den Ast seines Vaters glitt und die Blätter raschelten, bedachten die Ältesten ihn mit Blicken voller Anspannung, Vorfreude, aber auch Argwohn. Die Möwen dachten sicherlich, dass Mattis sein Draufgängertum ablegen und sich ihnen, ihren Regeln und Ansichten vollkommen beugen würde.

Doch da lagen sie falsch.

Innerlich grinste Mattis und freute sich auf ihre überraschten Gesichter, wenn er beim nächsten

Vollmond das Gesetz zum Verbot der Hybriden mit seiner Stimme verhindern würde.

Tante Tilda begutachtete ihn eindringlich von oben bis unten, als könne sie seine Gedanken lesen, ehe sie von ihrem Wipfel herunterhüpfte und lächelnd auf ihn zuging.

»Mattis, lieber Neffe! Wir freuen uns sehr, dass du dich uns anschließt«, sprach sie und umarmte ihn fest, sehr fest. »Du erweist deinen Eltern – mögen sie in Frieden ruhen – und uns eine große Ehre. Ich warte bereits seit deiner Geburt darauf, dich in unserem elitären Kreis willkommen zu heißen.«

Mattis nickte bloß und wagte es nicht, ein womöglich falsches Wort zu sagen. Er wusste nichts über die gleich folgende Zeremonie, außer dass er, wie sein Vater, den Abdruck einer Miesmuschel, das ehrwürdige Zeichen der Ältesten, auf ewig tragen würde. Auf die Schmerzen hätte er zwar gern verzichtet, aber er hatte Svea versprochen, sich den Regeln des Rates zu beugen, um für sie und die anderen Hybriden mit seiner Stimme einzutreten.

»Deine *Wilden* hast du am Südstrand zurückgelassen?« Es war mehr eine Feststellung als eine Frage und seine Tante hatte die Worte geflüstert, sodass niemand außer ihm sie hören konnte.

Mattis nickte. Dass er die *Wilden* nur mit großer Mühe davon hatte abhalten können, sich an den kleinen Strand der Kohlhof-Insel zu schleichen und ihn von unten aus anzustarren und Grimassen während des Rituals zu ziehen, brauchte Tante Tilda nicht zu wissen.

Die Altmeisterin befreite ihn nach wenigen Herzschlägen aus ihrer Umklammerung und wirkte erleichtert.

»Lasst uns beginnen!«, rief sie den anderen zu und Mattis beobachtete, wie die Ältesten um ihn herum die Lider schlossen.

»Schließ deine Augen«, hörte er seine Tante neben sich flüstern. Gehorsam folgte er ihrer Anweisung.

Auf der Kohlhof-Insel schien auf einmal die Zeit stillzustehen. Die schnatternden Geräusche um ihn herum verstummten abrupt, selbst die Motorengeräusche im Hintergrund schienen leiser zu werden. Nur der Wind wehte ihm sanft über den Schnabel und brachte die Blätter der Heiligen Birke um ihn herum zum Säuseln.

Ein kehliges Summen ertönte, von dem Mattis nicht wusste, dass Möwen dazu fähig waren. Ein tiefer, intensiver Brummton, der in ein helles Kreischen wechselte, als Tante Tilda und die Ältesten das Zeremonienlied anstimmten. Mattis hielt die Neugierde nicht aus und linste aus einem leicht geöffneten Auge. Er beobachtete, wie alle im Takt des Summens auf den Ästen tanzten. Sie öffneten und schlossen rhythmisch die Schwingen, bewegten sich schunkelnd vor und zurück, wackelten mit den Köpfen und stampften mit den Schwimmfüßen, sodass Mattis Mühe hatte, das Gleichgewicht zu wahren und ein aufgeregtes Kichern unterdrucken musste.

Gemeinsam sangen die Ältesten ein Lied über Fehmarn, Familie, Freundschaft und Freiheit, aber auch über die ehrenvolle Verantwortung, die sie gegenüber der Gesellschaft der Möwen besaßen. Ein Lied, das Mattis schmerzlich an seinen Vater erinnerte und seinem Herz einen Stich versetzte, denn für die Arbeit in dem Ältestenrat hatte Moje gelebt.

Mattis unterdrückte ein Schluchzen, als die Möwen um ihn herum in ein meditatives Schweigen verfielen. Er hätte schwören können, dass der Ast unter seinen

Schwimmfüßen mit jedem Augenblick wärmer wurde, als erteilte selbst die Heilige Birke ihre Zustimmung für seine Aufnahme in den Rat.

Auf ein Zeichen der Altmeisterin hin flog eine Möwe zu Mattis auf den Ast und legte ihm mit dem Schnabel die Hälfte einer unversehrten Miesmuschel mit der Unterseite nach oben vor die Schwimmfüße. Die Miesmuschel schimmerte blauschwarz wie die Ostsee im Mondschein. Mit einem ehrfürchtigen Nicken verabschiedete sich die Möwe und begab sich wieder zurück auf die Wiese.

Tante Tilda blickte Mattis auffordernd an und deutete mit dem silbergrauen Flügel auf die Muschel.

»Besiegle dein Schicksal, lieber Neffe. Tritt ein in den Kreis der Ältesten. Auf dass du dein Wissen und dein Können für das Wohlergehen der Möwen und deiner neuen Familie im Rat einsetzt.«

Die Kanten der frischen Miesmuschel sahen schärfer aus, als er sie in Erinnerung hatte. Zögerlich hob Mattis den linken Schwimmfuß an und dachte an den Tag zurück, an dem er sich die Herzmuschel der *Willden* in die Sohle des rechten Schwimmfußes gepresst hatte. Sogleich stellten sich ihm die Nackenfedern auf und er schluckte schwer.

Fiete hat es auch hinbekommen, sagte er sich leise. *Dann schaffe ich es auch noch einmal.*

Ehe die Ältesten ihn für einen jämmerlichen Feigling halten konnten, atmete Mattis tief ein, setzte den Schwimmfuß auf der Muschel ab, schloss die Augen und presste die scharfen Kanten vorsichtig in sein Fleisch hinein.

Der Schmerz war unvergleichlich, schoss ihm wie tausend Blitze durch den Körper bis hoch in den weißgefiederten Kopf. Da half es auch nicht, dass ihm ein leicht fischiger Geruch der Ostsee aus der

Miesmuschel entgegenkam, der ihn für gewöhnlich fröhlich stimmte.

Mattis biss den Schnabel zusammen, gab keinen Laut von sich, um sich nicht zu blamieren. Nach wenigen schmerzvollen Momenten hob er den Schwimmfuß an und beobachtete, wie schmale Blutlinien daran hinuntertropften. Er wankte, als er sich zu seiner Tante umdrehte, hielt jedoch das Gleichgewicht und legte ein Lächeln auf, das Stolz und Bereitschaft suggerierte, auch wenn ihm eher nach Weinen und einer Umarmung zumute war.

»Seht her!«, sprach seine Tante mit glühendem Blick. »Dies ist mein Neffe Mattis, Sohn von Moje, Enkel von Marten und Urenkel von Morik. Seine Ahnenreihe reicht bis zu den Anfängen dieses Ältestenrates zurück. Heißt ihn willkommen in unserer Mitte, denn nun ist er einer von uns.«

Ein Ältester nach dem anderen sprang zu Mattis auf den Ast und erhielt von der Altmeisterin die Erlaubnis, an ihr vorbeizugehen, um Mattis in ihrem Kreis zu begrüßen.

Richard kam zuerst auf ihn zu und, da Mattis sich nicht anders zu helfen wusste, hielt er den Atem an und senkte den Blick.

Dass Raudi und die *Biester* den Rest des Jahres auf dem Leuchtturm in Staberhuk verbrachten, konnte seinen Vater nur verärgert haben. Doch überraschenderweise neigte die Zwergmöwe den Kopf und verbeugte sich vor Mattis.

»Du musst dich auch verbeugen«, wies Tante Tilda ihn an. »So bezeugen wir gegenseitig unseren Respekt.«

Mattis beugte sich tiefer herab als nötig. Ob es an den Schmerzen lag, der Aufzählung seiner Vorfahren oder am heiligen Gesang, wusste er nicht, aber in

diesem Augenblick fühlte er sich so frei und einfluss-
reich wie niemals zuvor.

Nachdem Richard sich erhoben hatte, erlaubte
Mattis sich ebenfalls, wieder gerade zu stehen.

»Willkommen im Kreis der Ältesten, Mattis, Sohn
von Moje, Enkel von Marten und Urenkel von
Morik«, begrüßte ihn Richard, ohne eine Miene zu
verziehen. Danach begab er sich wieder auf seinen
Ast zurück.

Acht weitere Male verbeugte sich Mattis pflichtbe-
wusst. Acht weitere Male wurde er von Lachmöwen,
Silbermöwen, Mantelmöwen und Zwergmöwen be-
grüßt und im Ältestenrat mit herzlichen Worten emp-
fangen, so wie sein Vater es sich immer gewünscht
hatte. Ihn durchfuhr ein Hauch von Stolz auf seine
Ahnenreihe. All die Möwen, die sich für ihre Nach-
kommen und deren Freunde eingesetzt hatten. Die
langwierige und kräftezehrende Kämpfe gegen die
Räte der Tauben, Raben und Spatzen geführt und mit
ihnen Frieden geschlossen hatten. Und zum ersten
Mal seit seiner Geburt verstand Mattis, warum der Ältestenrat für seinen Vater so wichtig war.

Nachdem auch der letzte Älteste Mattis mit Wün-
schen und Grüßen überhäuft hatte, trat die Altmeisterin auf ihren Neffen zu und wirkte heilfroh, dass die
Wilden die Zeremonie nicht gestört oder andere Streiche die Ehrwürdigkeit des Rituals beschmutzt hatten.

»Und?«, fragte sie aufatmend. »Was sind deine
ersten Handlungen als Ältester?«

Mattis lächelte fröhlich und unterdrückte den
Schmerz unter dem Schwimmfuß.

»Ich werde Svea einen Antrag machen und mit ihr
oben auf dem IFA Hotel ein Nest bauen. So wie es
meine Eltern gemacht haben.«

Er hatte Glückwünsche, ihre Zustimmung oder
zumindest ein wohlwollendes Lächeln von seiner

Tante erwartet. Aber dass sich ein dunkler Schatten um ihre goldgelben Augen legte und sie den spitzen Schnabel verzog, als hätte er von einer mehrjährigen Weltreise gesprochen, verwirrte ihn.

»Das geht nicht«, knirschte sie verbittert und nahm ihn zur Seite, damit niemand der anderen Ältesten sie hören konnte.

»Wieso nicht?« Mattis fühlte die Aufregung in ihm ansteigen. Ein gemeinsames Nest mit Svea war alles, was er sich für seine Zukunft wünschte. »Jeder von euch hat eine eigene Familie. Selbst du, Tante Tilda.«

»Das ist richtig«, flüsterte sie, »aber keiner von uns ist mit einer ...« Sie sah aus, als müsse sie ein Würgen unterdrücken, ehe sie weitersprach. »Mit einer Hybridin zusammen.«

Dann schnellte die Altmeisterin an ihn heran, so-dass Mattis aufpassen musste, nicht vom Ast zu fallen. »Hybriden als feste Partner zu haben oder auch nur im engen Bekanntenkreis, ist im Ältestenrat verboten. Mit solch einem Gesindel darfst du dich nicht mehr abgeben. Jetzt bist du einer von uns, ein wahrer Ältes-ter.«

»Was? Wieso nennst du sie so? Svea ist meine große Liebe! Nichts wird uns mehr trennen können. Auch nicht eure Regeln.«

Sein Herz pochte so schnell, dass er Angst hatte, jeder Vogel auf der Kohlhof-Insel könnte es hören.

»Minderwertig ist sie, mehr nicht. Hybriden ver-schmutzen die Reinrassigkeit unserer Gene und ge-hören von Fehmarn verbannt.«

Mattis schluckte schwer und konnte nicht glauben, welche gehässigen Worte er aus dem Schnabel seiner Tante hörte.

»Du ... du kannst doch nicht ...« Aber der Schock ließ ihn verstummen.

Die Altmeisterin trat so nah an ihn heran, dass er ihren fischigen Atem im Gesicht spürte.

»Wir können und wir werden. Beim nächsten Vollmond werden wir die Hybriden auf Fehmarn verbieten. Dann müssen sie unsere schöne Sonneninsel für immer verlassen.«

Leise lachte Tilda, als sähe sie vor ihrem inneren Auge, wie die Hybriden über die Ostsee nach Großenbrode und Heiligenhafen vertrieben wurden.

»Dein Vater stand auf unserer Seite, Mattis. Mein Schwager wusste, was sich gehörte und was das Gesetz der Natur für unsereins, für uns Möwen mit reinem Blut, bedeutet. Und von dir verlangen wir als Ältester dasselbe Engagement.«

»Mein Vater … Er … Nein!«

Mattis stockte der Atem vor Erkenntnis, während sein Körper vor Aufregung anfing, zu zittern. So musste es auch für seinen Vater gewesen sein. Die Ältesten hatten ihn bedrängt, ihn gezwungen oder vielleicht sogar erpresst?

»Ihr seid es gewesen!«, rief er. »Ihr alle zusammen!« Er drängte sich an seiner Tante vorbei und blickte die Ältesten in den Ästen mit ihren faltigen, konservativen Gesichtern herausfordernd an. »Ihr habt Lutger angeheuert, die Hybriden zu töten. Ihr alle zusammen!«

Keiner der Ältesten rührte sich. Niemand sprach ein Wort. Mit kaltherzigen Augen fixierten sie ihn bloß, als könnten sie ihn auf diese Weise zum Schweigen bringen.

»Nun bist du einer von uns«, hörte Mattis seine Tante hinter seinem Rücken leise krächzen. Er wirbelte zu ihr herum und erschrak vor ihrem garstigen Grinsen.

»Seit jeher lenkt der Ältestenrat die Geschicke der Möwen auf Fehmarn. Uns gehört die Macht. Wir sind dazu verpflichtet, an den Erhalt der urtümlichen, der einzig wahren Rassen zu denken, so wie die Natur es von Anfang an vorgesehen hat. Und jetzt, da du einer von uns bist ...« Sie kam ihm bedrohlich nahe und blickte ihm tief in die schwefelgelben Augen, während Richard von seinem Ast heruntersprang und sich Mattis von hinten näherte.

»Wie entscheidest du dich?«

Nachbemerkung der Autorin

Die Figuren dieses Möwenkrimis sind frei erfunden. Eventuelle Namensgleichheiten wären reiner Zufall und sind nicht von mir beabsichtigt. Alle möglichen faktischen Irrtürmer wie der Farbe der Gefieder oder das Fress-, Jagd- und Schlafverhalten der jeweiligen Figuren gehen zu meinen Lasten und möge man mir verzeihen.

Mit diesen letzten Sätzen endet eine besonders aufregende Reise für mich. Der Debütroman steht, ist hübsch verpackt und freut sich darauf, gelesen zu werden. Meine Schreibfeder ist bereit für ein neues Abenteuer auf Fehmarn, doch vorher möchte ich mich ganz herzlich bedanken.

Ohne Björn, dessen hilfreiche Denkanstöße und treue Ohren mir mehr geholfen haben, als er sich vorstellen kann, wäre vieles nicht möglich gewesen.

Danken möchte ich auch Janika, die in mehreren Lektoratsdurchgängen die richtigen Zeilen am störrischen Schopf gepackt, geschüttelt und gerührt hat, bis der Möwenkrimi optimiert und vollendet war. Cara von den Wortverzierern hat durch ihr hilfreiches Korrektorat Mattis und den Möwen den letzten Schliff gegeben. Vielen Dank auch an die liebe Frau Baitz, die mit ihrer Illustration meinem Möwenkrimi ein ganz besonderes Kleid gezaubert hat.

Nicht zuletzt jedoch gilt mein größter Dank den Möwen von Fehmarn, ohne die dieses Buch nicht entstanden wäre.

Wir sehen uns bei *Mensch ärgere dich* am Südstrand!

Rebecca Schulz, 1982 geboren, studierte Geschichts- und Religionswissenschaften sowie die Alte Geschichte. Leidenschaftlich gern durchforstete sie die Mythen der Vergangenheit, lebte dabei in Erfurt, Wien und Berlin, bis sie die Sehnsucht nach der heimischen Ostsee packte. Seither lebt sie auf Fehmarn und bringt ihre eigenen fantastischen Geschichten zu Papier.

Wenn der Möwenkrimi gefallen hat, freue ich mich über eine Rezension. Vielen Dank!

www.rebecca-schulz.de
E-Mail: moin@rebecca-schulz.de
Instagram: on_an_island_like_this
Facebook-Seite: Rebecca Schulz
YouTube: Fehmarn-Roadtrips